ORGULHO E PRECONCEITO E NÓS DUAS

ORGULHO E PRECONCEITO E NÓS DUAS

Rachael Lippincott

Tradução
Sofia Soter

Copyright © 2023 by Rachael Lippincott
Copyright da tradução © 2023 by Editora Globo S.A.

Publicado mediante acordo com Simon & Schuster Books For Young Readers, um selo da Simon & Schuster Children's Publishing Division

Todos os direitos reservados. Nenhuma parte desta edição pode ser utilizada ou reproduzida — em qualquer meio ou forma, seja mecânico ou eletrônico, fotocópia, gravação etc. — nem apropriada ou estocada em sistema de banco de dados sem a expressa autorização da editora.

Título original: *Pride and Prejudice and Pittsburgh*

Editora responsável **Paula Drummond**
Editora assistente **Agatha Machado**
Assistentes editoriais **Giselle Brito e Mariana Gonçalves**
Preparação de texto **Luiza Miceli**
Diagramação e adaptação de capa **Carolinne de Oliveira**
Projeto gráfico original **Laboratório Secreto**
Revisão **Paula Prata**
Ilustração de capa © **2023 by Rocio Jones / @NeverForever**
Design de capa original **Lizzy Bromley** © 2023 by Simon & Schuster, Inc

Texto fixado conforme as regras do Acordo Ortográfico da Língua Portuguesa (Decreto Legislativo nº 54, de 1995)

CIP-BRASIL. CATALOGAÇÃO NA PUBLICAÇÃO
SINDICATO NACIONAL DOS EDITORES DE LIVROS, RJ

L743o

    Lippincott, Rachael
        Orgulho e preconceito e nós duas / Rachael Lippincott ; tradução Sofia Soter. - 1. ed. - Rio de Janeiro : Alt, 2023.

    Tradução de: Pride and prejudice and pittsburgh
    ISBN 978-65-85348-11-9

    1. Ficção americana. I. Soter, Sofia. II. Título.

23-85410
                           CDD: 813
                           CDU: 82-3(57)

Gabriela Faray Ferreira Lopes - Bibliotecária - CRB-7/6643

1ª edição, 2023

Direitos de edição em língua portuguesa para o Brasil adquiridos por Editora Globo S.A.
R. Marquês de Pombal, 25
20.230-240 – Rio de Janeiro – RJ – Brasil
www.globolivros.com.br

Para Alyson e Poppy

CAPÍTULO 1
Audrey
15 de abril de 2023

— **Se não descer agora mesmo,** vou te demitir! — grita uma voz retumbante, subindo pela escada que leva ao nosso apartamento.

Reviro os olhos e calço os dois tênis All Star gastos antes de amarrar os cadarços.

— Até parece, seu velhote! — grito de volta ao abrir a porta e encontrar meu pai sorrindo da entrada da casa, com nosso cachorro, Cooper, abanando o rabo a seus pés. — Boa sorte para encontrar alguém que tope trabalhar de graça.

Desço os degraus até meu pai, e ele bate o dedo no relógio, levantando a sobrancelha grossa.

— Seis e um. Está atrasada.

Tiro o celular do bolso e mostro para ele.

— Seis em ponto. Seu relógio é que tá adiantado.

— Tá, não vou te demitir hoje — brinca ele, curvando a ponta do bigode grisalho ao passar por mim para subir para seu quarto e dormir, pois acaba de voltar do turno noturno no trabalho. — Não se esqueça da entrega de bebidas ao meio-dia — acrescenta, sem olhar para trás.

— Pode deixar.

Faço carinho na cabeça de Cooper a caminho da porta lateral que dá direto na Mercearia Cameron, meu compromisso de todo sábado de manhã esperando por mim.

Enquanto passo o café, olho pela vitrine e admiro a avenida Penn, os novos prédios, os apartamentos modernos e os restaurantes descolados que vêm abrindo por aqui desde que eu era uma criança pendurada nos ombros do meu pai enquanto *ele* passava o café. Essa rua, como quase tudo em Pittsburgh, mudou nos últimos dezoito anos.

Ao contrário da Mercearia Cameron, com o piso arranhado, as prateleiras empenadas e a placa enferrujada. Nosso cantinho de Pittsburgh continuou exatamente igual, mesmo com a clientela diversificada. Os fregueses de sempre vêm pelo café barato e pela raspadinha. Os universitários aparecem nas noites de sexta para reabastecer o estoque de salgadinhos e bebida. Os turistas entram para pedir informações. E os burguesinhos dos prédios caros só dão as caras em emergências, quando se esquecem de comprar o leite premium e o pão integral e precisam se virar com o semidesnatado e o pão de forma branco.

Não é grande coisa, mas é o orgulho do meu pai. O sonho de infância dele de abrir uma lojinha na rua onde foi criado floresceu quando uma rede de farmácias ocupou o mercadinho que ele frequentava. Uma mercearia simples, estável e familiar para nossa comunidade, o pessoal que sempre esteve aqui e sempre estará. Esse sonho virou, de certa forma, o sonho da minha família toda, e seu amor pelo lugar, pelos clientes e pelos horários estranhos contagiaram a mim e a minha mãe.

Além do mais, é fácil se convencer a trabalhar no caixa ou no estoque em troca de refrigerante e salgadinho. Não resisto a um pacote de Cheetos ou a uma Coca-Cola de cereja. Pelo menos não resistia quando criança, antes de ter vontade de dormir mais e descobrir meus próprios sonhos. Mas tento não pensar nisso agora.

Depois de preparar o café, entro no ritmo monótono e constante da manhã, sentada atrás do balcão em uma banqueta bamba de segunda mão que meu pai comprou na internet. Com Cooper enroscado nos meus pés, leio um novo romance com capa ilustrada nos intervalos entre cumprimentar o borrão de gente conhecida e desconhecida que passa pela porta. Gary, o motorista de ônibus, compra as rosquinhas com açúcar e me conta do acidente na rodovia 376 que causou um engarrafamento até o aeroporto. Aquela artista estilosa que se mudou para o apartamento acima da Pizza do Vince, aqui na rua mesmo, pega um maço amarelo de cigarro American Spirits. Ela paga com moedas e umas notas amassadas enquanto eu tento, de novo, sem sucesso, juntar coragem pra perguntar no que ela tem trabalhado. Um cara que nunca vi entra correndo para comprar papel higiênico, joga uma nota de vinte no balcão e vai embora antes que eu tenha tempo de abrir o caixa.

Finalmente, às oito em ponto, os sininhos da porta tilintam e meu cliente ranzinza preferido entra a passos arrastados, com os dedos ossudos fechados ao redor da bengala de madeira.

— Oi, sr. Montgomery — cumprimento, e ele responde com o resmungo de sempre antes de ir pegar o jornal do dia.

— Já desenhou alguma coisa? — pergunta o senhor, sem olhar para trás, e sinto um nó no estômago.

— Hum... — murmuro, olhando para o caderno de desenhos gasto, agora empoeirado, que há anos deixo na prateleira sob o caixa. — Ainda não.

— A faculdade não pediu tudo até dia primeiro de maio? — lembra ele, olhando o relógio analógico de pulso. — Já é...

— Eu sei bem. Acredite — interrompo.

Estou extremamente ciente da data desde que, alguns meses atrás, entrei na fila de espera para a Faculdade de Design de Rhode Island, a RISD, minha faculdade dos sonhos, e me pediram para apresentar um portfólio com cinco obras "novas e diferentes", porque minha arte era "promissora", mas também "muito passiva, pouco confiante e desprovida de ponto de vista pessoal forte o suficiente".

Se já achavam que eu era pouco confiante *antes* desses elogios gloriosos, imagine só como não fiquei depois.

Pego o caderno e folheio as páginas mais antigas. Rostos, mãos e corpos se embaralham diante dos meus olhos, todos inspirados em clientes que passaram pelas nossas portas. De certo modo, a arte nem parece mais minha, feita há tanto tempo que nem sei se me lembro do toque do lápis no papel, que dá origem a testas franzidas, cabelos desgrenhados ou dedos ossudos.

Vejo páginas preenchidas completamente, mesmo que tenha levado tempo, darem lugar a rascunhos pela metade, espaços vazios, e então...

Nada. Folhas em branco, uma atrás da outra. O sentimento ridículo e sufocante de desamparo me enche até os ossos, e sinto minha inspiração, minha paixão, meu *ânimo* se esgotar e sumir completamente.

Abro em uma das últimas páginas desenhadas e congelo ao ver um rabisquinho feito no verão passado, em estilo diferente de todos os outros: um desenho do Cooper com um balão de pensamento que diz "Te amo!".

Charlie.

Faço uma careta e fecho o caderno com força.

Como vou conseguir desenhar se nem consigo *olhar* o caderno sem pensar nele?

Três anos atrás, quando nos conhecemos no curso de férias da RISD para o qual nossa escola mandava os melhores artistas do nono ano e da primeira série do ensino médio, senti que era a melhor coisa que poderia me acontecer. Eu nem queria sair de Pittsburgh, mas, quando encontrei Charlie e descobri todas as possibilidades que o mundo tinha a oferecer, longe dessa banqueta, fiquei muito feliz. Ele se tornou meu parceiro de críticas, depois meu colega de desenho da madrugada, sempre meio bêbados, até que, naquela primeira noite quente de verão, depois de um dia inteiro no estúdio, deitada na grama sob o céu escuro, eu me senti *vista*. Ele era um ano mais velho, tinha acabado de entrar no ensino médio, mas simplesmente... me entendia. Entendia a importância da arte para mim. Como era uma parte minha.

Ou pelo menos foi o que achei.

Depois disso, passamos a fazer tudo juntos. No início, o plano era estudarmos juntos na RISD também.

Até que, na primavera passada, ele foi rejeitado pela faculdade, abandonou inteiramente a arte e me encorajou a fazer o mesmo. A parar de levar aquilo tão a *sério* e a me concentrar em algo mais prático, como se ele nunca tivesse sentido aquele desejo. Não ajudou que todos os nossos amigos concordaram com ele. Ben, Hannah, Claire, todos de acordo ao redor da mesa do almoço, como se não tivessem implorado para eu desenhá-los na semana anterior. Talvez por serem amigos dele antes de me conhecerem. Ou talvez por saberem, no fundo, que nos afastaríamos quando eles se formassem e eu ficasse para trás. Foi exatamente o que aconteceu, mas eu ainda achava que Charlie e eu sobreviveríamos. Que ele continuaria me *vendo*, mesmo que não quisesse mais ver aquele parte de si.

Por isso, quando ele finalmente voltou da Penn State, pouco antes do Halloween, eu não esperava o término. Mesmo devendo esperar.

Ele alegou que a distância era demais. No fundo, acho que não se referia aos quilômetros.

Então, arriscar e me candidatar à faculdade depois do pé na bunda me pareceu... uma oportunidade de provar que ele estava errado. Eu estava com dor de cotovelo, claro, mas, se passasse, provaria àquela menina que ficava a madrugada acordada desenhando debaixo das cobertas, que corria até a pinacoteca sempre que podia, que desenhava mesmo depois de ele dizer que era inútil, que tudo tinha, *sim*, valido a pena.

Por isso doeu ainda mais quando, no fim, foi ele que teve razão.

Apenas um mês e meio depois de Charlie me largar, fui jogada na fila de espera. E, óbvio, caí em um buraco fundo e escuro de tristeza, senti que estava literalmente morrendo e que nunca mais seria feliz.

Ou alguma coisa por aí, sei lá.

Ele foi meu primeiro amor e minha primeira dor de cotovelo, então posso ser meio dramática.

Talvez o pior seja que, apesar da dor de cotovelo já estar bem mais branda, desde então não consigo desenhar. Passei horas a fio nesses últimos meses olhando para as folhas em branco, com o lápis parado no ar, sem conseguir me convencer a desenhar qualquer coisa além de um boneco palito.

Nem meus truques de sempre funcionaram. Pedi para meu pai apontar para todos os objetos aleatórios do apartamento para me inspirar — as plantas aglomeradas no parapeito da janela, nosso sofá empelotado, até a caixa de música francesa ornamentada que sempre amei e que fica na prateleira da sala — e não consegui passar do primeiro traço. Desenho a mesma coisa de novo, de novo e de novo, porque a *aparência* não está certa. O *sentimento* não está certo.

O *meu* sentimento não está certo. A faísca que sempre acendeu em mim quando eu desenhava... sumiu. Fugiu. Eu me sinto tão distante da página diante de mim quanto de Charlie na Penn State. Talvez ainda mais. Então criar uma obra para a RISD já parece impossível, imagine cinco.

Solto um suspiro demorado e empurro pelo balcão amarelo e desbotado o café preto com três grãos de açúcar do sr. Montgomery.

— Parece que vou passar o resto da vida em Pittsburgh enchendo o saco do senhor.

— Tem certeza de que quer isso?

— Acho que sim — digo, e dou de ombros.

A esta altura, já estou bem conformada.

Amo a mercearia, amo meus pais, e sei que posso fazer uns cursos na faculdade técnica e trabalhar com outra coisa. Não seria um horror. Porém, ao falar isso em voz alta, percebo que é inegável o peso que ainda aperta meu peito ao pensar em nunca sair de trás desse caixa. Em abandonar meu sonho de ser artista, o sonho que começou antes mesmo de Charlie e daquele curso de férias. A sensação de que, apesar de a ideia de abandonar esta loja e esta cidade me apavorar, *aqui* nunca seria suficiente, como é para meu pai.

O sr. Montgomery bufa.

— Na minha época, a gente chamava isso de covardia.

— Lá no século XIX, é?

Ele resmunga baixinho e me olha com irritação por baixo das sobrancelhas brancas e desgrenhadas, mas vejo o rastro de um sorriso nos cantos de sua boca.

— Bom, enfim — diz, e toma um gole de café antes de revirar os bolsos e brandir na mão um pacote de canetas pretas da Faber-Castell, *minhas preferidas*. — Só para o caso de sentir vontade.

Ele joga as canetas em cima do caderno e pega o jornal do balcão, enquanto eu mordo a bochecha e sinto meus olhos surpreendentemente marejados.

— Obrigada, sr. Montgomery — consigo soltar, rouca, quando ele cambaleia até a porta.

De início, o sr. Montgomery apenas acena com a bengala, mas então acaba por se virar, segurando a maçaneta.

— A Audrey Cameron que eu conheço não deixaria um moleque qualquer estragar o sonho de estudar arte em uma faculdade chique. Você fala dessa porcaria desde antes de tirar o aparelho — diz, e nós dois sorrimos um pouco, porque é óbvio que é verdade. — Não desista, menina. Se não recuperar sua energia logo, vou ter que dar um jeito nisso!

Antes que eu possa perguntar que jeito ele daria, o sr. Montgomery se vai, voltando ao sobrado em Lawrenceville onde mora há uns mil anos e de onde me viu crescer, assim como o restante do quarteirão. Justamente por isso, meu pai não o deixa pagar pelo café ou pelo jornal nunca. Ele pode até ser o ranzinza de estimação do bairro, mas também é o cara que trouxe jantar para a gente por uma semana inteira depois da morte do meu tio. O cara que frequenta as apresentações de dança e as formaturas dos jovens da área. Que, de acordo com meus pais, os ajudou em um momento difícil quando eu era menor. E agora é ele quem me dá minhas canetas preferidas, bem quando estou quase entregando os pontos.

— Bom, Coop — digo, soltando um suspiro demorado. —, talvez isso resolva.

Cooper me olha com adoração, os olhos castanhos e redondos como moedinhas perfeitas, e eu coço a cabeça preta e peluda do meu cachorro até ele abanar o rabo de felicidade.

Finalmente, abro em uma página em branco e torço pela faísca.

CAPÍTULO 2
Lucy

7 de junho de 1812

É terrível admitir, mas prefiro que meu pai esteja em Londres, viajando a negócios, do que aqui em Radcliffe.

A solidão tornou-se costumeira, e o silêncio da casa é quase confortável. Libertador. Posso ler romances de que ele desdenharia no café da manhã. Compor minhas próprias canções ao pianoforte à tarde, em vez de tocar os estudos noturnos como se espera das mulheres educadas em Londres. Caminhar longamente pelo terreno enquanto o sol se põe, sem olhares de desprezo para a bainha suja do vestido ao meu retorno.

Quando ele está aqui, como agora, a solidão persiste, mas o silêncio muda. É sufocante... não, ensurdecedor, e abafa até mesmo os talheres nos pratos durante o jantar, embora nenhuma palavra seja pronunciada.

Antigamente, as coisas eram diferentes. A casa era... *viva*, anos atrás, antes do falecimento de minha mãe. Havia gargalhadas contagiantes no chá da tarde, móveis sendo empurrados com ruído para que ela me ensinasse novas danças, e nenhuma bainha era mais valiosa do que uma aventura nos dias de sol.

Meu pai nunca se juntava a nós. Sua arrogância e seu nítido desdém são constantes desde meu nascimento. Porém, ele tolerava o comportamento, não por amor a ela, como agora percebo, mas devido ao tamanho do dote e ao status da família de mamãe. Isso dava a nós algum valor aos olhos de um homem que não tem interesse ou admiração pelo amor.

Agora, ele mal pode esperar para se livrar também de mim, e a única coisa que me mantém aqui é a perspectiva de meu próprio casamento e do que isso pode fazer por ele.

Nossa governanta, Martha, tenta preencher o espaço deixado por minha mãe, mas...

Meu pai pigarreia e eu levanto a cabeça abruptamente, fitando os olhos azul-gelo que ele estreita do outro lado da mesa de jantar comprida.

— O baile anual do sr. Hawkins ocorrerá daqui a um mês — diz, rompendo o silêncio pesado enquanto seca o canto da boca. — O sr. Caldwell, apesar do esforço e da hesitação compreensível que demonstra, a convidou a acompanhá-lo, e espero sinceramente que você use esta oportunidade para garantir que ele, enfim, a peça em casamento.

Sinto um nó no estômago ao pensar naquilo. Em me *casar*. Com o sr. Caldwell.

Tento me imaginar subindo ao altar diante dele, e inevitavelmente meu estômago se retorce. O sr. Caldwell é um tolo. Tem, além disso, o dobro da minha idade.

Porém, ele é extraordinariamente rico. É, na verdade, o homem mais rico do condado, e meu pai ocupa, com inveja, o segundo lugar. Uma aliança entre nossas famílias seria a joia da coroa não apenas da posição social de meu pai, mas também de seus empreendimentos, e tudo que posso fazer, tudo que *devo* fazer, é garantir que tal feito ocorra.

Um evento da magnitude do baile dos Hawkins, que conclui a temporada, certamente seria o local adequado.

Ainda assim, me esforcei como pude para resistir aos cortejos do sr. Caldwell nos últimos dois meses, na esperança de que ele perdesse o interesse. Fui enfadonha nas conversas, parei de dançar no meio da música reclamando de dor nos pés e até mesmo errei um trecho de uma composição ao piano que sei de cor quando meu pai o convidou para o chá. (Por consequência, fui obrigada a passar a semana ensaiando aquela única música sob o olhar atento de meu pai.) Porém, o convite indica que de nada adiantou.

Casamento. Neste momento, diante das palavras de meu pai, me parece completa e verdadeiramente inevitável. Foi explicitamente dito agora, não há nada implícito. Não tenho escolha; devo ceder.

Afinal, que propósito eu teria, além desse? Que propósito *qualquer* mulher teria?

A vida inteira, especialmente nos últimos anos, fui podada e preparada para este único e singular objetivo.

Fazer um bom casamento. Não por amor nem por romance, como sempre dizia minha mãe, na esperança de que meu destino fosse diferente do dela, mas para reparar ao menos um pouco do dano que causei ao nascer mulher.

Portanto, assinto, como assentirei quando o sr. Caldwell pedir minha mão em casamento, e olho para meu prato, me concentrando nas flores azuis enroscadas em uma estampa elaborada na borda.

— Claro, papai. É o que farei.

— E, visto que não posso confiar que o conquistará apenas com seu charme, amanhã deve ir ao centro para adquirir um novo vestido. Martha irá acompanhá-la. A srta. Burton as aguarda às duas em ponto — acrescenta ele.

Na verdade, é uma ordem, mas esta não me incomoda. A srta. Burton montou a loja há três anos e, neste curto tempo, tornou-se uma costureira de renome. O preço é razoável, os funcionários, extraordinariamente gentis, e o trabalho, espetacular. Além do mais, uma visita à loja sempre envolve algumas horas longe da solidão de Radcliffe e da ira de meu pai.

— Ela vai desenhar algo que atraia e detenha o olhar de Caldwell, já que você parece ter tanta dificuldade de fazê-lo.

Eu o observo se levantar e olhar o relógio de bolso antes de seguir para a porta, concluindo o jantar sem nem mesmo perguntar se eu acabei de comer.

— Não tenho tempo para discussão. Partirei para Londres daqui a uma semana, mas estarei de volta a tempo do baile.

Com isso, ele se vai, desaparecendo pela porta do escritório. Solto a respiração que prendi pelo que me pareceu o jantar inteiro. Martha aperta de leve meu ombro e faz sinal para Abigail, uma das criadas, levar o prato de meu pai.

— Queria que ele não voltasse nunca — sussurro, para que apenas ela escute.

Martha abre um sorriso compreensível, levantando os cantos enrugados da boca.

— Bem, querida, eu diria que não é a única.

Abigail concorda com a cabeça ao sair da sala, fazendo barulho com a prataria.

Martha teria deixado Radcliffe há muito tempo, em busca de outro serviço, se não fosse por mim. Eu tinha certeza de que ela partiria após a morte de seu marido, Samuel, nosso mordomo.

Martha, no entanto, é de uma lealdade ferrenha com as pessoas que quer bem. Com minha mãe, comigo. Logo, ela continuou aqui, o que faz eu me sentir ainda mais culpada, pois minha existência força uma pessoa tão querida quanto ela a estar tão presa a este lugar quanto eu.

Talvez esta seja a única vantagem de me casar com o sr. Caldwell: Martha finalmente estará livre.

Após ler os sermões terrivelmente tediosos de Fordyce na sala de estar, como se espera que eu faça até o anoitecer, me retiro ainda cedo para dormir, mas acabo me revirando na cama, desperta por pensamentos desagradáveis sobre o sr. Caldwell. A testa suada, a sensação enjoada e sufocante que me acometeu na primeira vez em que dançamos juntos, há dois meses, no baile de um conhecido em comum em Langford. Eu imaginava que fosse apenas por educação, mas a intenção de meu pai tornou-se óbvia quando notei o brilho calculista em seus olhos ao observar-nos do outro lado do salão, desviando a atenção apenas para conversar com a irmã do sr. Caldwell. Minha suspeita se confirmou quando ele o convidou para o chá na semana seguinte.

Torço o lençol nas mãos fechadas em punho. Volto a sentir o mesmo aperto no peito, o mesmo desconforto.

Sentirei isso pelo resto da vida? Será que é o que sentem *todas* as jovens damas cujos casamentos lhe fogem inteiramente do controle, obrigadas a desposar homens para quem mal suportam olhar?

Foi o que minha mãe sentiu?

Apesar de eu nunca ter *sentido* aquele sinal de amor, nem mesmo de *atração*, por qualquer homem que conheci, não consigo conter a pontada de dor ao pensar que, agora, nunca sentirei mesmo. Nunca saberei como é me apaixonar por alguém. *Desejar* alguém.

Finalmente, paro de me revirar com esses pensamentos e me levanto da cama. Acendo a vela na mesa de cabeceira e vejo a chama dançar a cada sopro, jogando sombras retorcidas nas paredes. Pego a vela, visto o roupão e saio de fininho pelo corredor iluminado ao luar. A quietude da casa, exceto pelo assoalho que range sob meus pés, ajuda a acalmar meus nervos conforme desço degrau por degrau.

Acabo na ala mais distante, onde uma fileira de retratos se estende até perder de vista, para além da luz da vela. Meu pai, o pai dele, o pai do pai dele. Todos com o mesmo nariz encurvado. Os mesmos ombros eretos e orgulhosos. Os mesmos olhos frios e azuis, que parecem me observar ainda agora.

Estremeço e me enrosco mais no roupão antes de passar pela porta no fim do corredor para entrar na biblioteca e ver o único retrato de que gosto nesta casa.

O de minha mãe.

Ergo a vela e o rosto dela ganha vida à luz: maçãs do rosto proeminentes e cabelo dourado. Ela usa um colar de ouro com um único pingente de pérola, e o castanho-escuro de seus olhos é muito diferente do olhar de meu pai, muito mais caloroso.

Tateio meu pescoço, em busca do fantasma de um colar que nunca encontrei, enquanto estudo suas feições. Sempre disseram que somos parecidas, e ela sorria ao ouvir o comentário, acariciava meu cabelo e concordava.

Porém, eu ainda vejo meu pai. Nos meus olhos. No canto da minha boca. Nos meus movimentos.

Mesmo quando eu deixar este lugar, nunca me verei livre dele.

A vela bruxuleia na minha mão antes de se apagar completamente, soprada pelo vento que entra pela porta aberta, e deixa para trás apenas uma brasa reluzente e um rastro espiralado de fumaça ao luar.

Agora me parece quase um delírio eu um dia ter acreditado quando minha mãe falou que era meu destino casar-me por amor. Tolice pensar que o amor, mesmo que eu o encontrasse, poderia ser maior do que o dever e a expectativa, sendo que, no caso dela, certamente não foi.

No momento, só consigo pensar no alívio que sinto por ela não precisar ver como estava errada.

CAPÍTULO 3
Audrey
16 de abril de 2023

Os fins de semana de primavera em Pittsburgh sempre foram os meus preferidos.

Pedalando pela cidade entre as flores que começam a nascer, vejo as ruas animadas após o longo inverno, as janelas abertas em praticamente todos os restaurantes, os clientes se espalhando pelas calçadas, enquanto surge a esperança do verão no horizonte.

Ziguezagueio pelas curvas, com o fone de ouvido pendurado apenas de um lado, deixando-me guiar pela playlist que montei hoje cedo enquanto matava tempo no caixa, e admiro a vista da ciclovia.

Este trajeto é importante.

Estou à procura, como fazia antes da merda toda dos últimos meses, tentando encontrar *algo* que vai me inspirar o suficiente para preencher as folhas em branco do caderno para a candidatura à faculdade. Especialmente agora que ganhei aquelas canetas caras do sr. Montgomery.

Não quero me decepcionar outra vez, mas pensar em decepcioná-lo também é o peso a mais de que preciso para tentar de novo em vez de, como o sr. Montgomery disse, *me acovardar*.

Enquanto admiro as cores, as linhas e as formas dos postes, dos bares lotados e dos casais de braços dados nas calçadas, sinto o fantasma do comichão nos dedos. Quando vislumbro uma garota loira de vestido floral colorido, o rosto e o cabelo comprido e esvoaçante perfeitamente delineados pela luz do sol, meu indicador começa a tremer no guidão. Chego a *enxergar* a folha em branco se desenrolando à minha frente. Os traços compridos de cada fio dourado, a sombra debaixo do queixo, a forma ovalada...

Merda.

Freio de repente e tento desviar quando uma porta de carro azul se escancara, mas acabo batendo com tudo, me estatelando de cara no vidro quando a bicicleta desaba debaixo de mim. Tombo no asfalto e solto um gemido demorado ao me virar de costas, olhando para o céu azul e rosa que lembra algodão-doce.

Apesar de tudo, é um belo pôr do sol.

Não é o pior jeito de morrer.

— Ai, nossa, me desculpa — diz uma voz, e uma cabeça surge na minha frente.

Eu me concentro nas feições de uma menina asiática de aparência preocupada. Piercing maneiro no nariz. Cabelo loiro platinado. Braço fechado de tatuagens. Sinto um frio na barriga que é ao mesmo tempo familiar e inteiramente inusitado. Eu me endireito em vez de pensar no motivo e aperto a barriga com a mão para conter a sensação.

— Você tá bem? — pergunta ela. — Chamo uma ambulância ou...

Balanço a cabeça em negativa. Estou estropiada e atordoada, mas não preciso ir ao *hospital*.

Parece que viverei para ver o sol se pôr outra vez.

— Não, tranquilo. Tô legal, mas... — digo, levantando o ombro direito e inclinando um pouco o tronco para a esquerda, para mostrar o que ela *deveria* ter feito. — Já pensou em olhar antes de abrir a porta? É mais seguro. Você poderia ter perdido a porta do carro assim, cara. Ou o braço. Especialmente nessa rua. Uns carros vêm voando...

Perco a voz quando um cara branco sai do lado do carona, dando a volta pela frente do carro para pegar a mão da garota que abre portas sem olhar.

Charlie.

— Jules, tudo bem? — pergunta para a garota, como se fosse *ela* quem deixou a cara marcada na janela do motorista.

Eu me levanto, cambaleante, e Charlie arregala os olhos castanhos ao me ver, tão boquiaberto de surpresa que o bigode feio que deixou crescer desde outubro até treme. Como se fosse eu quem não deveria estar aqui.

O que ele está fazendo na cidade?

Acho que a distância nunca foi o problema de verdade.

— Audrey — diz ele, enquanto nos encaramos por um momento demorado e nem um pouco estranho. — Você tá, hum, sangrando...

Ele deixa a frase no ar e aponta para minha testa, bem acima do olho direito.

Estico a mão e faço uma careta ao tocar o corte. Quando afasto os dedos, estão ensanguentados a ponto de me deixar tonta.

Porém, fico ainda mais tonta com o que vejo à minha frente.

Abaixo o olhar para as mãos deles, de dedos entrelaçados, e raciocino.

Charlie está *namorando* a menina da porta do carro. Namorando *mesmo*, de visitar a cidade, sair para jantar no domingo à noite, bater o carro em ciclistas só por diversão.

— Hum, como vai? — pergunto, secando rápido a mão ensanguentada na calça antes de posicioná-la de um jeito supercasual no quadril.

— Hum — diz Charlie, apertando os olhos. — Bem.

Faz-se um longo silêncio, interrompido por uma gota de sangue que escorre bem no meu olho direito. Eu a seco com a mão e considero que é minha deixa para ir embora em busca de um kit de primeiros-socorros e, talvez, um buraco cavernoso bem fundo no qual possa cair e nunca mais sair.

— É melhor... — digo, me abaixando para recolher a bicicleta, que parece ter sido esmagada por um caminhão de lixo. — É melhor eu ir pra casa.

— Deixa eu te dar uma carona, pelo menos — oferece minha substituta.

Jules.

Porra. Até o nome dela é maneiro.

— Não, não. Tô de boa — respondo.

Porém, quando me apoio no guidão, o pneu da frente da bicicleta murcha devagar, e todos evitamos contato visual nos dez segundos em que o ar se esvai com um assobio.

— Audrey — insiste Charlie. — Deixa a gente te levar em casa.

A gente.

Eca.

Abro a boca para protestar de novo, mas... a bicicleta amassada e o corpo dolorido vencem o orgulho. Não quero andar os dois quilômetros e meio até minha casa desse jeito.

Solto um suspiro profundo, assinto, e Jules me ajuda a botar a bike na mala do carro enquanto Charlie volta com um punhado de guardanapos do restaurante ao lado para eu secar a testa.

Entro no banco de trás, e a nova namorada de Charlie pergunta aonde vamos.

— Só descer a Penn toda a vida — nós dois dizemos ao mesmo tempo, e Charlie se vira para trás para me olhar.

Bato com a pilha de guardanapos na testa para conter o sangramento *e* o contato visual, então olho pela janela no trajeto silencioso.

— Vocês se conhecem da escola? — pergunta Jules, alegre.

A pergunta confirma que Charlie não sentiu necessidade de falar de mim.

— Tipo isso — diz ele, cujo cabelo castanho bagunçado balança à brisa que entra pelo vidro aberto.

— A gente namorou — falo, porque estou um tiquinho irritada e talvez também com a cabeça meio avariada, e, sinceramente, perdi a dignidade há uns quinze minutos quando saí voando da bicicleta, então o que mais posso perder sendo sincera?

— Não acredito — diz ela, sorrindo e balançando a cabeça. — Quais são as chances?

— Podiam ser menores — murmuro antes de me esticar para apontar a loja da qual, felizmente, nos aproximamos.

Ela estaciona o carro na vaga em frente à entrada.

Todos saímos, e eu pego minha bicicleta. Acabamos de pé, sem jeito, na calçada. *Por que eles não vão embora?* Quase ando até o meio da rua só para ser atropelada por outro carro e acabar com isso de uma vez.

— Vou olhar para os dois lados antes de abrir a porta daqui em diante — diz Jules, sorrindo, e Charlie passa o braço pelo ombro dela. — E, se acabar precisando ir pro hospital, sei lá, me diz para eu pagar a conta.

— Ah, tá. Vou mandar mensagem pro Charlie se rolar.

Eu rio ao falar, torcendo para a piada aliviar um pouco a tensão, porque ele, mais do que qualquer pessoa, sabe que sou teimosa demais pra ir ao médico.

Em vez disso, Charlie olha para baixo, tímido.

— Não tenho mais seu número — diz, e eu me esforço para não revirar os olhos com a maior força do mundo.

É a cara do Charlie. Tudo ou nada. Arte, faculdade, *eu*.

Ao vê-lo aqui e agora, de bigode ridículo e tudo, sinto que finalmente o enxergo com clareza, sem o filtro brilhante e maleável da memória.

E eu sinto... bom...

Que o superei.

— Sem problemas, eu que mandaria a conta — respondo, sem conseguir segurar a voz afiada. — A não ser que vocês planejem um massacre por Pittsburgh hoje, vai ser fácil me identificar. Mas se for o caso, o final do meu número é 2357.

Jules ri de um jeito insuportavelmente fofinho enquanto Charlie abre a boca para dizer alguma coisa, mas, depois de abri-la e fechá-la umas dez vezes, que nem um peixe dourado carnívoro, ele solta apenas um suspiro profundo.

— Vou... — digo, apontando a Mercearia Cameron antes de dar meia-volta, doida para entrar e me livrar dessa bagunça. — Tchau.

Eu me atrapalho na porta com a bicicleta, e os sinos tilintam quando piso no capacho preto com vontade. Pela vitrine, vejo Charlie e Jules se beijarem e se fundirem antes de entrarem no carro e irem embora, já tendo se esquecido de mim e da minha bicicleta amassada.

Estou tão concentrada em observá-los que quase morro do coração quando minha mãe solta um grito exageradamente dramático e vem correndo de trás do caixa.

— Ah, meu bebezinho! O que aconteceu? — pergunta, apertando meu rosto com as mãos, os olhos castanhos cheios de preocupação.

— A nova namorada do Charlie me atropelou.

— De propósito?

— Não — admito, e vejo um leve sorriso surgir nos lábios dela. — E foi só a porta do carro.

— *Nossa senhora*. O pessoal precisa mesmo aprender a olhar antes de abrir a porta. *Olha só sua cabeça* — diz, com a voz preocupada, e analisa o corte. — Será que sofreu uma concussão? É melhor ver no médico...

— Mãe. Para. Estou bem.

Eu me desvencilho das mãos fortes dela e cruzo os braços no peito com teimosia.

— Bem, vamos pelo menos cuidar do corte, tá? — diz minha mãe, com um tapinha carinhoso na minha bochecha, e vira o rosto para gritar na direção da escada: — Louis! Desce aqui pra cuidar do caixa. Tenho que fazer uma cirurgia de emergência!

Reviro os olhos, mas não seguro o sorriso. Quando eu era criança, minha mãe era enfermeira no hospital pediátrico pertinho daqui. Ela se aposentou quando eu estava no ensino fundamental, para ajudar meu pai sobrecarregado, e para passarmos mais tempo juntos em família, depois de anos de desencontros por causa dos turnos pesados dos dois. As brigas que antigamente ecoavam pelas paredes do nosso micro apartamento cessaram, e, de algum modo, essa mercearia virou o sonho dela também. Agora, o único trabalho médico que mamãe ainda faz é com nós dois, ou com as crianças do bairro, que às vezes aparecem com o joelho ou o cotovelo ralados, pois sabem que a sra. Cameron pode ajudar.

Às vezes eu me pergunto se, já que a mercearia e o bairro viraram o suficiente para minha mãe, eu conseguiria dar um jeito de torná-los o suficiente para mim também, de verdade. Mesmo que, no fundo, uma voz fraca diga que nunca acontecerá.

— Então — diz ela quando subimos ao apartamento, passando um algodão com álcool no corte ardido. — A garota era bonita?

— *Mãe* — resmungo, sentada na bancada do banheiro e balançando as pernas contra o armário para me distrair da dor.

Sei que não é a isso que ela se refere, mas certamente não quero pensar no frio na barriga inesperado que senti por causa do encontro, então decido responder com simplicidade.

— Era, sim. Piercing no nariz. Tatuagens. Bem estilosa.

Quando mamãe tira o algodão, mudo de assunto e a olho de soslaio.

— Mas o Charlie deixou o bigode crescer.

Ela solta uma exclamação horrorizada.

— Ah, não. Aquele menino não tem cara para bigode.

Eu rio e ela revira a bagunça do nosso kit de primeiros-socorros, mas ainda levanta as sobrancelhas com um olhar materno.

— Você ficou bem? De encontrar o Charlie de novo? E ver ele com outra pessoa?

Dou de ombros, mas, agora que passou o constrangimento, a conclusão a que cheguei na frente da loja se confirma.

A dor aguda do fim dos quase três anos que passamos juntos agora é apenas um incômodo vago e distante.

— Quer saber? Surpreendentemente... acho que sim.

Acho que *pensei* que ficaria devastada. Achei que *deveria* ficar. Porém, vendo quem ele é agora, em vez da versão ficcionalizada a que me agarrei nos últimos meses, sinto que consegui finalmente botar um ponto final.

— O bigode deve ter ajudado — diz ela, rindo baixinho ao pegar o curativo da Vila Sésamo, tão seco que me leva a crer que está ali desde que eu ainda usava fraldas. — Já pensou em também voltar à pista? Conhecer outra pessoa? Assim, a formatura está *quase* aí.

Resmungo.

— De jeito nenhum.

— Pode ser divertido! — exclama ela, abrindo a embalagem quase desintegrada do curativo e colando-o na minha testa.

— Para você, é fácil — provoco, para me esquivar. — Você se casou com seu queridinho da escola.

Mesmo com a conclusão, alguma coisa no fato de ter esbarrado em Charlie hoje e nas folhas em branco e teimosas do caderno me dá ainda mais certeza de que não quero me jogar no desconhecido tão cedo.

Não quando está tão nítido que listas de espera, rejeições e dores de cotovelo sempre foram meu destino. Talvez ser atropelada por uma porta de carro fosse o sinal de que eu precisava para perceber isso.

— Ah, meu bem. Seu pai nunca foi um queridinho — diz minha mãe, apertando meu rosto. — Mas você é. E Charlie deixou passar uma joia e tanto.

Ela me dá um beijo na testa antes de jogar fora os guardanapos ensanguentados e lavar as mãos.

— Além do mais! A vovó sempre dizia que o melhor jeito de superar alguém é fazer que nem chuchu na cerca...
— Mãe!
— É brincadeira! — ela diz, respingando água em mim. Seco o braço e nós duas caímos na gargalhada.
— Escute, faça o que achar melhor, tá? Pode namorar, desenhar, sair de Pittsburgh, ficar aqui. O mundo é todo seu, meu bem, e na hora certa você vai encontrar alguém legal para beijar e algo que mereça preencher seu caderno. Sei que vai.

Torço a boca em uma carranca.

— O prazo é daqui a *duas semanas*. E minha voltinha de bicicleta pela cidade em busca de inspiração acabou em... — digo, apontando o curativo na testa. — Parece um sinal. Para eu só... deixar a RISD pra lá.

— Você vai dar um jeito, tá? Mesmo se perder o prazo, pode se candidatar de novo depois de um período na faculdade técnica. Talvez encontre um novo sonho. Talvez vá... sei lá... fazer um mochilão pela Europa! Caramba, se eu me apaixonei por aquela lojinha fuleira lá embaixo, é porque nunca se sabe o que é possível mesmo.

Desço da bancada e dou um abraço muito necessário em mamãe enquanto ela seca as mãos. Não sinto que tenho a coragem de deixar para trás a segurança desta casa e da lojinha, muito menos de fazer qualquer uma dessas coisas agora. Porém, o fato de que ela acredita que um dia serei capaz disso, de que o sr. Montgomery também acredita, faz eu me sentir um pouco melhor. Mesmo que, por hora, eu não acredite em mim mesma.

— Mas, enquanto isso — diz ela, com um tapinha no meu braço —, acho que a gente devia roubar uns sorvetes do congelador e contar o que aconteceu pro seu pai.

— Eu quero dois sorvetes — digo, já descendo a escada.
— Afinal, tenho que tratar dessa lesão na cabeça.

CAPÍTULO 4
Lucy
8 de junho de 1812

Solto um suspiro profundo a caminho do centro da cidade no dia seguinte, agradecida pelos breves momentos livre de meu pai, apesar de sua enorme presença continuar me cercando, sempre inescapável. Sei que ele provavelmente está no escritório, em Radcliffe, abrindo o relógio de bolso para ver as horas, monitorando com atenção a duração de meu passeio, para garantir que eu não me demore em outros lugares.

Olho para Martha, sentada no banco de frente para o meu, enviada para me vigiar e depois relatar todo o passeio a meu pai. Ele ficaria furioso se descobrisse o quão frequentemente ela me deixa sozinha para cumprir com outras obrigações e eu aproveitar alguns pequenos momentos roubados em minha própria companhia.

Pelo vidro da carruagem, vejo os edifícios de pedra enquanto mordo o lábio e observo as pessoas a passeio na estrada de terra. Caminham devagar devido ao calor do verão, mas, mesmo assim, suas risadas e vozes joviais tomam o ar, e uma pontada de inveja aperta minha barriga.

Imagino como seria se eu fosse uma daquelas pessoas lá fora, em vez de estar *aqui*, presa na carruagem que me leva para escolher o vestido destinado a confirmar minha sina como futura sra. Caldwell. Como seria passear à toa pela cidade, viajar a Paris ou estudar piano no conservatório. Por um breve momento, imagino que a carruagem está me levando exatamente a isso, descendo uma rua de uma cidade tão diferente desta, tão distante de Radcliffe, onde eu posso fazer o que desejo, em vez do que me dizem ser minha obrigação.

Balanço a cabeça, e a fantasia se desfaz na realidade inevitável quando a carruagem desacelera diante da loja.

— Encontro-a na carruagem depois? — pergunta Martha, já se afastando para resolver seus assuntos.

Assinto e, com um suspiro demorado, abro a sombrinha para me proteger do sol e saio, rapidamente atravessando a breve distância e os poucos degraus até a porta de madeira, onde a própria srta. Burton me recebe com rapidez assim que eu a abro.

— Srta. Sinclair, que prazer vê-la hoje. Você está bem? — pergunta, com uma reverência que eu retribuo.

— Estou, sim — digo, com mais convicção do que sinto.

É então que percebo as olheiras sob seus olhos castanhos. A notícia do baile no mês que vem deve ter se espalhado rápido, e todos devem estar falando do maior evento da temporada.

— E a senhorita? — pergunto. — Imagino que ande muito ocupada.

— Sim, sim — diz ela, torcendo as mãos conforme avançamos para dentro da loja. — Mas sempre tenho tempo para recebê-la, srta. Sinclair. Sempre tenho tempo.

Eu me sento no divã listrado já familiar e me servem chá enquanto ela me apresenta uma variedade de esboços, lindas linhas em papel gasto. Nunca fui uma artista notável, apesar das inúmeras lições de pintura que fui obrigada por meu pai a fazer, mas sempre amei arte, e admiro profundamente aqueles capazes de encher de significado uma folha em branco, como é o caso da srta. Burton.

Inicialmente, me atrai um vestido de seda mais ajustado e simples, um desenho que reconheço de três temporadas atrás, com um bordado floral *belíssimo* na barra, que... certamente não cumprirá a tarefa de impressionar o sr. Caldwell.

Portanto, em vez disso, sou forçada a rejeitar o vestido em favor de algo que o impressione. Algo novo e caro, algo *chamativo*, que exibirá não apenas a riqueza de meu pai, mas meu conhecimento das modas atuais.

Vejo um dos desenhos mais recentes, com cintura alta, mangas levemente bufantes e um decote largo em V. Certamente é lindo, e *muito* elegante, mas não é... meu estilo.

No entanto, não é por mim que estou aqui, é? E um vestido desses certamente estaria à altura das expectativas do sr. Caldwell.

Volto ao desenho anterior e passo o dedo pelo bordado elaborado.

— Seria possível acrescentar isso?

Ela confirma com a cabeça.

— Com certeza.

Um toque pequeno e sutil, como uma parte de mim que ainda pode existir entre as mangas bufantes e a cintura alta. Um equilíbrio, de certa forma, que uma costureira talentosa como a srta. Burton se certificará pessoalmente de tornar ainda mais belo. Eu me agarro a isso.

— Em que cor pensou? Talvez um pastel?

A srta. Burton acena, e uma assistente vem correndo com amostras de tecido.

Meu olhar é imediatamente atraído pelo lilás, mas a srta. Burton pega um azul, que leva a meu rosto para comparar com meu tom de pele, confirmando com a cabeça.

—Ah, este ficaria *lindo*. E *certamente* destacaria seus olhos!

Assinto e, enquanto o lilás some de vista, engulo minha opinião.

Depois de selecionar a renda para os detalhes e finalizar o projeto, começamos a tomar minhas medidas atuais.

— Soube por uma conhecida que o sr. Caldwell está *muito* ávido para o baile vindouro, pois sabe que a senhorita comparecerá — comenta ela, enquanto mede meus ombros, com um sorrisinho astuto.

Duas das assistentes esticam o pescoço, interessadas.

Eu desvio o rosto, incomodada com a lembrança, mas, quando encontro meu olhar gélido no espelho, a expressão é tão nitidamente semelhante à de meu pai que a suavizo quase instantaneamente.

— É mesmo? — me limito a dizer, educada, mas sem revelar nada.

Nunca fui dada a boatos, mas a srta. Burton certamente tem culpa no cartório. Para ela, deve ser quase acidental acumular notícias e informação, pois a atmosfera confortável da loja e a variedade da clientela feminina facilita conversas francas.

Porém, com certeza não quero ser o assunto do dia. Não por isso.

— Pois sim! Ora, a prima dele, a sra. Notley, esteve aqui ontem mesmo, e me contou como ele estava alegre pela senhorita ter aceitado o convite.

Bem, imagino que seja uma boa notícia, considerando a missão que me trouxe aqui.

Ainda assim, a inevitabilidade me dá um nó no estômago em vez de frio na barriga.

Como não ofereço informação alguma sobre minhas intenções, acabamos de conferir medidas em silêncio, e, quanto mais mergulho em pensamento, mais sinto... um desejo estranho de cometer um pequeno ato de rebeldia. Algo que, mesmo por um segundo sequer, me fará sentir que possuo um grão de independência. Um pequeno poder sobre minha própria vida, antes de ser tarde.

Meu olhar vagueia até o desenho do primeiro vestido de seda no balcão, me tentando a acrescentá-lo ao pedido, no lilás cujo desejo engoli. Imagino a expressão perplexa de meu pai quando o pacote chegar à nossa porta, sem sua aprovação.

— Tem interesse em mais alguma coisa, srta. Sinclair? — pergunta a srta. Burton, ao me ver notar o desenho.

Apesar de eu provavelmente já estar prometida ao sr. Caldwell quando chegar, apesar de minha vida inteira, meu futuro inteiro, ainda serem completamente controlados e cuidadosamente construídos por meu pai, eu poderia ter esse vestido, guardado no fundo do armário, em lembrança de uma coisinha que escolhi para mim.

Antes de me conter, concordo com a cabeça, o coração a mil de êxtase.

— Este vestido — digo, esticando a mão para indicá-lo. — Naquele tecido lilás que me mostrou mais cedo.

— Devo incluir na mesma conta que enviaremos a seu pai?

— Se possível, em uma conta separada — digo casualmente, tentando manter a voz tranquila, com a boca repuxada pelo primeiro sorriso genuíno em semanas. — A ser cobrada após o baile, talvez?

Ela assente e faz sinal para uma assistente anotar no livro-razão antes de me conduzir à porta.

— É sempre um prazer, srta. Sinclair — diz, com um sorriso caloroso. — Seu vestido para o baile será entregue daqui a duas semanas, com tempo suficiente para ajustes, caso os deseje.

— Muito obrigada, srta. Burton. Aguardo ansiosamente — minto, e faço uma reverência antes de sair da loja.

Desço os degraus quase saltitando, tão emocionada pelo raro ato espontâneo de desafio que quase esbarro com força em alguém.

— Lucy! — exclama uma voz conhecida, e, ao erguer o rosto, vejo minha amiga, Grace Prewitt, segurar meus ombros para me impedir de tropeçar.

Ou, melhor dizendo, minha amiga Grace *Harding*. Ela se casou na primavera passada com um escrivão, o sr. Simon Harding. Como ela é a mais jovem da família, foi um acordo bastante respeitável, e ainda mais agradável pelo fato de ela ter se apaixonado pelo noivo. Desde então, foram muitas as coisas que eu quis lhe perguntar sobre amor e casamento, mas, como meu pai tem estado em casa e desencoraja abertamente minha amizade com ela, ainda não tive a oportunidade.

Mesmo que o pai de Grace seja um comerciante respeitado, de quem meu pai adquiriu muitas obras de arte valiosas, livros raros e antiguidades inestimáveis, ele ainda se recusa a ver os Prewitt como nossos iguais. Quando eu e Grace nos conhecemos, há mais de uma década, quando ela acompanhou o pai a Radcliffe para fazer a entrega de duas pinturas, nós duas logo ficamos amigas e, assim que tivemos a oportunidade, fugimos para correr pela pradaria e jogar pedrinhas no lago. Naquela noite, meu pai deixou totalmente óbvia a opinião que tinha a respeito dela, mas esta questão específica foi minha única rebeldia até hoje, e eu desrespeitei seus desejos completamente para, em segredo, manter e alimentar nossa amizade.

— Grace — digo, quando damos as mãos. — Você está bem?

— Ah, sim, excelente.

Ela parece estar mesmo. Praticamente brilha, o cabelo escuro cuidadosamente penteado e preso, os olhos claros muito abertos e reluzentes. Vejo seu olhar ir de mim à loja da srta. Burton.

— Veio encomendar um vestido para o baile? — pergunta ela.

Confirmo com a cabeça e faço uma careta.

— Meu pai me instruiu a encontrar um vestido que garanta o pedido de casamento do sr. Caldwell.

— Está de brincadeira — diz ela, fazendo cara de nojo. — Tantos homens solteiros, e ele escolheu logo o *sr. Caldwell*.

— Ah — respondo, levantando a sobrancelha. — Mas nenhum outro homem solteiro é tão rico quanto ele.

— Rico ou não, nunca conheci homem mais desagradável.

Eu me aproximo, com ar de conspiração, e olho para os dois lados antes de abaixar a voz.

— Na verdade, acho que nós duas conhecemos.

Nossos sorrisos viram gargalhadas, e ela aperta minha mão.

— Precisamos recebê-la para o chá antes que isso aconteça, então — sugere, e eu assinto.

— Meu pai partirá para Londres daqui a uma semana. Depois disso, talvez?

— Com certeza. Marcado para daqui a uma semana e um dia — diz, e estica a mão para ajeitar a sombrinha de modo a cobrir melhor meu rosto. — Você precisa voltar a Radcliffe antes que seu pai mande procurá-la. Escreverei para você em breve!

— Foi um prazer ver você — digo, apertando a mão dela outra vez antes de o lacaio me ajudar a subir na carruagem. Martha já está me esperando do lado de dentro.

Conforme partimos, vejo pela janela Simon sair da chapelaria. Ele encontra Grace e dá o braço a ela antes de seguirem pela rua, cheios de sorrisos e olhares de adoração.

Eu nunca me apaixonei, e agora sei que nunca vou me apaixonar, mas, confesso, Grace e Simon Harding me fazem desejar o amor, mesmo que seja apenas por um momento brilhante como esse.

CAPÍTULO 5
Audrey
22 de abril de 2023

Uma semana depois, meu caderno ainda está em branco.

Desde que bati de cara na porta do carro da namorada de Charlie, desisti oficialmente do prazo, mas talvez ainda não tenha desistido da arte. Porém, parece que nem aliviar a pressão ajudou na criatividade. Nem minha testa amassada e uma boa dose de humilhação.

Tentei de tudo para me motivar. Vídeos no YouTube, *timelapses* de artistas desenhando no TikTok, até olhar coleções de arte on-line, como estou fazendo agora.

Sentada atrás do caixa, balanço a perna enquanto passo pela coleção de retratos da época regencial da Inglaterra. Quando eu era mais nova, lembro que fui a uma exposição de artes desse período no Museu de Arte Carnegie e me inspirei muito. O estilo desses quadros sempre me tocou, pela simplicidade realista que conta a história das pessoas retratadas, algo que sempre quis fazer com minha arte. Eu desenhava e pintava apenas retratos antes de Charlie me encorajar a "diversificar", a tornar meu estilo mais *único*, moderno e chamativo, a experimentar arte abstrata e mais tendências da moda, e o que apresentei à RISD foi influenciado por anos de sugestões dele. Talvez valha a pena voltar à minha origem.

O primeiro retrato é de um homem velho, de uniforme azul-marinho com faixa vermelha, cores fortes, sombras escuras e... uma peruca, nitidamente. Próximo. Duas irmãs pintadas diante de uma árvore, de vestidos cor pastel e cabeças encostadas. O sombreamento na pele é tão impressionante que aumento a imagem para ver melhor e chego a soltar um assobio. Mas, assim... se não consigo nem começar um rascunho, nunca serei capaz de fazer algo *assim*.

Tomo um gole rápido de café e passo para a imagem seguinte bem quando tocam os sinos da porta. Olho de relance por uma fração de segundo e vejo o sr. Montgomery entrar mancando.

— Bom dia, sr. Montgomery — digo, e ele responde com o grunhido de costume.

Eu me preparo para pegar o café dele, tiro um copo da pilha e começo a servir, mas meu olhar esquece de acompanhar. Estou concentrada no celular, no retrato de uma mulher de cabelo dourado, olhos castanhos de um tom quente e vestido verde-sálvia, com um rosto tão convidativo, as cores tão vibrantes e...

— *Merda*.

Faço uma careta quando o café fervendo transborda do copo de papel e me queima. Balanço a mão, chiando até a ardência diminuir aos poucos.

— O que está tão interessante aí no celular? — pergunta o sr. Montgomery, estreitando os olhos verdes cristalinos ao me observar do outro lado do balcão.

— Só... — começo, e dou de ombros, mostrando rapidamente a tela antes de empurrar com cuidado o copo muito cheio de café pelo balcão. — Tentando encontrar inspiração.

— A tempo do prazo?

Balanço a cabeça em negativa.

— Não, eu... — hesito. — Não vou me inscrever. Acho que preciso deixar isso para lá.

— Hummm — murmura ele, abanando o rosto com a testa um pouco franzida, mas não insiste. — Sua cabeça está melhorando?

A notícia do acidente não demorou para se espalhar por nosso cantinho de Pittsburgh. Nem um pouco humilhante, imagina.

— Muito! *Literalmente* esbarrar em Charlie foi a lembrança perfeita de que o amor é uma enganação absoluta e que eu nunca mais devo me arriscar — digo, e reviro os olhos. — Mas foi bom descobrir que superei ele completamente.

— E ainda dizem que o romance não morreu — resmunga ele, se abaixando para pegar um jornal.

— E o que o senhor sabe sobre romance, sr. Montgomery?

Ele bufa e apoia a mão fraca no quadril, em um gesto irritado.

— Muita coisa — diz. — E sei muita coisa sobre você também, Audrey. O que procura não está aqui.

— E onde vou encontrar? — pergunto, me forçando a levantar o rosto.

Ele aponta para a rua, onde passa um ônibus vermelho apressado, que vejo pela vitrine.

— Lá fora. No mundo real.

Aperto os olhos ao ouvir "mundo real" e há um longo silêncio.

— Hummm. Não, obrigada — digo, virando o rosto para ele, que levanta uma sobrancelha cabeluda. — Da última vez que conheci alguém nesse mundo e mergulhei de cabeça em um relacionamento, acabei com o coração pulverizado. Pra piorar, ainda fui jogada na lista de espera da minha faculdade dos sonhos e meus dons de artista foram por água abaixo.

Ele dá de ombros.

— É igualmente dolorido *não* se arriscar, porque aí a derrota é certa. E não estou falando apenas de amor — responde.

Mordo o lábio e olho de novo para Pittsburgh, para meu mundo, que, na maior parte do tempo, não parece grande o bastante. Assim que me livrar da escola, estarei presa na rotina incessante de fazer café, arrumar prateleiras e esperar atrás do caixa, me ocupando com livros de romance, playlists de música e o celular.

— Não é porque uma vez a pessoa errada a magoou que isso vai acontecer outra vez caso encontre a pessoa certa. Dizem que o amor aparece quando menos se espera, e isso vale para muitas coisas. O amor de verdade, a inspiração de verdade, sua próxima grande obra de arte... pode estar tudo te esperando lá fora!

Eu rio da ideia, voltando a olhar para o sr. Montgomery. Ele aperta os olhos um pouco, mas logo faz uma expressão mais séria e pensativa. Então continua:

— Uma coisa digo com certeza absoluta: você não vai encontrar nada disso se ficar escondida aqui.

Quem diria que eu receberia canetas grátis do *sr. Montgomery* numa semana e, na seguinte, uma sessão de terapia para dar um jeito na minha vida?

Felizmente, ele não espera a resposta que não tenho e continua a falar, voltando à carranca ranzinza de sempre.

— Bem, de qualquer modo, que bom que desistiu daquele tal de Charlie. Sempre achei que você ficaria com alguém um pouco mais... inspirador.

— O senhor virou cupido, por acaso? — pergunto.

— Meio isso.

Vejo o sr. Montgomery olhar de relance para meu celular, o retrato ainda na tela iluminada, e uma expressão curiosa toma seu rosto quando ele revira o bolso.

— É hora de parar de se esconder, menina — diz.

Com um sorrisinho e uma piscadela, ele me surpreende ao jogar na minha direção uma moeda de 25 centavos. Ainda é um dólar e 25 centavos a menos do que o preço do café pelo qual o sr. Montgomery nunca paga, mas pelo menos ele está tentando.

Vejo a moeda voar quase em câmera lenta, cara e coroa, o metal refletindo a luz fluorescente de cima do caixa.

Estico a mão para pegar a moeda, mas, assim que o metal toca minha palma aberta... tudo se apaga.

CAPÍTULO 6
Lucy
15 de junho de 1812

Olho para o relógio quando meu pai desvia o rosto, pois a manhã está passando mais devagar do que jamais imaginei ser possível. Tamborilo ansiosamente na coxa uma melodia de piano, a música que quero muito tocar quando ele finalmente partir à tarde, depois de discursar sobre suas expectativas para mim.

— Espero que passe este tempo se preparando plenamente para o que virá no futuro. Espero que o sr. Caldwell a convide para visitá-lo enquanto eu não estiver, pois sugeri tal ideia a ele, e preciso de sua garantia de que aproveitará a oportunidade ao máximo para impressioná-lo antes do baile.

Vejo dois criados passarem pela porta da sala carregando a bagagem dele, sinal da liberdade que se aproxima.

— *Lucy* — ralha papai, apertando com força meu antebraço e interrompendo a melodia silenciosa em meus dedos agitados. — Entendeu?

— Sim, senhor — digo com toda a sinceridade que consigo reunir, mas afundo as unhas na palma enquanto ele estuda meu rosto com seu olhar frio.

— A carruagem está pronta, sr. Caldwell — diz Martha da porta.

Felizmente, meu pai solta meu braço e nos levantamos. No caminho, encontro o olhar de Martha e noto que ela franze um pouco as sobrancelhas, com raiva.

Eu o acompanho até a carruagem, e papai entra sem proferir uma palavra sequer. As rodas logo esmagam ruidosamente o cascalho, levantando uma nuvem de poeira, e eu observo o veículo se afastar devagar pelo caminho, cada vez mais distante, até desaparecer completamente. Fecho os olhos com força, respirando fundo e devagar.

Ele se foi.

Quando abro os olhos, tudo me parece mais claro. Mais vívido. O verde da grama, o azul do céu, o sol que brilha na minha pele.

Antes de me dar conta, estou saltitando e então *correndo* pelo terreno, roçando os dedos na grama alta, e uma gargalhada me escapa da boca. A barra do meu vestido fica mais imunda a cada instante, mas *não me importa* a tolice de meu comportamento. Por algumas últimas semanas deliciosas antes da volta de papai, antes que meu destino seja selado ao lado do sr. Caldwell, estou livre. Total, completa e absolutamente...

Paro de repente, assustada com a silhueta logo à minha frente, no meio do campo, um amontoado de preto, branco e cinza.

Com um choque de horror, percebo que não é um objeto.

É um corpo.

Uma garota.

Meu coração quase sai pela boca enquanto corro até onde ela está caída e me abaixo a seu lado.

Ela está respirando.

— Graças aos céus — murmuro, tocando seu ombro.

Ao encostar na garota, solto uma exclamação suave de surpresa. O material sob meus dedos é... diferente de tudo que já toquei.

Abaixo o olhar e logo percebo que não é apenas o material que é diferente.

Nunca *vi* roupas assim.

Ela está... só com roupas de baixo?

Afasto a mão e a coloco sobre meu peito.

Sob o que parece uma espécie estranha de jaqueta, vejo um tipo de camisa mal ajustada, branca, que deixa expostos pelo menos alguns dedos de *pele*.

E não é só isso.

Ela usa *calças* masculinas! A cor é preta, desbotada, com um pequeno rasgo no joelho. E ainda tem os sapatos brancos estranhos, que não são botas, nem têm saltos e estão manchados de tinta. Sem mencionar *os cadarços*... Não entendo nada.

Ela solta um gemido baixo, e volto a olhar seu rosto. O cabelo castanho está espalhado pela grama ao redor de sua cabeça, e ela entreabre suavemente os lábios carnudos, pestanejando os cílios compridos e revelando olhos cor de mel. Ela analisa meu rosto antes de encontrar meus olhos azuis.

— Está tudo bem? — pergunto quando ela se senta e esfrega a cabeça, estreitando os olhos para fitar os arredores.

— Onde...? — murmura ela.

— Imagino que tenha desmaiado — digo, e a garota volta a atenção para mim, franzindo as sobrancelhas escuras em uma expressão confusa.

Noto um corte leve logo acima de sua sobrancelha direita, mas não parece ser o motivo do desmaio, pois já começou a cicatrizar.

— Não desmaiei... Eu...

O sotaque dela não é daqui. Na verdade, me soa norte-americano, semelhante ao dos Field, a família bastante espalhafatosa de Nova York que conheci no ano passado, no baile do sr. Stanton. Em vez de concluir a frase, a garota ergue uma das mãos e abre os dedos compridos, revelando uma moeda de prata curiosa na palma da mão.

— Eu morri? — pergunta. — *Como* vim parar aqui?

— Não, não morreu — digo, respondendo pelo menos uma pergunta, apesar de estar muito curiosa quanto à resposta da outra.

Vejo-a erguer o olhar da moeda e descê-lo pela minha roupa. Aliso a saia instintivamente, e ela levanta o canto da boca em um sorriso, revelando dentes surpreendentemente brancos e regulares.

— Que diabo de encenação é essa?

Diabo. Faço uma careta diante da palavra grosseira e franzo a testa.

— Perdão?

— Sabe — diz ela, tirando do bolso da calça um pequeno pacote rosa intenso, estampado com letras brancas e grossas que inexplicavelmente formam a palavra "TRIDENT", que usa para gesticular. — Sua roupa.

— *Minha* roupa? — pergunto.

Vejo ela abrir uma folha fina de metal do pacote e revelar um pequeno retângulo, que põe na boca e mastiga ruidosamente. Ao notar minha expressão curiosa, ela me oferece o embrulho, empurrando um pedaço de folha metálica com o dedo.

Por educação, aceito, mas franzo a testa ao desembrulhar o pequeno... doce? Com cuidado, coloco-o na boca. O gosto é muito adocicado, mas a consistência é inteiramente diferente de qualquer coisa que já comi, e a textura, quase esponjosa.

Quando engulo, ela franze a testa, e eu faço o mesmo, pois o alimento não desce com muita facilidade.

— Você acabou de... — diz ela, balançando a cabeça, se levantando e espanando as roupas. — Bom, essa é a última vez que te ofereço chiclete.

Chiclete?

Percebo a garota olhando para a grama onde estava caída, procurando por algo.

— Onde estou? — pergunta.

— Na propriedade de minha família. Radcliffe.

Ela abre um sorriso espirituoso, como se eu tivesse dito algo engraçado.

— E em que ano vocês vivem nessa "propriedade"?

— 1812.

Ela solta uma gargalhada e balança a cabeça ao encontrar o que procurava, uma caixa retangular que pega na mão.

— 1812... — repete. — Você é ótima. Comprometida à beça com essa atuação.

— O que você quer dizer com "atuação"? — pergunto ao me levantar.

Pela primeira vez, estamos frente a frente. Ela é uma cabeça mais alta do que eu, e estico o pescoço para encontrar seu olhar, cruzando os braços sobre o peito, pois estou começando a me irritar. Ela invade *minhas* terras, com estas roupas *escandalosas*, interrompe meus primeiros momentos de doce liberdade e ainda parece achar que a estranha sou *eu*?

Ela levanta a sobrancelha e gesticula em minha direção.

— A fantasia, o sotaque, esse negócio de "Radcliffe, propriedade da família" — diz, imitando minha voz.

— Não entendo o que tenta dizer, nem me agrada o tom que...

— Hummm — murmura ela, me interrompendo e levantando a caixa retangular na direção do céu enquanto dá voltas no lugar.

Talvez ela esteja... adoentada? Afinal, está de *calça* e *camisa* em público.

Inspeciono seu rosto enquanto ela anda em círculos, murmurando sozinha, e finalmente vejo que a caixa que ela segura está quase... iluminada. Na frente, há um retrato pintado de um cachorro *notavelmente* realista.

— Sem sinal — resmunga, com um suspiro de frustração, e para diante de mim. — Tem telefone na sua casa?

Franzo a testa.

— Telefone?

— Sabe — diz ela, me mostrando a caixa, cujo brilho é forte a ponto de me fazer desviar o olhar. — Um telefone?

Como não mostro qualquer sinal de compreensão, ela estreita os olhos.

— Você por acaso é amish?

— Sou *o quê*?

— Tipo, daquele grupo religioso conservador. Sei lá! Você não sabe o que é telefone, engoliu chiclete, se veste *assim* e acha que estamos em 1812.

— *Estamos* em 1812 — afirmo com convicção. Ela volta a rir, mas, dessa vez, o humor não lhe chega aos olhos. — Por que vê tanta graça nisso?

— Porque é impossível.

Reviro os olhos e a pego pelo braço, impaciente para resolver esta situação e retomar o dia. Eu a arrasto pelo campo, na direção da casa, e vejo de soslaio quando ela arregala os olhos ao subirmos a colina e Radcliffe surgir à vista. Alguns dos criados viram o rosto para nos observar quando passamos, com expressões confusas ao analisar a garota estranha que trago comigo. Ainda assim, continuamos andando pelo cascalho, até nos depararmos com Martha, que abre a porta para nós.

— Olá, meu bem, está...

— Martha — digo, soltando o braço da garota. — Em que ano estamos?

Martha parece ter visto um fantasma, e os olhos azuis praticamente saltam do rosto ao notar as roupas da garota.

— Martha?

Ela balança a cabeça, voltando a si.

— 1812, é claro.

— E você sabe o que é um... — começo, e viro a cabeça para a garota. — Como é mesmo? Telefone?

A garota confirma com a cabeça, mas, pela primeira vez, perde o sorriso confiante.

— Você sabe o que é um telefone? — pergunto para Martha.

— Um... — Ela deixa a palavra no ar, o olhar atordoado pela confusão. — O *quê*?

— Está vendo? — falo para a garota, cruzando os braços.

Nós nos entreolhamos, e Martha começa a se preocupar com a menina.

— Está perdida, meu bem? Se sente mal? Ah, *minha nossa*. Andando assim, de calça e roupas de baixo? Sem dúvida podemos encontrar algo para...

Bem neste momento, o sr. Thompson, um dos lacaios, passa pela porta, na direção da cozinha. Martha rapidamente estica a mão, fechando a jaqueta da garota e tentando protegê-la com o próprio corpo.

— Sr. Thompson! — chamo, e ele se vira com uma rápida reverência.

— Sim, senhorita?

— Em que ano estamos? — pergunto.

— É...

Apesar da tentativa pífia de modéstia de Martha, o sr. Thompson percebe a calça e se cala por cinco... dez... *quinze* segundos. Ele já se aproxima dos sessenta anos, e não me surpreenderia se a situação bastasse para levá-lo à cova.

Felizmente, não é o que ocorre.

— Ah... 1812, srta. Sinclair — responde, por fim.

Eu me viro para a garota e a vejo morder o lábio, nervosa, processando o que escutou.

Mas o que estaria esperando?

Finalmente, ela levanta a mão e mostra a moeda de prata novamente. Após olhá-la por um longo momento, fecha o punho, inclina a cabeça para trás e aperta os olhos com força.

— Que merda ele fez?

CAPÍTULO 7
Audrey
15 de junho de 1812

É com um zumbindo nos ouvidos que sou levada por uma escada de mármore e um corredor, ainda buscando algum sinal de que estou vivendo apenas um mal-entendido terrível. Uma piada de mau gosto, até.

Procuro uma tomada, uma lâmpada, um cabo. Mas não vejo... nada. Nem mesmo um par de Adidas largado no canto ou o ruído baixo de um ar-condicionado.

Tudo parece acontecer em câmera lenta quando me empurram para um sofá listrado de aparência elaborada. Percorro com o olhar o novo cômodo, a lareira, o piano dourado no canto, as pinturas do Período Regencial que adornam as paredes, convincentes demais para serem meras réplicas. Finalmente, paro na garota do campo, nos olhos azuis brilhantes sob sobrancelhas franzidas.

Ela mexe a boca, mas não identifico o que diz, porque estou travada no que ela já falou, repetindo em um ciclo sem fim.

1812. 1812. 1812.

Como é possível? Como ele...

A mulher mais velha abre uma caixinha prateada debaixo do meu nariz, e juro que vejo o próprio Jesus Cristo na minha frente quando o cheiro ácido e quase químico me arrasta com tudo de volta à realidade, eletrizando meu cérebro.

— Que...? — murmuro, me desvencilhando das duas. — *Que porcaria foi essa?*

— Sais, meu bem — diz a mulher, como se fosse a coisa mais normal do mundo.

— *Sais?*

Solto um grunhido e pego um livro da mesinha ao lado do sofá, então o abro para ver a data da publicação. *1807.*

Puta merda.

Fecho o livro com força, enjoada, e me levanto. Preciso ir para casa. Voltar para meus pais. Para Cooper. Para Pittsburgh. Para 2023.

O campo. Foi por onde cheguei. É o único lugar ao qual faz sentido ir.

Abro caminho entre as duas mulheres aos empurrões, e sinto elas tentarem me segurar pelo braço enquanto saio correndo do cômodo e volto pelo corredor até irromper pela porta da frente. Ouço a voz da garota me chamar, me mandar parar, mas não posso fazer isso.

Preciso vazar daqui.

Refaço o trajeto por onde vim, sentindo a grama alta roçar meus tornozelos, e imagens me voltam à mente. Os sorrisos dos meus pais, o caixa ao qual eu estava sentada *agora mesmo*, o edredom listrado da minha cama.

Minha casa.

Desacelero até parar no lugar onde meu corpo deixou uma marca na grama. Deito ali mesmo, arfando, e fecho os olhos com força, pensando na minha casa outra vez, mas nada acontece.

— Vamos lá... — murmuro, fincando as unhas nas palmas de tanto apertar a moeda. — *Por favor*.

Nada.

Abro a mão e vejo o rosto de George Washington.

— Acho que já deu de aventura! — exclamo, lembrando a conversa com o sr. Montgomery. — Já entendi o senhor! Tipo, uma coisa é sair de Pittsburgh e parar de me esconder na mercearia, mas isso aqui não é um certo exagero?

Jogo a moeda para cima, como ele fez, e penso, sem parar, em voltar para casa.

Nada funciona.

Ainda estou aqui. *Presa* aqui. Olhando para o céu azul e sem nuvens, no meio de um campo. Em *1812*.

— *Qual* é o seu problema?

Viro a cabeça e vejo aquela garota atravessando a grama a passos largos e irritados, com o rosto vermelho, mas o cabelo dourado e preso segue impressionante, sem um fio fora do lugar.

Só consigo rir e chorar ao mesmo tempo. Eu me sento e seco as lágrimas com a mão.

— O problema é esse. Não faço a *menor* ideia.

Ela franze a testa.

— Essa sua fuga deu um susto e tanto na Martha.

— Na moça dos sais?

Penso na mulher mais velha com a caixinha de prata dos infernos.

A garota assente e hesita um pouco antes de finalmente se sentar ao meu lado na grama, com as costas mais eretas que uma régua.

— Comecemos com algo mais simples. Qual é o seu nome?

— Audrey — digo, rouca. — E o seu?

— Lucy — responde ela, e me oferece um lenço bordado com a sigla "L.S." para secar o rosto melecado. — Lucy Sinclair.

Assoo o nariz até não poder mais, então não é surpresa ela indicar que devo ficar com o lenço quando tento devolvê-lo.

— Lucy — digo, apertando os olhos para o céu. — Eu não... eu não sou *daqui*. Eu...

Largo a frase no ar, porque não tenho ideia de como explicar isso para ela.

— Bem, posso ajudá-la a voltar para o lugar de onde veio. Talvez após o chá? Convocarei meu lacaio, e ele...

Bufo diante do absurdo.

— Seu *lacaio*? Ele pode me levar a 2023, por acaso?

— Não enten...

— Eu vim do *futuro*. De mais de duzentos anos no futuro. Então, a não ser que seu lacaio saiba dar umas voltinhas pelo tempo e pelo espaço, não vou voltar para casa.

Engulo em seco o nó na garganta e observo Lucy estreitar os olhos azuis, um tantinho mais gélidos diante do ridículo que acabo de pronunciar.

— É impossível.

— Pois é, também achei. Mas aí acordei nesse seu campinho, você disse que era 1812 e Martha me arrastou a essa realidade com aqueles sais.

Lucy não muda de expressão, então puxo a carteira do bolso e mostro a habilitação que meu pai me fez tirar para o caso de eu precisar dar um pulo no armazém de atacado na rua 35 para comprar mais salgadinhos e refrigerantes para a loja. (Não dá para carregar de bicicleta quatro engradados de refrigerante pelas colinas de Lawrenceville, por mais que eu me esforce.)

Aponto o plástico que ela segura na mão fraca.

— Tá aí minha data de nascimento. Onze de dezembro de 2005.

Ela arranha o plástico com o indicador, olhando de mim para a 3x4 feiosa do DETRAN.

— É uma pintura? É tão...

— É uma foto. É... como explicar... Acho que é um jeito de capturar qualquer momento no tempo: você, eu, este campo, *qualquer coisa*.

Pego o celular e passo pela galeria de fotos, mostrando imagens de Cooper, dos meus pais, de algumas paisagens ao pôr do sol.

— Viu? — insisto.

Paro em um vídeo de *timelapse* que gravei da janela do meu quarto, acima da mercearia, e empurro o aparelho para as mãos dela. Lucy aperta os olhos para enxergar apesar do reflexo, mas então...

Fica pálida quase instantaneamente, arregalando os olhos quando a imagem muda e se mexe. A avenida Penn ganha vida na palma da mão dela, os carros indo e vindo correndo, as pessoas passando, a *eletricidade* para todo lado.

O celular cai de sua mão trêmula, e ela fica boquiaberta.

— O que...? Como...?

Pego o aparelho antes de chegar ao chão e o levanto para gravá-la por alguns segundos.

— Acho que é tipo uma pintura em movimento, mas... diferente.

Lucy solta uma exclamação quando viro a tela e mostro a gravação para ela.

— Que nem registrar um espelho — continuo. — Ou uma lembrança.

Nós nos entreolhamos em silêncio por um momento.

— Como...

— Eu cheguei aqui? — concluo, então balanço a cabeça, guardando o celular e abrindo a outra mão para revelar a moeda do sr. Montgomery e as marcas curvas das unhas que enfiei na palma. — Não faço a *menor* ideia. Eu estava sentada atrás do caixa na loja dos meus pais, conversando com o sr. Montgomery, daí ele me jogou isso aqui e... — digo, jogando a moeda para cima e pegando-a no ar. — *Puf*. Você estava aí, vestida *assim*, me acordando.

Lucy pega a moeda da minha mão, seus dedos quentes roçando os meus de leve. Eu a vejo inspecionar o objeto, passando a unha pelas reentrâncias.

— Então, como vai voltar?

— Eu...

Balanço a cabeça, e, quando olho para as colinas de grama verdejante, os pensamentos anteriores ainda zumbindo na cabeça, sinto algo gelado rasgar meu peito.

— O problema é esse, sabe? — digo. — Não faço ideia nem de por que vim parar aqui, então não sei como voltar.

Ouço a voz do sr. Montgomery: *Sei muita coisa sobre você também, Audrey. O que procura não está aqui.*

É, bom, 1812 também não está muito promissor. Sinceramente, como uma mocinha toda recatada, com cara de personagem da Jane Austen, *literalmente séculos no passado* pode ter a ver com o que o sr. Montgomery falou do meu futuro?

Mordo a bochecha, tentando impedir o retorno das lágrimas de frustração.

— E se eu não *conseguir* voltar? E se eu ficar presa *para sempre* aqui? E meus pais? E Cooper? Onde vou ficar, e...

Dedos macios envolvem meu braço, me impedindo de surtar.

— *Audrey* — chama ela, e eu a olho. — Vamos resolver a situação. Vamos descobrir exatamente o que você veio fazer aqui. E como fazê-la voltar para casa. Prometo.

Agradeço com um aceno de cabeça, tentando me acalmar.

— Enquanto isso, uma coisa posso resolver. Você é mais do que bem-vinda para ficar aqui em Radcliffe comigo. Temos muito espaço.

— Jura?

Lucy confirma com a cabeça e abre um sorriso tranquilizador. Estico o pescoço para vê-la se levantar e alisar a saia, com movimentos sempre calculados e contidos. Sempre precisos.

— Certamente.

Ela oferece a mão e eu a aceito, deslizando os dedos pela palma macia. Lucy me ajuda a me levantar, e nós duas começamos a caminhar devagar, voltando ao lugar no qual devo aceitar ficar presa pelo futuro próximo.

— Eu agradeceria muito se você tentasse, por favor, se abster de escapar da sala de estar como fez mais cedo. Não sei se o coração de Martha suportaria tamanha agitação. Não é muito frequente por aqui.

Sorrio para ela.

— Pode dizer para Martha que, se ela deixar os sais bem longe de mim, estamos combinadas.

Lucy levanta uma sobrancelha, mas me surpreende um pouquinho quando a vejo morder o lábio, como se tentasse não rir.

CAPÍTULO 8
Lucy
15 de junho de 1812

Vejo Audrey arregalar os olhos cor de mel horrorizados ao se deparar com o urinol no quarto que reservei para ela.

— De jeito nenhum — diz.

— É apenas para o caso de precisar se aliviar durante a noite...

Ela geme, andando em círculos curtos e angustiados pelo quarto.

— Também há o *bourdaloue*, caso...

Audrey levanta a mão para me impedir de falar.

— Lucy... Vou sair correndo de novo, juro por Deus.

Seguro o braço dela e a puxo pelo corredor antes que ela possa fugir. Martha e Abigail passam por nós, trazendo lençóis limpos e espanadores para preparar o quarto para a hóspede.

— Venha, deixe-me ao menos lhe mostrar o restante da propriedade.

Audrey olha, boquiaberta, para os retratos nas paredes conforme descemos o corredor que leva à biblioteca.

— É o mesmo cara, em fontes diferentes — murmura, antes de apontar para o rosto azedo de meu pai ao fim da fileira. Um calafrio me percorre quando encontro o olhar dele.

— Esse aí parece viver de cu trancado.

— Esse — digo, abrindo a porta da biblioteca — é meu pai.

Audrey ruboriza quase instantaneamente.

— Ai, caramba, *mil* desculpas, eu não…

Abano a mão e a chamo para entrar, chocada por descobrir que ela tem *algum* decoro. Admito, porém, que apesar de eu não ter certeza do significado da expressão, ela deve ser bastante apropriada, pela reação de Audrey.

— Talvez seja até pior que isso — respondo.

Levo a mão à boca imediatamente, surpresa pelo que deixei escapar.

Ela me olha em questionamento, mas, felizmente, não insiste.

— Esta é a biblioteca — digo, rapidamente deixando para trás o deslize inesperado.

Indico as paredes carregadas de livros e vejo Audrey passar os dedos pelas lombadas com uma expressão curiosa.

Ela inclina a cabeça para trás, olhando as prateleiras e admirando tudo devagar.

— Quantos você já leu?

— Todos eles — respondo, acompanhando seu olhar pelas seções de história, ciência, política, geografia, matemática, poesia.

Centenas e mais centenas de livros.

— *Todos eles?*

Levanto os ombros em um gesto de desdém.

— Passo muito tempo sozinha.

Por muitos anos, estes livros serviram como uma espécie de amigos, pois não foi do desejo do meu pai que eu tivesse companhia. Ou, ao menos, nenhuma além das que ele próprio escolhesse, para seus fins profissionais ou sociais. Exceto por momentos roubados com Grace, me foram permitidos apenas chás e jantares enfadonhos com companhias ainda mais enfadonhas, e os livros são muito mais agradáveis.

— Qual é seu tipo de leitura preferido? — pergunta ela, indicando todos os livros. — De tudo que tem aqui?

— Hum, acho que são os livros sobre etiqueta. Ou os sermões — minto, dizendo o que meu pai gostaria de ouvir e engolindo a verdade.

Audrey me encara, surpresa, com a mão parada na estante.

— Que... sem graça.

Mordo o lábio, sabendo que não posso concordar novamente com uma declaração tão brusca e ofensiva, por mais verdadeira que seja.

— Eu, pessoalmente, gosto de romance — emenda ela, e balança os ombros, casual.

Congelo ao ouvir a admissão, a resposta que eu engoli, dita com tanta facilidade. Romance *sempre* foi meu tema predileto. Minha mãe amava tais livros, e os lia para mim com frequência, mas, após sua morte, não me surpreendeu que meu pai os proibisse, alegando que não era adequado que uma moça de bom berço lesse esse tipo de coisa e que as noções tolas do amor estão muito aquém de outros temas aos quais eu deveria me dedicar a estudar e ponderar. Foi o primeiro sinal de que o sonho de minha mãe para minha vida nunca se realizaria.

— O que foi? — pergunta Audrey, notando minha mudança de expressão.

— Quer... — hesito, olhando para a porta fechada, me deixando tomar pela expectativa. — Quer ver algo?

A concordância mal escapou de sua boca antes de eu conduzi-la ao canto da sala, onde, com muita cautela, ergo uma tábua solta do assoalho. Aqui embaixo estão aproximadamente vinte livros que consegui trazer, escondidos, de visitas ao centro da cidade, as capas gastas de tanto serem lidos e relidos.

— Irado — diz Audrey, tirando os livros do lugar, apesar de não parecer nada incomodada, muito menos com algum sinal de ira, e soprando a poeira para revelar os títulos. — Um tesourinho secreto.

— Meu pai ficaria lívido se soubesse que tenho estes livros — admito, pegando meu exemplar extremamente gasto de *Romeu e Julieta*. — Mas eu... amo ler essas histórias. Fugir por meio delas. Fingir que sou outra pessoa. Alguém em uma terra distante e longínqua, a heroína de minha própria narrativa. É...

Deixo a frase no ar, corando devido às palavras que me escaparam da boca, mas, ao mesmo tempo, é boa a sensação de compartilhar uma parte real e genuína de mim sem pensar nas consequências. Afinal, Audrey provavelmente partirá muito em breve.

— É reconfortante — completa ela, com um sorriso caloroso, e passa cuidadosamente as páginas do segundo romance de Frances Burney. — É por isso que amo romances também.

Eu a observo por um breve momento, sentindo-me validada por suas palavras. Admito ter sentido desconfiança, e talvez até certa irritação, quando ela interrompeu minhas últimas semanas de liberdade, mas... talvez tê-la aqui não seja tão ruim.

— Alguém em uma terra distante e longínqua — murmura Audrey, soltando uma risada leve. — Que nem eu agora.

Não consigo evitar estudá-la por um momento, estreitando os olhos para inspecionar sua vestimenta, seu modo de se sentar, a cabeça inclinada ao ler as primeiras linhas do livro. Ela é... fascinante. O modo de falar, o que diz, os movimentos. Sinto um milhão de perguntas sobre o futuro borbulharem em mim. Como são os livros, por que as roupas dela são *assim*. Mas... não quero ser inadequada.

Assim que penso em perguntas a evitar, vejo o olhar de Audrey passar de mim para o retrato de minha mãe, pendurado na parede às minhas costas. Apressada, pego o livro de sua mão antes que ela possa perguntar qualquer coisa.

— Devemos descer para jantar — digo, muito mais alto do que falaria normalmente.

A barriga de Audrey ronca em expectativa, então não acho que ela percebeu minha mudança brusca de assunto. Guardo o livro com os outros e arrumo o assoalho, pensando em meu pai e no desagrado que a descoberta daqueles exemplares lhe causaria.

Mas ele nunca vai descobrir a existência deles, já que escondo os livros sobre amor e paixão bem aqui, exatamente abaixo do retrato de minha mãe, por saber que é o único lugar pelo qual ele jamais passará.

CAPÍTULO 9
Audrey
15 de junho de 1812

À noite, me reviro por praticamente uma hora, até finalmente decidir não adormecer e olhar as silhuetas quase incompreensíveis no quarto de hóspedes enorme que Lucy arranjou para mim.

Que *escuro*. E que silêncio.

E... bom... que *medo*.

Mais cedo, essa situação toda começou a parecer uma aventura. Tipo, eu jantei *pato*. E foi *gostoso*! Tomei chá em uma xicrinha chique e fucei alguns dos cômodos, mexendo em castiçais ornamentados e inspecionando as pinturas na sala de estar. Martha até me deixou ver a latinha de sais, apesar de sentir flashbacks de guerra só de olhar a tampa.

Mas agora, no silêncio da noite escura, na camisola pinicante que peguei emprestada com Lucy, sinto o medo inevitável voltar. O pânico diante da realidade devastadora de que estou *aqui*. Em 1812. Sem uma forma de voltar para casa.

Sinto saudade do som abafado das vozes dos meus pais através da parede. Sinto saudade de Coop roncando alto e ocupando quase que minha cama de solteiro toda. Sinto saudade do meu *quarto*, dos materiais de arte, das fotos Polaroid, dos livros, da pilha de roupa suja no canto. Sinto saudade dos postes reluzentes da avenida Penn, cujo brilho entra pelas persianas. Do som dos carros atravessando a janela do meu quarto mesmo na calada da noite, das sirenes uivando ao longe.

Aqui tem apenas... um silêncio ensurdecedor, enquanto fico deitada, sozinha, em uma cama de dossel gigantesca, mas desconfortável. Acho que escuto até meu cabelo crescer.

Afinal, como o sr. Montgomery fez uma coisa dessas? E *por quê*?

Se estivéssemos em um filme, eu teria sido mandada aqui por algum propósito especial. Para aprender uma grande lição... ou cumprir uma missão transformadora, talvez?

Então... é isso? Vim para uma imensa aventura aleatória, que vai me mostrar a saída da rotina que me prende, como os personagens nos livros debaixo do assoalho da biblioteca de Lucy?

Mas não sei *como* vou encontrar nada disso em 1812. Tipo, dos corpetes aos romances escondidos, não diria que este parece o lugar adequado para uma mulher se descobrir.

Quanto mais penso, mais sinto que estou enlouquecendo, e a vontade de conversar com a única outra pessoa que sabe o que está acontecendo me inunda. *Lucy*, contida, recatada e reprimida. É a única pessoa ao meu lado, já que todo mundo que conheço e amo só vai nascer daqui a duzentos anos.

Solto um gemido demorado e finalmente me levanto, pegando travesseiros e o cobertor, e atravesso o quarto de fininho. A porta range alto quando a abro, revelando o corredor vazio, um espaço escuro sem sinal de eletricidade. Aperto o passo até o quarto de Lucy, a duas portas do meu, e mordo o lábio ao bater de leve na porta.

Alguns segundos depois, Lucy pede para eu entrar.

— Audrey? — pergunta quando olho para dentro, devagar. Ouço o assobio de um fósforo quando ela acende a vela na mesinha de cabeceira. — O que houve?

— Nada, eu só... — Dou de ombros e entro no quarto, deixando a porta fechar atrás de mim. — Não consigo dormir, acho. Está muito... silêncio.

Ela inclina um pouco a cabeça, os olhos azuis cheios de curiosidade. O cabelo dourado, que antes estava preso, desce em cascatas ao redor do rosto, caindo no travesseiro, muito mais comprido do que eu esperava.

— De onde você vem não é silencioso?

Atravesso o quarto e me sento no chão ao lado da cama dela, onde me embrulho no cobertor, já me sentindo um pouquinho melhor.

— Não — digo, forçando um sorrisinho. — Eu moro na cidade. Em Pittsburgh, não sei se já ouviu falar.

Ela murmura em afirmativa, aparentemente mais versada em geografia do que a maioria dos adolescentes de hoje nos Estados Unidos.

— Não faz silêncio *nenhum*, e nem é só porque meu pai ronca alto para caramba. Apesar de, sinceramente, ele parecer até um avião decolando.

Lucy franze a testa, confusa, e eu reformulo a frase, percebendo que ela não faz a menor ideia do que é um avião.

— Mais alto que... um trovão.

Ela assente, compreendendo.

— Posso... — digo, gesticulando para o quarto. — Posso ficar aqui um pouquinho? Só para ouvir os sons de outra pessoa, em vez do silêncio. É, hum... meio confortável.

— Sim — diz Lucy, depois de um intervalo longo. — Pode ficar pelo tempo que desejar.

Eu me recosto, e nós duas nos encaramos, as feições suaves dela aquecidas pelo brilho da vela.

— Como é o futuro? — pergunta, finalmente.

— Bom, tem carros, um meio de transporte *muito* mais rápido do que cavalos e carruagens. E aviões, que vão mais longe, ainda mais rápido. Eles flutuam no céu, que nem pássaros.

— *No céu?* — pergunta Lucy, incrédula, e eu confirmo.

— Tem a internet, onde dá para achar informações sobre praticamente tudo, de bom, de ruim ou de... feio — digo, pensando que ficar horrorizada com algo visto no Google já pode ser considerado um rito de passagem. — E todo tipo de tecnologia. Celulares, que nem o que mostrei, para entrar em contato com qualquer pessoa no mundo. Televisão, para ver, hum... peças e apresentações e notícias, tudo dentro de casa.

Lucy me dirige um olhar pensativo enquanto tenta entender todas essas informações. Eu me pergunto se ela vai querer saber mais sobre a televisão, rapidamente tentando pensar em séries de que ela gostaria. *The Great British Bake-Off*, talvez? *The Crown*? *Downton Abbey*? Ah, *Bridgerton*! Em vez disso, porém, ela faz uma pergunta mais pessoal.

— E você? O que faz no futuro?

A pergunta do milhão.

Talvez seja *a* questão. O que vim resolver aqui.

Penso por muito tempo antes de responder, mas não consigo encaixar as peças, então acabo soltando uma confusão verbal:

— Não sei. Por enquanto, trabalho na mercearia dos meus pais, tenho um cachorro chamado Cooper, estudo e...

— Estuda? Na universidade? — pergunta ela, arregalando os olhos.

— Bom, eu ainda estou no ensino médio, mas, sim, no futuro garotas estudam. Fazem faculdade, universidade, isso tudo, desde que aceitem contrair uma dívida gigantesca. A gente pode ser médica, cientista, professora — digo, e paro por um momento. — Até artista. O que quiser, basicamente.

Ela abre um sorriso enorme, e eu sorrio de volta.

— *E* podemos usar calça — digo, me lembrando do que Martha comentou.

Lucy ri e, pela primeira vez desde que cheguei, me sinto relaxar um pouquinho. É como se eu não estivesse completamente sozinha, a sensação que tenho com frequência, mesmo em 2023, desde que Charlie e nossos amigos — quer dizer, os amigos *dele* — se formaram.

— E seus pais? — pergunta Lucy. — Eles permitem que você faça tudo isso?

— Claro — digo, sentindo uma pontada de tristeza ao pensar neles. — Eles me apoiariam em tudo que eu quisesse fazer. Sinceramente, acho que ficariam mais chateados se eu *não* fosse atrás dos meus sonhos.

Hesito, percebendo a verdade nessas palavras. Penso em minha mãe no banheiro, me encorajando a me candidatar novamente no ano que vem, mesmo que eu já tivesse desistido inteiramente. Sem querer que eu jogasse tudo fora, por mais que eu dissesse que estava pronta para deixar essa história de lado.

— Eu, hum… — Suspiro devagar. — Acho que, de tudo no futuro, minha maior saudade é dos meus pais. Eles provavelmente são a melhor coisa em 2023.

Lucy se mexe para me enxergar melhor.

— Vocês são próximos.

Confirmo com a cabeça.

— *Sempre* fomos. Moramos em cima da loja da família, em um apartamento pequeno e meio acabado, mas é... perfeito.

As manhãs atrás do caixa com meu pai, os esforços para aprender receitas passadas de geração em geração com minha mãe na nossa cozinha minúscula, os jogos de beisebol dos Pirates aos quais vamos, apesar de serem uma porcaria, porque os ingressos são baratos. Nosso sofá gasto, mas confortável, as janelas velhas abertas nas noites frescas de verão, rir de um novo programa qualquer da Netflix. Eles sempre foram uma presença na minha vida, ainda mais depois do término com Charlie e de todos os meus amigos terem se formado ano passado. A constante quando todo o resto fracassa ou se vai.

Por que não pode ser suficiente para sempre? Deveria ser. Eu *quero* que seja, aquela lojinha segura, ao lado dos meus pais, onde eu daria qualquer coisa para estar agora. Por que não posso ignorar as fissuras e deixar para lá o sonho que não quer se realizar? Não parece que é o que o sr. Montgomery queria, mas talvez seja o que eu acabe aprendendo aqui.

Mordo a bochecha para conter as lágrimas que ardem nos meus olhos, soltando uma risada desanimada.

— E pensar que eu estava com medo de ir embora para a faculdade. Agora estou a literalmente duzentos anos deles.

Lucy me observa por um bom momento.

— Deve ser bom — diz. — Ser tão próxima deles.

— Você e seus pais não são próximos?

Ela ri.

— Para ser sincera, acredito que eu seja o horror da vida de meu pai. Prefiro quando ele não está aqui, como agora. É o único momento em que tenho a liberdade de fazer o que desejo.

Assim que solta as palavras, Lucy fecha a boca com força, como se estivesse arrependida. Faz pouco tempo que estou aqui, mas parece que ela faz isso com frequência.

Penso no retrato do corredor, do homem com aparência raivosa, cujas feições são tão diferentes das dela.

— E sua mãe...?

— Faleceu — diz ela, com o olhar mais duro, e uma breve semelhança finalmente se revela. — De febre, há sete invernos.

— Meus pêsames.

— *Nós*... éramos próximas. Muito próximas.

Lucy deixa a voz enfraquecer, até parar de falar completamente. Por um bom momento, nenhuma de nós diz nada, até que ela finalmente quebra o silêncio, mas não para continuar a conversa.

— Devemos dormir — diz, indicando o lado vazio da cama. — Não precisa dormir no chão se não quiser...

Antes que acabe de falar, eu pulo na cama ao lado dela e me enterro nas cobertas com um suspiro contente. Meu quadril já estava reclamando dos quinze minutos que passei deitada no assoalho de madeira.

Ela segura a risada e se vira para o lado para apagar a vela, escurecendo o quarto ao nosso redor.

Eu me preparo para o pânico, para o peso do silêncio do século xix, mas, desta vez, tenho a companhia do som da respiração de Lucy, mais lenta e tranquila conforme ela adormece, e, por um momento, se eu fechar os olhos com bastante força, é suficiente para fingir que estou em casa.

CAPÍTULO 10
Lucy
16 de junho de 1812

Quando desperto no dia seguinte, a primeira coisa que vejo é Audrey aninhada debaixo da coberta, o cabelo escuro espalhado pelo travesseiro e a boca entreaberta.

Sinto uma onda de êxtase ao vê-la.

Não apenas por ela de fato existir, mas por eu ter permitido que se hospedasse aqui, na casa de meu pai, sabendo com certeza que ele não permitiria, em outro gesto enorme de rebeldia. Ainda maior do que o que fiz com o vestido.

Não posso negar que fiz certas coisas em meus momentos mínimos de liberdade: visitas secretas à casa de Grace, um ou outro minuto a mais durante meus compromissos no centro, livros que ele reprovaria, sujar minhas anáguas.

Mas *isto*?

É totalmente diferente. A última aventura que eu aguardava antes de tudo mudar.

Talvez eu devesse me inquietar com a presença dela. Uma completa desconhecida, e que nem é deste tempo. Porém, não me inquieto. Eu me sinto inteiramente à vontade, especialmente após nossa conversa da noite, sobre Pittsburgh, sobre mulheres que partem em busca de seus sonhos, sobre tudo que o futuro oferece. Como se não fosse uma loucura inadequada eu desejar algo além de ser uma filha obediente e a esposa de um homem rico. Eu me sinto... menos só.

Mesmo que eu não tenha as oportunidades ou a família que Audrey tem, ao menos estas últimas semanas de liberdade junto a uma alma semelhante serão, no mínimo, interessantes.

Desde que ela não desapareça com a mesma rapidez com que surgiu.

Desvio o olhar quando ela começa a se mexer e me viro de costas.

— Oi — diz Audrey, a voz rouca.

— Bom dia — respondo, passando a mão pelo meu cabelo e olhando de relance para ela. — Vamos visitar minha amiga Grace hoje. Você precisará de algo para vestir que não as calças.

— A Grace deve ser legal e tal, mas... — diz ela, se levantando um pouco, apoiada no braço. — Não é melhor eu descobrir um jeito de voltar para casa?

Dou de ombros, tentando ignorar a sensação do coração afundando no peito ao ouvir as palavras.

— É claro. Mas suponho que haja um *motivo* para sua presença aqui, e talvez o único modo de descobri-lo seja, imagino... — tento, indicando o quarto que nos cerca — estar presente?

Ela balança a cabeça, ponderando.

— Talvez, assim, a resposta venha a você — complemento.

— Faz sentido — diz, e se levanta para se espreguiçar, esticando os braços compridos na direção do teto. — Você, hum, tem alguma roupa que me sirva?

Afasto a coberta e também me levanto, então dou a volta na cama até parar diante dela, inclinando um pouco o pescoço para encontrar seu olhar.

Humm, minhas roupas definitivamente serão curtas demais.

— Venha.

Pego a mão dela conforme uma ideia toma forma. Eu a conduzo para fora do quarto, corredor abaixo até a última porta, logo antes da passagem que leva à biblioteca. Quando abro a porta, somos recebidas por um sopro de poeira.

Audrey tosse e se solta, abanando a mão na frente do rosto enquanto avançamos para dentro do cômodo.

— O que são essas tralhas?

— Móveis antigos, pinturas, coisas assim.

Itens de outra estação, quadros que meu pai substituiu por obras mais caras compradas do sr. Prewitt, esculturas, livros e outros objetos valiosos.

E, mais importante, no armário junto à janela, as roupas de minha mãe.

Abro as portas e revelo um mar de saias e vestidos coloridos, sapatos e chapéus, capas e casacos. Audrey me alcança, roçando de leve o ombro no meu.

— Essas roupas são... *eram* — corrijo — de minha mãe. Ela era mais alta do que eu, então devem servir melhor em você do que serviriam meus vestidos. Talvez seja necessário irmos ao centro para fazer pequenos ajustes esta semana, caso você não volte repentinamente para o futuro. Porém, para visitar Grace, uma destas roupas será suficiente.

Eu me lembro de minha mãe usando todas estas peças, flutuando pelo salão de baile em um lindo vestido lilás, as estampas florais que usava no dia a dia, quando caminhávamos pelo terreno ou ao nos sentarmos na sala de estar, a peliça espessa com que me envolvia no frio da carruagem ao voltar para casa.

Ela era sempre calorosa, tão vibrante, tão confiante. Não sei como, já que meu pai era o horrendo oposto. Sei que os vislumbres desses traços que um dia já possuí tornaram-se impossíveis de manter ao ficar presa aqui com ele.

Puxo as mangas de um vestido verde-claro, um de meus preferidos, perdida nas memórias.

— Tem certeza de que você não se importa? Com eu usando as... roupas dela? — pergunta Audrey, hesitante.

Desvio o olhar dos vestidos, tentando ao máximo me distanciar das lembranças.

— Ninguém mais está usando, não é? — respondo.
Não mais.

O passado ficou no passado. Quanto mais eu me afastar dele e das esperanças impossíveis que mamãe nutria de uma vida inalcançável, melhor.

Audrey continua em silêncio, e eu tento assumir um tom convincente de leveza.

— Pedirei a Martha que envie alguém para ajudá-la a se vestir enquanto me arrumo.

— Para me ajudar...

Ela para de falar quando tiro um corpete do armário.

— Ah — diz, entendendo. — Sabe, acho que não é necessário, sério. Provavelmente consigo me virar sozi...

— Acredite em mim. Vai precisar de auxílio — eu a interrompo, e ponho a roupa com firmeza nas mãos dela antes de sair do cômodo, deixando para trás um rastro de poeira e lembranças indesejadas, sem querer viver no passado ou no futuro, preferindo estar apenas... *aqui*, agora.

Nesta aventura sobre a qual, por pelo menos uma vez, tenho controle.

CAPÍTULO 11
Audrey
16 de junho de 1812

Nunca vi tantas camadas na minha vida.

Nem durante o vórtice polar que atingiu Pittsburgh há poucos anos.

Olho sem parar da pilha imensa de roupas para Abigail, a garota baixinha e magrela que dá nome a tudo aquilo na minha frente.

— Tá, então temos esse negócio aqui com cara de camisola — digo, apontando de item em item.

— *Chemise*.

— O troço que esmaga as costelas.

— *Corpete*.

— Mais uma camisola por *cima* da outra camisolinha lá.

— *Combinação*.

— E, ainda por cima, esse babadorzinho.

— *Chemisette*.

Isso tudo *antes* do vestido, que pesa tanto no cabide que finalmente entendo por que Lucy falou que eu precisaria de ajuda.

— Não é meio... excessivo? — pergunto, e ela dá de ombros, com um sorriso confuso.

— A senhorita não... — começa, deixando a palavra no ar, e estreita os olhos. — Não se usa nada disso na América?

— Hum, não é isso. A gente usa *muito*, sabe, é só que... são menos camadas, e tem outros nomes. Nem todo mundo usa corpete — minto.

Lucy e eu decidimos que provavelmente era melhor não contarmos a todo mundo exatamente de onde vim.

Não que fossem acreditar, de qualquer modo.

Pelo que Abigail sabe, sou filha de um dos colegas de negócios do pai de Lucy, e ando viajando por aí.

Relativamente satisfeita com a explicação, ela sorri e diz:

— No inverno aqui é ainda pior. Meias de lã, outras peças assim.

Bem, graças a Deus não é inverno.

Solto um suspiro profundo e jogo o corpete para ela.

— Tá bom. Vamos nessa.

Receber ajuda de alguém para me vestir é tão constrangedor quanto eu esperava. Peço para Abigail se virar de costas enquanto tiro minha roupa toda e me enfio na tal *chemise*, agradecendo aos céus por calcinhas e sutiãs modernos de um jeito que nunca agradeci.

Enquanto ela me ajuda a apertar o corpete, puxando as fitas entrelaçadas de modo complexo, rogo por força à própria Jane Austen.

— Talvez... um pouco... mais de espaço — arquejo.

— Está *bastante* frouxo — diz ela, mas cede, permitindo que eu consiga expandir e contrair os pulmões, apesar dos meus peitos ainda estarem praticamente encostando no queixo.

Talvez, com sorte, eu não desmaie hoje, o que seria bom, porque será que *existe* hospital por aqui? Balanço a cabeça, sem querer pensar na falta que a medicina moderna faz, ou em, tipo... tuberculose.

— Sabia que, antigamente, os corpetes eram ainda *mais* restritivos? — comenta Abigail, pegando a combinação. — Eram fabricados com ossos de baleias.

Considerando que, antes disso, a roupa mais restritiva que já vesti foi um sutiã com enchimento e suporte caprichado da Victoria's Secret para a festa de formatura do nono ano, eu odiaria ver como seria um *corpete feito de osso*.

— Ah, jura? Na América nós usamos, hum... *ossos de tubarão* — digo, porque aparentemente minto terrivelmente mal.

E mal se passaram 24 horas.

Quando acabamos de vestir as roupas de baixo, me olho no espelho, vestida com o que parece ser uma arara de roupas inteira.

— Tenho mais camadas que uma cebola.

Abigail ri de mim, balançando a cabeça até mechas do cabelo ruivo-fogo caírem no rosto, e *finalmente* me ajuda a entrar no vestido verde-claro.

Quando ela acaba de abotoar e amarrar a parte de trás, cobrindo todas as camadas, eu percebo que, apesar de tudo... estou bem bonita.

Eu me viro de um lado para o outro, inspecionando minha aparência no espelho empoeirado, e o tecido se mexe com uma fluidez graciosa, roçando o assoalho.

Talvez Lucy esteja certa. Talvez eu deva tentar aceitar esse negócio de 1812. Afinal, estou aqui por algum motivo, né? E não dá para negar que me sinto meio inesperadamente maneira agora. Tipo a Keira Knightley em um filme de época, prestes a olhar com tristeza pela janela ou a chorar uma lágrima solitária em uma carruagem sacolejante.

— Legal! Valeu, Abigail! — digo, quando acabo de me admirar, e dou meia-volta em direção à porta. — Hora do café da manhã.

Abigail me agarra pelo braço e indica o cabelo desgrenhado que cai pelos meus ombros.

— Ainda não.

Eu resmungo enquanto ela me conduz de volta ao centro do quarto, onde me larga sentada diante da penteadeira. Como se já não fosse suficientemente desconfortável ter alguém para me servir e me ajudar a me arrumar.

Tento não fazer careta, mas a técnica de penteado dela é tão gentil quanto a da sra. Lowry, lá do meu bairro. Minha mãe pagou para ela fazer meu cabelo e maquiagem para a festa de fim de ano do ano passado e passei uma semana com dor no couro cabeludo.

— Isso… — digo, tentando parecer perfeitamente serena, em vez de deixar transparecer que estou pensando em quantos fios de cabelo sobrarão na minha cabeça após esse tormento.

— Isso é um negócio *diário*? Tipo, o cabelo, as roupas e…?

Abigail assente.

Legal. Show. Arrasou.

Bom, se eu não voltar para Pittsburgh ainda esta semana, não vai sobrar cabelo nenhum para a sra. Lowry arrancar antes da festa de formatura.

CAPÍTULO 12
Lucy
16 de junho de 1812

— *Pare de se mexer* — digo, apoiando a mão no braço de Audrey enquanto a carruagem balança.

— Foi mal, não estou acostumada a ser sufocada pelas minhas roupas — resmunga ela, puxando a lateral do vestido, o rosto corado pelo que imagino ser uma combinação do calor da tarde com as roupas com as quais sempre fui habituada.

Mesmo em meio ao desconforto, ela está extremamente bela. Escolheu o vestido verde-claro, e a cor destaca o tom dos seus olhos cor de mel, e as maçãs do rosto proeminentes e os lábios carnudos ganham evidência devido ao cabelo afastado do rosto. Se eu não soubesse, nunca adivinharia que Audrey veio de outra época.

Abro o leque e a abano, até seu rosto se suavizar minimamente com alívio.

— E aí, com quem é esse rolê de hoje? — pergunta ela.

Franzo a testa.

— Por que nos enrolaríamos em alguma coisa?

— Não, é... — diz ela, e solta um suspiro frustrado. — Grace, né? Vamos à casa dela?

— Sim. Vou apresentá-la a uma de minhas amigas mais íntimas, Grace Harding — respondo, olhando pela janela quando a carruagem desacelera e surge à vista uma modesta casa de tijolos. — Ao encontrá-la, tente não usar nenhuma de suas... expressões peculiares do futuro. Como esse "rolê". Depois da reverência, diga simplesmente que é um prazer conhecê-la.

— *Reverência?* — sibila Audrey.

Viro o rosto para ela bruscamente, parando o leque no ar.

— Você não...?

— Não!

— Apenas... — começo, buscando uma solução. — Apenas siga o que Grace fizer.

Audrey assente e se remexe, nervosa, quando paramos.

— E talvez não...

— Fale muito? — completa, e eu concordo.

Grace é um amor de pessoa, mas duvido muito que acreditaria que Audrey vem de duzentos anos no futuro, ou sequer compreenderia o conceito. Duvido que eu teria acreditado ou compreendido se não a tivesse encontrado no campo e visto as provas com meus próprios olhos. Suponho que poderíamos mostrar as provas a ela também, mas não há sentido em envolver mais ninguém nisto, pois não sabemos por que Audrey está aqui nem por quanto tempo permanecerá.

Um lacaio abre a porta e Audrey me olha com preocupação mais uma vez antes de eu pegar a mão dele e ser conduzida para fora da carruagem. Ela me acompanha, muito menos graciosa, e esbarra o ombro no meu.

— Relaxa, Audrey — murmura ela para si mesma, a caminho da casa. — Relaxa.

Eu sorrio discretamente e bato à porta com toques leves. Em um instante, a governanta de Grace, sra. Dowding, vem nos receber.

— Ah! Srta. Sinclair! Entre, entre. Ah, vejo que trouxe uma acompanhante. Acrescentarei uma xícara ao chá.

— Pois não, espero que não seja um estorvo.

— Não é estorvo algum — diz a sra. Dowding, e nos conduz à sala de estar.

Grace se levanta em um salto quando entramos.

— Lucy! Devia ter me avisado que traria uma amiga.

— Eu... pois não. Peço perdão. Foi um imprevisto, mas esta é Audrey Cameron. Ela está hospedada comigo em Radcliffe por... um curto período — apresento, olhando para Audrey de relance. — Ela é filha de um colega de negócios de meu pai.

— Audrey — diz Grace, com um sorriso enorme, e faz uma reverência. — É um enorme prazer conhecê-la.

Apesar de tentar me conter, acabo prendendo a respiração.

— O prazer é todo meu — responde Audrey, com uma reverência um pouco rígida e desajeitada, mas perfeitamente adequada.

— Você é americana! — exclama Grace, quando todas nos sentamos, e a sra. Dowding chega com uma bandeja de chá.

— Sim, estou, hum... — Audrey hesita, tamborilando os dedos no braço da cadeira. — Viajando um pouco no momento.

— Que emocionante. E o que tem achado daqui?

— É impressionante. Parece até que fui trazida a outro mundo.

Grace ri e eu olho com irritação para Audrey, que responde com um sorriso bastante malicioso.

— É tão diferente assim? — pergunta Grace.

— Ah — diz Audrey, tomando um gole demorado do chá que a sra. Dowding serviu. — Você nem imagina.

Resisto à vontade de derramar o bule inteiro de chá na cabeça dela.

— Então, Grace, como andam os negócios de seu pai? O clima mais ameno certamente foi bom para suas muitas viagens — comento, tentando mudar o tema da conversa.

Grace, felizmente, aceita o assunto, e Audrey toma o chá em silêncio, olhando ao redor do cômodo, enquanto discutimos a aquisição de uma estátua de cavalo em tamanho real por seu pai para um duque que vive em Londres, as roseiras que Simon plantou ao lado da casa, e, finalmente, meu novo vestido para o baile, que deve chegar em breve.

— Você vai ficar linda — diz Grace, sorrindo para mim.

— Bem, com alguma sorte, garantirei o pedido de casamento que meu pai deseja tão desesperadamente.

A expressão de Grace murcha, a pena pesando em todas as suas feições, mas a tosse alta de Audrey nos leva a olhá-la.

— Perdão, eu... engasguei — diz, e encontra meu olhar. — *Casamento?* Você não é um pouco... jovem?

— De maneira alguma — murmuro, tomando o chá. — Grace casou-se aos dezessete anos. Eu completei dezoito no último outono.

As pessoas se casam mais tarde no futuro? Céus, por que *eu* não fui mandada para *lá*?

Audrey morde o lábio, talvez para se impedir de dizer outra coisa.

— Mas, Lucy — diz Grace, exasperada como em todas as vezes em que discutimos isso —, não há mesmo outra opção? Não pode fazer *outra* coisa? Eu tinha certeza de que ele se dissuadiria após você intencionalmente se equivocar naquela apresentação de piano. Afinal, ele...

— Está tudo bem — digo, seca, completamente resignada a meu destino.

Grace hesita, surpresa diante da mudança relativa a nossas discussões anteriores. Mas não vou mais perder tempo, nem me decepcionar ainda mais, ao esperar por *outra coisa*.

— Não é como se um pretendente mais adequado pudesse aparecer em poucas semanas — acrescento.

Romântica *ou* financeiramente. Não que seja possível meu pai me permitir este primeiro caso, mesmo se possível.

Grace parece prestes a dizer outra coisa quando o som de passos ecoa ruidosamente no corredor e ela é interrompida por murmúrios e risadas. Todas voltamos a atenção à porta.

A maçaneta gira e Simon entra na sala, acompanhado por um cavalheiro de beleza notável, alto, de cabelo escuro e olhos azuis reluzentes que combinam com a gravata da moda. Grace e eu nos levantamos, e Audrey, felizmente, faz o mesmo.

— Lucy! Que prazer vê-la aqui.

— Igualmente, Simon — digo, e ele empurra o amigo para a frente.

— Viemos apenas nos despedir de Grace antes de sair para o centro. Este é um antigo amigo meu da universidade, o sr. Matthew Shepherd. Ele acaba de se mudar para Whitton Park.

O homem faz uma reverência, que eu retribuo, e conversamos amenidades enquanto analiso suas feições. Um nariz comprido e fino. A mandíbula forte. As sobrancelhas grossas e escuras. De repente, acho que sei o que Grace estava prestes a dizer.

Por um breve momento, imagino conhecê-lo em um mundo em que não exista o sr. Caldwell ou meu pai. Busco um sentimento, *algo*, como em todos os livros que li, mas, como sempre, nada me vem.

Então, vejo ele voltar a atenção a Audrey.

— É um prazer apresentar-lhes minha querida amiga, Audrey Cameron — digo, me lembrando das boas maneiras.

Mordo o lábio ao ver Audrey executar uma reverência terrível, provando que a falta de quem imitar é um problema. O rosto dela é tomado por um leve rubor ao encontrar o olhar do sr. Shepherd.

— Perdão, na América não temos o hábito de... reverenciar.

— E qual é o hábito? — pergunta ele, não parecendo nada incomodado. — Quando se apresentam a alguém, na América?

— Apenas um aperto de mãos — responde Audrey, e o sr. Shepherd avança em um passo curto, oferecendo, bem-disposto, a mão direita.

Eu a vejo esticar o braço e encaixar os dedos nos dele, em um gesto que aqui reservamos apenas para nossos amigos mais íntimos.

Vejo o porquê.

Há intimidade palpável no momento, pois nenhum dos dois usa luvas, e o sr. Shepherd curva a boca em um sorriso encantador, que Audrey retribui com timidez.

— Bem, Matthew, devemos partir — diz Simon, pigarreando em seguida

Audrey desliza a mão para soltar-se do sr. Shepherd, e eu o vejo flexionar, abrir e fechar os dedos, como se tentasse preservar a sensação do toque. Simon continua:

— Srta. Cameron, encantado em conhecê-la.

— Sim — concorda o sr. Shepherd. — Um prazer — acrescenta, e, por cortesia, dirige o olhar a mim — conhecer as duas senhoritas.

Eles se vão e, assim que a porta se fecha, Grace abre um sorriso animado, como se não tivesse acabado de testemunhar a mesma cena que eu.

— Ele tem renda de *cinco mil* ao ano. É um pretendente *muito* interessante, em minha opinião.

Minha querida amiga. Ainda em busca de uma solução que não existe.

— Ah, Grace — digo, triste, voltando a me sentar. — A renda do sr. Caldwell é o dobro.

CAPÍTULO 13
Audrey
16 de junho de 1812

De volta a Radcliffe após o chá, eu me largo deitada no sofá listrado da sala de estar, ao que Lucy declara com afinco que "não são modos de uma dama".

Eu a ignoro, porque, em qualquer outra posição, parece que meu corpete vai arrancar a parte de baixo do meu peito de tanta assadura ou quebrar alguma costela.

Ou as duas coisas, considerando minha sorte.

Eu aceitaria ambas se isso significasse voltar para casa.

Eu tentei *muito* entrar no espírito de 1812 na casa da Grace. Conheci um cara bonito, soube que Lucy vai *casar*, tomei chá em uma salinha simpática, mas nada me parecia concreto o suficiente para me prender. Enquanto elas falavam de estátuas de cavalos e roseiras, eu só conseguia pensar em filmes de viagem no tempo e em como os personagens voltavam para casa.

Quando voltamos da propriedade de Grace, antes de eu acabar largada com meus modos inadequados para damas, convenci Lucy a jogar a moeda para mim, como o sr. Montgomery fez ontem na loja, mas acabamos só jogando-a de um lado para o outro por dez minutos, sem nem sinal de fluxo de tempo ou espaço.

Depois, dei uma de *Questão de tempo* e me tranquei em um armário enquanto Lucy me olhava, confusa. Fechei os olhos com força e me imaginei de volta ao meu quarto, aninhada na cama, como fazia ao ter pesadelos na infância, mas...

Obviamente ainda estou aqui.

Cheguei até a perguntar para Lucy se tinha umas pedras gigantes nas terras dela, para entrar na onda de *Outlander*, mas ela só revirou os olhos.

Então... Lucy deve estar certa. Estou aqui por um *motivo*. Aparentemente um dia mergulhando na vida deste lugar não bastou para eu entender exatamente qual é.

Olho o lustre elaborado no centro da sala, com braços dourados abertos e muito diferente das luzes fluorescentes da mercearia. Mesmo com tanto esplendor, ainda sinto uma pontada de saudade de casa, e desvio o olhar, vendo Lucy sentar-se ao piano no canto, o cabelo dourado iluminado pelo sol de fim de tarde.

— O sr. Shepherd é bastante formoso — diz ela, casualmente, enquanto começa a tocar uma melodia suave, mas surpreendentemente complexa.

— É mesmo — respondo.

Eu definitivamente daria *match* com ele. O sr. Shepherd tem olhos *incrivelmente* azuis. E aquele *maxilar*? Esculpido pelos deuses. Além do mais, ele parecia *mesmo* ter 1,90m, nada de 1,80m arredondado para cima.

— Você gostou dele? — pergunto.

— Eu vou me casar — diz ela, com o mesmo entusiasmo de uma criança descobrindo que tem prova surpresa de matemática. — Ademais, ficou *bastante* aparente que ele se interessou muito mais por você.

Solto um gemido de reclamação ao me sentar, um pouco tonta por causa do calor e das dezoito camadas de roupas, que me dão assadura. Eu mataria por uma latinha de chá gelado direto do *cooler* e um ar-condicionado tradicional.

— Seria bem absurdo eu me apaixonar por alguém de uma época inteiramente diferente — digo, me esquivando.

Não seria? O sr. Montgomery até falou de amor, mas por que a "pessoa certa" seria alguém com quem eu nunca poderia namorar na vida real?

Eu me levanto e atravesso a sala até me sentar no banco ao lado de Lucy. Ela vai um pouco para o lado, abrindo espaço para mim, e vejo suas mãos compridas e magras se moverem tranquilamente pelas teclas, bem impressionada pela música que ela produz.

— Você é muito boa.

— Sou adequada — diz Lucy, e ergue os olhos azuis na minha direção.

Eles são ainda mais azuis do que os do sr. Shepherd, mais marcantes, e também... penetrantes. Como se ela visse mais de mim do que eu gostaria.

— Você toca? — pergunta ela.

A música para e ela tira as mãos do piano, fazendo um gesto como se esperasse que *eu* tivesse um momento Beethoven.

— Ah, até posso tentar dar uma tecladinha nesse marfim — digo, e Lucy me olha com uma expressão já conhecida, que grita DO QUE VOCÊ ESTÁ FALANDO?

Eu a ignoro e, com enorme floreio exagerado, estico a mão, toco o dó central com o polegar, pigarreio e...

Toco a interpretação mais atrapalhada e insuportável de "Cai, cai, balão" que a humanidade já viu, lembrando vagamente do recital de piano da creche. As teclas fazem um ruído dissonante sob meus dedos, ainda pior por causa de algumas notas claramente erradas.

Lucy ri e cobre a minha mão com a dela, me interrompendo após poucos instantes.

— Nunca ouvi essa composição, mas foi...

Sorrio.

— Um horror? — completo.

— Sim.

Nós duas rimos, e ela volta a tocar, a melodia anterior fluindo de sob seus dedos.

— Você gosta de música? — pergunto, e ela confirma com a cabeça.

— Acho que é minha coisa predileta. Ainda mais do que a leitura. É o que faz tudo...

— Se encaixar. — Nos surpreendemos ao falar ao mesmo tempo, e um sorriso de compreensão nos toma.

É exatamente o que sinto com minha arte. Desenhar e pintar.

Ou, ao menos, o que sentia.

Acho que é por isso que os últimos meses foram especialmente horríveis.

Não apenas por causa de Charlie e do término, mas porque perdi também a coisa que sempre me deu uma sensação de paz, de preenchimento.

E não sei como recuperá-la.

— *Ah!* Se gosta de música... — digo, e me levanto em um salto, correndo até o sofá para pegar a bolsinha de seda que Lucy me emprestou de manhã antes de sair.

Volto com o celular, e vejo que a bateria já está abaixo de trinta por cento.

Não que tenha ninguém vivo com quem eu possa me comunicar. Não existe um atendimento ao cliente para quem ficou preso duzentos anos no passado. Cheguei a tentar ligar para minha mãe, mas aparentemente nosso plano não cobre telefonemas para o futuro.

Tento não pensar no fato de que, em breve, não poderei nem olhar para fotos de casa, pois a mera ideia me deixa bem enjoada. Tenho me agarrado ao conforto temporário que sinto ao ver Cooper iluminar o fundo de tela, mas sei que, se eu fosse de 1812 e alguém me mostrasse Picasso, Van Gogh ou Frida Kahlo, eu teria surtado do melhor jeito possível, então abro o Spotify, escolho uma das playlists baixadas, chamada *sentimento puro*, e desço tudo, até onde estão as paradas clássicas modernas que escuto para estudar. Acho que tocar St. Vincent logo de cara mataria Lucy do coração — depois do primeiro riff irado de guitarra, Martha teria que vir correndo com os sais —, então dou play em "Rivers Flows In You", de Yiruma, supondo que será um início mais leve, e observo-a arregalar os olhos azuis.

— *Como?*

Lucy se aproxima, ávida para olhar, e eu entrego o celular a ela.

— Qualquer música no mundo, bem no seu bolso. Ou, hum, *retícula* — acrescento, usando o nome da bolsinha de seda que ela me ensinou.

— É... incrível.

Ela leva o aparelho ao ouvido, escutando, fascinada, o restante da música. Observo suas expressões ao sol da tarde, mudando com a música, a luz refletida nos cílios compridos, o nariz delicado jogando sombra na face.

Quando seu rosto ganha vida ao som da música, sinto que a enxergo um pouco melhor. Que, por mais que eu esteja desesperada para ir embora, é legal que eu possa estar *aqui*, neste momento, cara a cara com uma menina de duzentos anos atrás. Legal que eu possa ter tanto em comum com alguém que parece tão diferente.

Quando acaba, ela levanta as mãos e começa a tocar a melodia no piano, como se fosse uma antiga composição já conhecida, não algo que ela acabou de ouvir pela primeira vez.

Passamos por algumas outras músicas. Umas ela conhece, como "Ária na corda sol", de Bach, que ela viu ser apresentada certa vez em Londres com o pai, e um pouco de Mozart, que ela acompanha ao piano. Porém, devagar, vou mostrando coisas do presente. "Moon Song", da Phoebe Bridgers, que ela surpreendentemente ama, e finalmente "Los Ageless", da St. Vincent, que ela vai aprender a amar se pretendemos ser amigas.

— O que é *isso*? — pergunta.

— Guitarra — digo, e ela franze a testa. — É que nem... um violão com raio dentro.

Ela assente, como se minha explicação fizesse sentido, e franze a testa ao escutar. Comenta as melodias, as harmonias, a dissonância, toca algumas notas no piano e abana a cabeça, e não entendo quase *nada* do que ela diz, apesar de ser uma das minhas músicas preferidas.

Quando a música acaba, ela sorri para mim.

— É tão... *diferente*. Mas de um jeito bom. Seria fascinante estudar música assim. *Tocar* música assim. Eu... eu acho que gostaria do futuro.

Concordo com a cabeça, rindo, e passeio mais um pouco pela playlist.

— Também acho que você gostaria — falo, até pensar em bombas atômicas, planos de saúde e, tipo, mudanças climáticas. — Quer dizer, da maior parte. Eu iria em um concerto seu.

Quando chego à minha música preferida, dou play.

Nas primeiras batidas ritmadas de "I Wanna Dance With Somebody", de Whitney Houston, eu me levanto, balançando pela sala como se estivesse em casa com minha mãe, e tudo fica um pouco mais claro. Ela sempre tocou essa música para mim, para me fazer parar de chorar com as crises da escola, ou em dias coloridos e ensolarados quando eu ainda usava fraldas, ou quando dissecávamos uma comédia romântica que tínhamos acabado de assistir e comíamos pizza nas noites de sexta-feira. É a música preferida dela desde que o pai a levou a um show na Civic Arena em 1987, e é como se fosse um legado que ela me transmitiu. Uma espécie de herança familiar, que nem, bom...

Que nem a mercearia, quem sabe.

— Eu *amo* essa música — digo, dando piruetas para fugir dos pensamentos difíceis.

Quando me viro, vejo que Lucy ainda está sentada ao piano, me fitando e pestanejando, confusa.

Vou quicando até ela e a pego pelas mãos para levantá-la.

— Vamos lá — chamo, e Lucy fica parada, reta que nem uma tábua, sem se mexer nem um pouco.

— Não sei os passos — diz, e eu bufo.

— Não tem passos! É só...

Dou uma reboladinha e ela cruza os braços, escandalizada.

— Não são modos...

— De dama — interrompo, e reviro os olhos. — Tá, tá. Então *deixa* de ser uma dama, para variar. Passei o dia todo vivendo no *seu* mundo, e é sua vez de experimentar um pouco do meu. Seu pai não está. Encarne a parte de você que esconde romances debaixo do assoalho na...

Lucy arregala os olhos e cobre minha boca com a mão para me calar.

— *Audrey*.

Sorrio, tirando a mão dela da minha boca e pegando sua outra mão para girá-la até uma gargalhada lhe escapar.

Devagar e sempre, os ombros dela relaxam e um sorriso surge, enquanto balançamos o quadril e mexemos os pés, dando voltas pela sala no ritmo da música.

De repente, Lucy não é mais a mocinha recatada que imaginei, o retrato fiel de uma dama de 1812 que estudei em livros de história ou na ficção. Bem... não é *só* isso. É uma garota capaz de tocar uma melodia um segundo após escutá-la, uma garota que esconde romances debaixo do assoalho, uma garota que dança ao som de Whitney Houston quando para de sentir o peso das expectativas do pai por um mísero momento. É uma pessoa *de verdade*.

Ela está tão embalada pela música que fecha os olhos, sentindo a melodia. Fecho os meus também, e estou aqui, mas, de repente, de certo modo, também estou em casa. Danço e rio com Lucy, mas juro escutar a voz de minha mãe, sentir o *cheiro* da receita secreta dela de molho para pizza, pisar no carpete áspero da sala com os pés descalços.

Acho que, se eu voltar um dia, se eu encontrar em mim a força para sair de casa por vontade própria, e não por meio de uma moeda mágica, teria essa maneira de sentir que Pittsburgh e minha mãe nunca estão tão distantes, pois a segurança da mercearia e do nosso apartamento se encontra escondida em uma música.

A música acaba, e eu e Lucy desabamos no sofá, sem fôlego, com sorrisos escancarados. Agarro o celular junto ao peito e, ao olhar de relance, vejo que o cabelo dourado dela ainda está perfeitamente arrumado, o que me choca, pois meu rosto está todo cercado por mechas soltas do penteado que Abigail fez mais cedo.

— Admita — digo, cutucando-a. — Foi divertido.

Ela sorri e balança a cabeça, mas me olha de soslaio.

— Um pouco, talvez.

O olhar dela segue para uma poltrona no canto e, quase imediatamente, vejo sua postura mudar, as costas eretas, as mãos alisando a saia, uma presença invisível guiando seus gestos.

— Mas não vai ocorrer outra vez.

Vou guardar o celular na bolsa, mas percebo que a tela está completamente escura, já que a bateria morreu.

— Merda — murmuro, me empertigando e apertando o botão de ligar, tomada por uma pontada de ansiedade, que faz eu me sentir plenamente perdida. — É, não vai *mesmo*.

Nada de foto fofa de Coop. Nada de Whitney Houston. Nada de mensagens de voz e texto antigas. Nada para me lembrar de casa, exceto pela minha memória, enquanto eu estiver aqui.

Quando guardo o celular, agora inútil, na bolsa, encosto na moeda caída no fundo e a pego para analisá-la pelo que me parece a milionésima vez. No entanto, franzo a testa ao perceber algo inesperado. Algo que, de algum modo, não notei nas outras milhões de vezes.

Abaixo da cabeça de George Washington, não há um ano. Em vez disso, há um número de dois dígitos. 24.

— Hum — digo, mostrando a moeda para Lucy. — Aqui deveria estar o ano, mas não está.

— Vinte e quatro? — pergunta, se inclinando para ler. — Esse número lhe diz algo?

Balanço a cabeça em negativa.

— Não que eu saiba.

Franzo a testa e olho a moeda, me perguntando o que pode querer dizer e, mais uma vez, desejando poder pegar o celular morto e ligar para a única pessoa que saberia me responder.

CAPÍTULO 14
Lucy
16 de junho de 1812

À noite, eu me deito de costas, acompanhando com o olhar a luz bruxuleante da vela que dança no teto de meu quarto, enquanto Audrey cantarola uma das músicas que me mostrou, com o olhar fixo na moeda. Sem perceber, cantarolo um pouco também. Mal acredito nos acontecimentos dos últimos dois dias: encontrar Audrey no campo, ouvir sobre o futuro, escutar música que o resto do mundo escutará apenas daqui a *dois séculos*.

É maravilhoso finalmente ter companhia nesta casa imensa e vazia. Alguém para preencher meus últimos dias de liberdade.

Porém, admito que, após dançarmos juntas à tarde, parte de mim quase começa a se ressentir da presença dela. Audrey, quase sem esforço, me arranca da caixinha na qual me encaixo com tanta cautela e dedicação e permite que eu apenas *seja*. Entretanto, cada murmúrio do futuro, cada dança peculiar na sala de estar, cada minuto aparentemente alegre com ela carrega uma tristeza por trás.

Pois meu pai voltará em breve. Eu me casarei com o sr. Caldwell em breve. Audrey, talvez ainda mais em breve, desaparecerá sem deixar rastros. São apenas provas efêmeras de uma vida que nunca terei, e não deixo de me perguntar se será pior ao saber o que seria possível em outra época, em outro lugar, do que viver sem nunca ter tido tal experiência.

Estou tão perdida em devaneios que é apenas quando ouço a voz de Audrey que percebo que ela parou de cantarolar.

— Vinte e quatro horas no dia? Vinte e quatro coisas a fazer? Vinte e quatro... *o quê?*

Ela solta um suspiro frustrado, batendo a mão no colchão ao abaixar a moeda. Audrey fica em silêncio por um momento, com o olhar fixo no teto, antes de virar o rosto para mim de repente, como se lembrasse algo.

— Quem é o sr. Caldwell? Não acredito que você tem um *noivo* e nunca nem comentou!

Antes de me conter, faço uma careta.

— Ainda não tenho, mas ele é o cavalheiro que meu pai deseja que eu despose. Ele possui uma propriedade esplêndida próxima daqui, na cidade vizinha.

Ela ri.

— Tá, talvez você não deva *escrever* um romance desses que tanto ama, se é assim que fala do homem com quem vai se casar. *Você* gosta dele? Ele é gostoso? — pergunta Audrey, e se vira de lado, se levantando um pouco e apoiando o queixo na mão.

Eu a olho, confusa.

— Como devo saber seu sabor?

— Não, quis saber se ele é *formoso*. Como o sr. Shepherd.

— Ah — digo, balançando a cabeça quando a estatura ossuda e o nariz fino e pontudo do sr. Caldwell me vêm à mente. — Certamente não. Em aparência, como em personalidade, ele não é nada "gostoso". E é consideravelmente mais velho que eu.

— Eca. Que nojo.

Concordo em silêncio, mesmo conhecendo muitas moças que formaram pares semelhantes.

— Por que vai se casar com esse sujeito, se nem gosta dele?

Solto uma risada impaciente.

— Pois, imagino, nada disso é mais importante do que o dever. Do que as expectativas. Ele é o homem mais rico de todo o condado, portanto é uma aliança ótima, que trará muitas vantagens aos negócios de meu pai. É assim... que as coisas são, Audrey. O que esperam que nós, mulheres, façamos. Temos que nos casar bem, não ser um fardo, trazer ao mundo filhos que não sofram a mesma realidade. Simples assim.

Tento soar firme e decidida, sem querer revelar ou admitir a dificuldade que tive no passado para aceitar tais fatos.

— Que ridículo — responde ela, seca. — No futuro, de onde eu venho, a maioria das pessoas casa por amor. Nem sempre funciona, e às vezes a gente acaba com o coração destruído, mas é *você* quem decide, não um homem qualquer.

Amor.

É como se voltassem as palavras de minha mãe, bem quando achei ter conseguido enterrá-las.

— Pois sim, mas eu não vivo no futuro — digo, encontrando seu olhar à luz fraca da vela. — Vivo aqui. Em 1812. Onde as coisas são *assim*. Ademais, não é muito tentador acabar com o coração destruído.

Audrey concorda com a cabeça.

— É, bom, tá certa. Talvez seja uma vantagem. Estranhamente, talvez seja sorte sua não precisar passar por isso.

Ela solta um suspiro demorado, como se falasse por experiência própria, e... apesar do que falei, não me parece vantagem alguma.

— Alguém certa vez me disse que há um lado igualmente ruim em não se arriscar, porque é garantido que vamos perder, mas talvez seja meio bom, se assim a gente se poupa da dor.

Eu a vejo franzir a testa, pensativa, considerando o que acabou de dizer. Finalmente, ela balança a cabeça, se contradizendo.

— Mas... — continua. — Não se não puder escolher sozinha. Quer dizer, se você não souber o que está perdendo, não consegue nem calcular se o risco vale a pena. Porque, às vezes, quando a gente quer algo o suficiente, o risco *vale* a pena. A gente nem liga para se magoar, para tudo explodir, porque, bom... talvez não aconteça isso. Pelo menos era no que eu acreditava.

Eu me pergunto como seria isso.

Desejar algo o suficiente, seja amor ou outra coisa, a ponto de arriscar tudo.

— Enfim — diz Audrey, e dá de ombros. — Acho que queria que... você não precisasse fazer isso. Que pudesse escolher sozinha o que arriscar ou deixar de arriscar.

Eu me calo, pois, no fundo, sob a inevitabilidade que aceitei, acho que eu também queria isso. E me pergunto como seria, o que eu escolheria, se *tivesse* a oportunidade do amor.

Valeria o risco?

Eu teria a coragem necessária, se não arrisco nem a ira de meu pai por alguns livros?

Para ser sincera, não sei. Nunca saberei.

Nós nos entreolhamos por um longo momento, ambas em silêncio.

Finalmente, ela estreita os olhos, pensativa.

— Acho... — começa. — Acho que um gole de um Sprite geladinho no McDonald's ia te matar.

Solto um suspiro, sem fazer a mais vaga ideia do que ela quer dizer. Ainda assim, me sinto... mais leve. Contenho uma risada quando a vela se apaga com um assobio quase inaudível e o quarto escurece ao nosso redor.

CAPÍTULO 15
Audrey
17 de junho de 1812

Acordo no dia seguinte — pois, por incrível que pareça, dormi a noite inteira — e Lucy é a primeira coisa que vejo quando finalmente abro os olhos.

Ela ainda está em um sono profundo, com uma expressão perfeitamente serena, tão próxima que noto a pinta logo abaixo de seu olho direito, coberta por alguns fios soltos do cabelo dourado.

Sou tomada por uma vontade inesperada de passar a mão naqueles fios e ajeitar a mecha atrás da orelha dela. Chego a esticar os dedos ao pensar nisso.

Para me conter, me viro de barriga para cima, me afastando de Lucy.

Estou ficando estranhamente confortável em 1812.

Saio da cama em silêncio e pego do chão a bolsa que Lucy me emprestou, largada junto à pilha de cobertas que deixei ali na primeira noite. Volto para a cama, me aninhando debaixo do cobertor quente, pego o celular e aperto o botão na esperança de os céus me agraciarem com um tiquinho de bateria. O suficiente apenas para ver uma das minhas fotos mais recentes e me lembrar de onde realmente sou.

Imagino meu álbum de fotos. Coop, esparramado em sua caminha na sala. Meus pais rindo no deque quando compramos tacos no *happy hour* da Round Corner Cantina, poucos dias atrás. Até um print do prazo de entrega do portfólio, ÚLTIMA CHANCE em letras pretas grossas.

Quer dizer... já desisti dessa história da RISD, mas é outra coisa eu literalmente *não poder* entregar um portfólio em 1812, mesmo que eu magicamente fizesse algo novo, diferente e *melhor* do que o que apresentei antes.

É assustador pensar no tempo que avança sem parar. Daqui a pouco vai passar o prazo, a formatura, a colação de grau, o meu aniversário, o ano-novo, talvez minha vida inteira no presente. Se eu não voltar, haverá um buraco vazio no meu lugar, pois eu apenas... parei de existir.

Porém, estar aqui me fez perceber que, de muitos modos, eu parei de existir depois do término e da lista de espera. Trabalhando na loja e indo à escola, fazendo a mesma coisa todo dia. Sentada atrás do caixa, vendo meus amigos virarem conhecidos depois de irem para a faculdade, vendo os desenhos que não vinham, observando minha vida continuar sem mim do outro lado da vitrine.

Pelo menos esta viagenzinha certamente me arrancou com força da rotina. De muitos modos, é agradável. Fazer uma amiga nova. Conhecer novas pessoas, perspectivas, comidas e roupas. Não me sinto mais no piloto automático.

Por outro lado, quando estava entediada, eu não tinha como me magoar. Agora, não faço ideia do que vai acontecer. Sou tomada por uma náusea ao pensar nos meus pais. Como devem estar preocupados, meu pai perguntando por mim a todo cliente que chega à loja, minha mãe fazendo cartazes com aquele papel cor-de-rosa especial que guarda no armário da entrada.

Abandono minha tentativa de reviver o celular e fecho os olhos com força, tentando não surtar. Guardo o aparelho na bolsa e pego a moeda na mesa de cabeceira, girando-a sem parar entre o indicador e o polegar, focada no número sob a cabeça de George Washington.

Espera aí.

Não diz mais 24.

Diz 23.

Parece até que... *Ai, meu Deus.*

— É uma contagem regressiva! — grito, jogando o travesseiro em Lucy.

Ela abre os olhos de repente e, com um grito, cai da cama.

Quando levanta a cabeça outra vez, está de olhos cerrados de raiva, massageando o cotovelo.

— Desculpa — digo, com um sorriso arrependido.

Ela resmunga ao voltar para a cama, mas logo cede à curiosidade.

— Contagem regressiva? — repete, e eu entrego a moeda para mostrar o número.

— Ontem dizia 24, né? Mas agora...

— Vinte e três — diz, balançando a cabeça ao entender o que quero dizer, e coça o olho direito, sonolenta. — O que ocorrerá daqui a vinte e três dias? Certamente se refere à data em que você voltará para casa. Não é uma boa notícia?

— Ou é o tempo que tenho pra descobrir por que fui mandada para cá. Talvez, se eu não completar alguma tarefa até lá, eu não seja mandada de volta — murmuro. — Mas o que tenho que fazer?

Hesito, pensando pela centésima vez no dia em que fui mandada para cá: a moeda caindo na minha mão, tudo sumindo ao meu redor. Os momentos que aconteceram logo antes, minha conversa com o sr. Montgomery.

Desistir do prazo, buscar inspiração artística, "o mundo de verdade", Charlie e...

Sempre achei que você ficaria com alguém um pouco mais... inspirador.

— Ai, meu Deus. Lucy — digo, e seguro o braço dela. — Lembra aquele velho que eu mencionei? O que todo dia aparece na loja dos meus pais? O sr. Montgomery? No dia em que ele me mandou para cá, a gente estava falando de riscos, de inspiração e *amor*, que nem eu e você ontem à noite.

Paro um segundo, pegando a moeda da mão dela.

— Imagino que ele ache que está tudo conectado — continuo. — Acho que foi por isso que ele me mandou para cá. Para eu sair da minha zona de conforto. Para me forçar a me expor. Ele acha que, assim, posso encontrar meu amor verdadeiro, que me fará encontrar minha *inspiração verdadeira*, ou alguma coisa assim. Então, por algum motivo, essa pessoa deve estar *aqui*. *Agora*. Em 1812.

Alguém diferente de Charlie. Para ser sincera, acho difícil encontrar alguém mais diferente do que *uma pessoa de 1812*.

— E você acha que talvez a contagem regressiva seja o tempo que tem para encontrá-lo? — pergunta.

— Acho que... é.

É então que começo a hesitar, me lembrando dos pensamentos do outro dia. O que vai acontecer quando eu encontrar a pessoa aqui? Vou... ter meu coração partido de novo quando for embora?

Solto um longo suspiro, percebendo o que isso tudo deve parecer.

— Isso parece, sabe, ridículo?

Ela fica em silêncio por um momento, refletindo.

— Acho que não. Você foi transportada para o passado, então "ridículo" certamente não é a primeira palavra que me ocorre em relação a mais nada de sua situação — diz, e eu volto a olhar a moeda.

— O que acha que vai acontecer se eu fracassar? — sussurro.

Penso em Charlie e no que senti ao *encontrar amor* da primeira vez. Em como foi muito pior perder do que foi bom descobrir.

— E se tiver sucesso? — pergunta Lucy.

Eu a olho e vejo quando curva o canto da boca em um sorriso, revelando uma covinha.

— Na verdade, soa... emocionante. Como um livro de romance, com final feliz garantido — continua, e se aproxima de mim na cama. — Você disse que o sr. Montgomery sente carinho por você. Então ele não desejaria que você fracassasse, não é? Você confia nele?

Penso no senhor ranzinza que vejo quase todas as manhãs. Que me apoiou tantas vezes ao longo da vida. Valorizo a opinião dele desde a infância, e ele nunca me deu um conselho errado.

Faço que sim com a cabeça, um pouco mais tranquila.

— Talvez confie menos agora, já que ele me mandou para cá sem aviso prévio. Mas confio, sim.

— Então ficará tudo bem. Ele deve tê-la mandado especificamente para duzentos anos no passado porque uma oportunidade de amor se encontra *aqui*. Você pode se arriscar,

Audrey, mas com todos os sinais indicando que *terá sucesso*, mesmo que por enquanto não saiba como. Quer dizer, como alguém destinada a me casar com o sr. Caldwell e *nunca* encontrar o amor, sinto que você *precisa* aproveitar a oportunidade digna de contos de fadas bem à sua frente! Por nós duas!

Quando ela fala assim... até que é *mesmo* emocionante. Quer dizer, o sr. Montgomery não teria me mandado para cá apenas para quebrar a cara.

Eu me jogo de volta na cama, finalmente rindo de empolgação.

— Vou viver meu momento *Bridgerton*!

Eu a olho e vejo a expressão familiar de confusão.

— Nem pergunte — digo.

Depois de passar a maior parte da manhã me arrumando para ficar em casa, descemos para tomar o café.

Uma coisa posso elogiar em 1812: a comida é bem deliciosa.

Minha tigela de cereal de mel e o café da loja nem se comparam ao chá, aos pães, aos ovos e *especialmente* ao bolo de mel que me foram servidos nas últimas duas manhãs.

Lucy torce o nariz ao erguer o olhar de um livro e me pegar praticamente engolindo tudo de uma vez só.

— Se quiser conquistar o afeto de um pretendente, precisamos prepará-la para a sociedade, em vez de escondê-la aqui. Etiqueta, dança, modos — diz, apontando um garfo para mim, a voz autoritária. — Tire os cotovelos da mesa, endireite as costas.

Obedeço, e o corpete me ajuda a forçar a boa postura.

— Você pode me ensinar, né? — pergunto, de boca cheia, e Lucy literalmente empalidece ao cogitar a ideia.

— Minha nossa. Há *tanto* a aprender. Sinceramente, mesmo para um jantar! — exclama, e arregala os olhos distantes enquanto pensa, deixando o livro na mesa. — Os assentos, a conversa, o uso de talheres...

Eu rio, e ela levanta as sobrancelhas.

— Vamos começar com a risada — diz. — *Leve*. Pouco além de um sorriso. Apenas... educada e alegre, convidativa...

— Tá, você pode me ensinar que garfo usar, ou a dançar, sei lá, mas *isso* é ridículo. Não vou ser alguém que não sou. Especialmente se quiser encontrar o amor.

Ela sorri enquanto toma um gole de chá e balança a cabeça.

— Acho que não deveria me surpreender. Admito que nunca pensei em *ser quem sou* quando estou em sociedade — diz, abaixando a voz, e apoia a xícara de volta no pires. — Para ser sincera, não acho que alguém *gostaria* que eu fosse quem sou.

Abro a boca para dizer alguma coisa, para falar que, quando ela é mais aberta, *mais sincera*, é a versão de Lucy de que mais gosto, mas ela logo começa a explicar o que fazer com um guardanapo de pano e os princípios do uso de talheres, e o momento passa.

Depois do café da manhã, vamos à sala de estar, onde Lucy me ensina o básico do básico. Quem diria que cumprimentar alguém exigiria um tutorial complexo? Mas não nego que, com um propósito e uma direção para minha estadia aqui, aprender a fazer uma reverência de verdade em vez daquele troço que fiz ontem na casa da Grace chega a ser meio empolgante.

— Pés em posição de V — diz, levantando minimamente a saia para eu ver e imitar. — Estique uma perna, ponha para trás e então... dobre o joelho.

Ela me observa, dando a volta ao meu redor enquanto faço uma reverência atrás da outra, malhando *bem* o quadríceps esquerdo.

— Faça um movimento mais vasto ao passar a perna para trás.

Me mexo rápido demais e quase derrubo Lucy com um pontapé. Ela rapidamente me segura pela cintura, para nos equilibrar.

— *Devagar. Leve.* Não há necessidade de pressa.

Ela para na minha frente quando me abaixo e estica a mão, roçando os dedos no meu rosto e inclinando suavemente minha cabeça para baixo.

— Abaixe a cabeça.

Ela afasta a mão e eu faço mais uma reverência, de cabeça abaixada, com um movimento vasto e lento da perna, sentindo frio na barriga apenas por me *preparar* para esta aventura.

— *Isso*. Foi perfeito, Audrey!

Sorrio como se o time para o qual torço tivesse acabado de ganhar o Super Bowl.

Casa e amor verdadeiro, aí vou eu. Quase sinto o gosto dos Doritos de comemoração.

Lucy continua, me ensinando a causar uma boa primeira impressão e a etiqueta referente a cumprimentos e ao recato esperado, mas o tema é tão insuportavelmente chato que entendo por que filmes transformam esses momentos em pequenos clipes. Eu me pergunto que música tocaria na trilha do nosso?

Martha aparece para perguntar se precisamos de alguma coisa bem quando Lucy está explicando o que dizer, e *como* dizer.

— Martha — diz Lucy —, o que acredita ser um bom conselho para Audrey a respeito de causar uma boa primeira impressão?

— Bem — responde ela, bufando, e põe a mão na cintura. — Eu diria que não vagar por aí de roupas de baixo e calças seria um *excelente* primeiro passo.

Eu rio, e Martha se encosta no batente, escutando a explicação de Lucy.

— Quando conhecer uma pessoa nova, uma apresentação deve ocorrer. Um cavalheiro deve ser apresentado a uma dama, e uma pessoa de classe mais baixa deve ser apresentada a uma pessoa de classe mais alta. Os homens que a cortejarão podem pedir uma apresentação por meio de um conhecido em comum, e cabe a você decidir se quer ser apresentada e conhecê-lo.

— Então posso, tipo... recusar, se não quiser falar com ele?

— Pode ser considerado grosseiro, especialmente se for um homem importante, mas, sim, se não se conhecerem, pode se recusar a ser apresentada a ele.

Martha ri da porta.

— Recuse o quanto quiser, minha querida — diz para mim. — Sei muito bem de um homem que eu adoraria que Lucy não tivesse conhecido.

Elas trocam um olhar compreensivo e, apesar de me sentir mal por Lucy, sinto ao menos certo alívio ao saber que não serei forçada a uma conversa ou a um casamento com um cara que nem o sr. Caldwell. Não consigo deixar de pensar em quantos deles devem existir por aqui. Não pode ser o que o sr. Montgomery quer para mim.

Lucy vai até o sofá e volta a explicar como se sentar adequadamente e como se portar quando sentada, pois se encostar ou ficar curvada aparentemente acaba em pena de morte, e eu perco o interesse. Eu me distraio pensando na moeda guardada na minha bolsa, no segundo andar.

— Audrey. — A voz de Lucy me traz de volta à sala, e ela me olha com as sobrancelhas franzidas.

— Desculpa, eu estava só... — digo, e me sento ao lado dela no sofá, tentando imitar o jeito como segura o tecido do vestido para mantê-lo arrumado. — Mesmo que eu aprenda tudo isso, e se eu não... *conseguir* me apaixonar? E se não me der bem com ninguém? Pior, e se eu só... errar?

Não digo o "de novo". Quer dizer, eu *achei* que era amor, e olha no que deu.

Ela não responde nada por um bom momento, uma expressão pensativa estampada no rosto.

Gosto disso em Lucy, do fato de ela sempre tomar seu tempo, sempre parecer *pensar* de verdade no que eu digo antes de responder.

— Não entendo tanto do assunto, mas não me parece algo que dê para forçar.

— É a mais pura verdade — diz Martha, com um olhar nostálgico. — Posso dizer apenas que você saberá. Você sentirá, no fundo do seu ser, sem a menor dúvida, porque terá a sensação de que a pessoa a enxerga.

— Enxerga? — pergunto, pensando em Charlie.

— Não. Não é bem isso — diz, e balança a cabeça. — Que a pessoa a *entende*.

Entende. Uma palavra diferente, que muda tudo de uma vez.

Martha funga um pouco, e um sorriso triste puxa sua boca.

— Melhor eu ir cuidar do almoço — diz, e sai da sala.

Lucy se volta para mim, com seu olhar azul penetrante, e morde o lábio, pensativa.

— Talvez... — hesita. — Talvez você esteja um pouco certa, a respeito de ser quem é.

— Já desistiu de me ensinar?

— Não, é claro que não. Não quis dizer que não ajudarei a prepará-la, mas que, para termos sucesso, acredito que tenhamos que encontrar a pessoa que dá mais valor a *você* do que às danças e aos gracejos.

— E isso é possível? — pergunto, dando uma risada.

— Certamente. Há muitos cavalheiros disponíveis que não são terríveis. Você mesma já conheceu um que não desdenhou de sua reverência atrapalhada. Como você disse, o sr. Shepherd é muito *gostoso*.

Solto uma gargalhada alta, e o ruído certamente chega perto da grosseria.

— Desculpa — digo, cobrindo a boca com a mão.

— Não se desculpe. Sua risada é linda — responde Lucy, e sorri um pouco, mais uma vez mostrando as covinhas. — Acredito que algumas regras devam ser desrespeitadas.

CAPÍTULO 16
Lucy
18 de junho de 1812

Escondo o sorriso com a xícara de chá enquanto vejo a srta. Burton e suas assistentes acabarem de tirar as medidas de Audrey. Trouxemos alguns vestidos de minha mãe para fazer ajustes e, visto que Audrey está aqui em busca do amor, é lógico que ela deve encomendar um vestido para o baile dos Hawkins. Não apenas cai em uma data a menos de uma semana de seu prazo, como, visto que o baile será o auge da temporada, e a ele provavelmente se seguirão o meu pedido de casamento e muitos outros, simplesmente faz sentido que seja *a* noite para Audrey resolver sua situação.

É extremamente aparente, porém, que ela *nunca* passou por isso, e eu a vejo conter uma risada quando a medem da axila à ponta dos dedos, e encontro seu olhar arregalado no espelho. A tarefa talvez seja um pouco mais complicada do que eu previa.

— Haverá alguma dificuldade para que o vestido fique pronto a tempo? — pergunto à srta. Burton, quando, alguns minutos depois, ela nos acompanha à porta.

— De modo algum, srta. Sinclair. De modo algum. Infelizmente, porém, não haverá tempo para ajustes.

— Tenho certeza de que não teremos nenhuma necessidade — digo.

Nunca tive problemas em todo o tempo em que frequentei a loja. Todos os vestidos que a srta. Burton fez couberam feito uma luva em mim, e sempre saíram exatamente como o esperado, quiçá melhor.

— Devo cobrar na conta do seu pai, certo? — pergunta ela, e eu hesito antes de confirmar.

Audrey deve notar, pois, quando a srta. Burton nos dá as costas, ela sussurra:

— Está tudo bem com isso, né?

— Ao fim do verão me casarei com um homem que o tornará infinitamente mais rico do que ele já é, Audrey. Duvido que se incomode com alguns ajustes e um vestido de baile.

Falo com mais confiança do que sinto. Especialmente considerando a chegada do vestido lilás que encomendei na última visita à costureira.

Porém, pela primeira vez, não sei se me importo.

Algo em *dizer* isso, declarar isso, me devolve a confiança que me faltava. Posso não encontrar o amor, mas posso ajudar Audrey a encontrar o dela. E outro pequeno gesto de rebeldia contra ele, contra tudo, me causa uma emoção *incrível*.

Quando Audrey e eu partimos, o calor da tarde cobre nossa pele, e eu sinto uma estranha frustração ao pensar que devemos voltar a Radcliffe imediatamente.

— Podemos explorar? — pergunta ela, descendo os degraus da boutique.

— Quer *explorar*? Não estava agora mesmo reclamando da falta de…?

— Ar-condicionado — completa Audrey.

— ... no trajeto de carruagem?

Ela abre um sorriso enorme, talvez alguns graus mais quente que o sol de verão, e me dá o braço.

— *Lucy*.

— Eu não devo me demorar no centro da cidade — admito, olhando rapidamente pela rua de paralelepípedos.

Especialmente quando ele não está presente, meu pai é muito rígido quanto a essa regra. Se alguém me denunciasse a ele, se encontrássemos um conhecido dele ou mesmo o *sr. Caldwell*, ele ficaria muito insatisfeito. Apesar da boa sensação depois da compra dos vestidos, não sei se posso arriscar ainda mais.

Certa vez, o bancário dele comentou casualmente que me viu na biblioteca, sendo que eu deveria estar na loja ao lado, comprando um novo par de luvas de seda. Após revirar meu quarto em busca do livro que eu trouxera, ele passou uma semana me trancando na biblioteca de casa durante os dias, me obrigando a ler livros de sua cautelosa seleção e supervisão, como castigo.

— E duvido que você devesse comprar um vestido de baile e mandar ajustar mais um monte de roupas, mas acabou de fazer isso — diz ela. — Vamos lá. Você mesma disse. Vai se casar ao fim do verão. Então minha estadia aqui é que nem... um mês inteiro de despedida de solteira.

— Do quê?

— Até eu ir embora, você vai *se divertir*. Fazer tudo que sempre quis fazer e que seu pai *nunca* deixou. Você mesma disse, vai fazer exatamente o que ele quer pelo resto da vida, porque vai se casar com o sr. Caldwell, então ele praticamente tem o dever de deixar você fazer exatamente o que *quer* enquanto ainda pode!

Fico paralisada na rua de paralelepípedos, o coração martelando com força no peito.

Posso fazer isso? Penso nos anos e anos de consequências que enfrentei por desejar qualquer coisa. Portas trancadas, cabeça enfiada em livros de etiqueta, mãos tremendo por tocar o mesmo trecho no piano por horas e horas a fio.

Talvez, agora que estou prestes a dar a ele exatamente o que quer, o casamento que deseja tão profundamente, as consequências sejam diferentes. O que é uma pequena batalha, se meu pai já venceu a guerra inteira?

Encontro o olhar de Audrey, e algo em mim me impulsiona. Diz que eu *posso*. Que, talvez, mais do que ele ter uma dívida comigo, a dívida seja minha. Que essas últimas semanas, com Audrey a meu lado, talvez sejam as mais emocionantes de toda a minha vida. Tudo que preciso fazer, como ela falou na outra noite, é ter a coragem de me arriscar.

— Bem — digo, e aceno para a carruagem, indicando ao cocheiro que ainda não entraremos —, imagino que *devamos* tentar socializar um pouco. Para você treinar. Talvez receber o convite para um jantar, ou algo assim.

— *Eba* — diz Audrey, apertando um pouco meu braço. — É isso aí!

Seguimos pela rua, e eu a observo olhar para tudo, fascinada, ainda mais animada pelo movimento da cidade. Ela parece quase... contente, confortável entre tanta gente. Eu me lembro da cidade que ela me mostrou naquele aparelho. Da casa dela.

Eu me pergunto como seria morar em um lugar daqueles. Construções altas, ruas movimentadas, um mar de gente.

Como seria ter um *telefone* próprio, me sentar em um carro, ver coisas na televisão.

É completamente impossível, mas, mesmo assim, sinto uma pontada de desejo de experimentar algo assim, por uma tarde que seja.

— Uma chapelaria é uma loja só de chapéus? — pergunta Audrey, me trazendo de volta ao presente.

— Vendem uma variedade de coisas. Principalmente chapéus, sim, e toucas. Mas também xales, leques e luvas.

As perguntas continuam, e ela para e dá uma olhada no Blue Lion, uma estalagem barulhenta nos limites do centro. Pego a mão dela para afastá-la, pois *certamente* não devemos ser vistas aqui. Ela observa cada roupa e pessoa por quem passa. Aponta as placas das lojas e diz que são "fofas". Enquanto ela faz isso, eu a observo, e também as pessoas a seu redor. Muitos cavalheiros lhe dão grande atenção, atraídos pelo entusiasmo, pelo sorriso brilhante e pelo rosto corado. Imagino que as preocupações prévias de Audrey não tenham fundamento algum.

Sinto um aperto no peito diante da ideia de que talvez ela encontre alguém *mais* rápido e vá embora antes de a contagem acabar.

Quando passamos pelo correio, o sr. Prewitt, pai de Grace, sai pela porta a passos desequilibrados, carregando uma variedade de embrulhos grandes.

— Ah! Srta. Sinclair! — diz, e um sorriso surge sob o bigode bem-aparado. — Que alegria encontrá-la.

— A alegria é toda minha, sr. Prewitt — digo, e indico Audrey, apresentando minha nova amiga.

Fico secretamente muito satisfeita com minha capacidade de ensinar, pois nada que ela faz indica qualquer falta de decoro.

— Sei que provavelmente não será do seu interesse, mas adoraria vê-las na festa da assembleia, daqui a uma semana. Considere este seu convite, caso ainda não tenham recebido um.

Audrey aperta meu braço, e um sorriso animado surge em seu rosto, enquanto eu penso em todas as danças que deverei ensiná-la até lá. Sem mencionar que, como o sr. Prewitt implicitamente indicou, meu pai não apenas detesta tais festas, como as despreza. São muito menos formais, e muito mais *públicas*, do que os bailes.

Porém, seria a oportunidade perfeita para Audrey experimentar a vida social, e...

Eu quero ir.

O que, pelo menos nestas poucas semanas, tem valor.

— Iremos com o maior prazer, sr. Prewitt.

— Excelente! Aguardarei a presença de vocês — diz ele, e quase deixa um embrulho cair.

— Não vamos atrapalhá-lo mais — respondo, e me desvencilho de Audrey para abrir espaço para que ele siga, cambaleando, até a carruagem, mantendo intactos e seguros os objetos valiosos que transporta.

— É impossível me atrapalharem, srta. Sinclair. É sempre um prazer! — diz, olhando para trás.

— Você dança bem? — pergunto a Audrey, conforme avançamos, novamente de braços dados. Penso nos movimentos exuberantes, mas nada elegantes, de sua dança naquele dia na sala e acrescento: — Dança *formal*, quero dizer.

— Hum... — hesita, o que raramente é bom sinal. — Mando *bem* na quadrilha, e acerto uns passinhos de hip-hop se tocar numa festa de casamento. *E* fui eu quem começou a conga na minha formatura do oitavo ano.

Olho de soslaio para seu sorriso tímido, sem saber a que danças ela se refere, mas com bastante certeza de que não serão de ajuda nesta situação.

— Como eu esperava — digo, e ela ri. — Será bem...

— É Lucy Sinclair que vem aí? Andando assim pela cidade? — chama uma voz.

Meu coração para, com medo de ter sido pega no meio do passeio. Porém, quando eu e Audrey nos viramos, vejo...

— Alexander!

Meu primo me abraça e me levanta no colo, dando uma volta inteira comigo antes de me devolver ao chão. Espano um pouco da poeira de sua farda vermelha e engomada, e meus dedos roçam os ombros largos e fortes, feliz de ver que ele está lindo como sempre. Apenas dois anos mais velho do que eu, com pele negra escura e olhos cor de mel, ele encanta a todos que o encontram com seu sorriso torto e despreocupado. Seu pai aristocrata casou-se com a irmã de minha mãe, e, sendo o mais jovem dos filhos, Alexander aproveitou *muito* a falta de responsabilidades que vem com tal posição. Entrar para o exército como explorador lhe serviu muito bem. Apesar da diferença de nossas vidas, sempre mantivemos uma correspondência frequente durante suas muitas viagens, então me surpreende que eu não soubesse de sua presença na cidade.

— Srta. Audrey Cameron, permita-me apresentar-lhe meu primo, o coronel Alexander Finch.

Ele faz uma reverência e abre aquele sorriso, esticando os dedos compridos para pegar a mão dela e levá-la aos lábios, roçando seus dedos com um beijo leve. Ela ruboriza um pouco quando ele dá uma piscadela e acrescenta:

— É um prazer conhecê-la, srta. Cameron.

— O prazer é meu — diz Audrey, e o sorriso que abre deixa abundantemente óbvio que está sendo sincera.

Ah, Alexander. Sempre sedutor.

— Você devia ter escrito! Dito que viria para cá! — digo.

— Eu pretendia visitá-la amanhã cedo. Achei que seria uma boa surpresa.

Abro um sorriso incrédulo, estreitando os olhos, e ele levanta as mãos e ri.

— Juro!

Dou um tapinha nas mãos dele e balanço a cabeça. Seu rosto era o último que eu esperaria ver hoje.

— Bem, certamente é bom ver você. Você é mais do que bem-vindo em Radcliffe, caso deseje hospedar-se lá. Temos muito espaço.

Ele ri, bufando, e indica a aglomeração da rua.

— De modo algum. Não acredito ser capaz de dormir longe do movimento do centro.

— Eu entendo — diz Audrey.

— Quando mais agitado, melhor — continua Alexander, e volta a atenção para ela. — A senhorita vem de uma cidade?

— Venho. É quase impossível dormir no interior. É muito...

— Quieto — completa ele, e Audrey concorda.

— Exatamente.

— Meus ouvidos chegam a tinir!

— Os meus também! A noite toda.

Olho de um para o outro enquanto compartilham um momento de comiseração, carregado de, bem, *possibilidade*. Sinto uma leve pontada inesperada de inveja.

Provavelmente porque nunca viverei *isso*. Nunca terei um momento assim com alguém, cheio de potencial.

— Alexander, você devia ir à festa na assembleia na semana que vem — digo, afastando rapidamente o sentimento, e ele concorda com a cabeça.

— Seria uma honra acompanhar as duas senhoritas — responde, como eu esperava.

Ele não é de recusar uma festa.

—A srta. Cameron está hospedada comigo em Radcliffe — acrescento, pois ele também *nunca* recusa a oportunidade de conversar com uma bela mulher. — Fique à vontade para visitar-nos quando desejar.

Vejo ele sorrir mais uma vez para Audrey, caloroso e charmoso como sempre.

— *Certamente* visitarei.

A inveja afiada me invade outra vez, e percebo que talvez seja mais difícil do que eu esperava ver Audrey ter a oportunidade de fazer a única coisa que, para ser sincera, sempre desejei.

Se apaixonar.

CAPÍTULO 17
Audrey
19-21 de junho de 1812

Acho que vou morrer.

— Audrey. Você já aprendeu a *cotillion*. A *Boulangère* é a mais *fácil*. É em *círculo*, pelo amor de…

Largada no chão, balanço o braço para calá-la, pois finalmente cheguei ao meu limite depois de três dias de ensaio incessante.

— Lucy. Se eu ouvir você cantarolar mais uma nota sequer, vou aparecer na festa da assembleia com as roupas que estou vestindo agora — digo, e a vejo fechar a boca com força, formando uma linha fina. — Sem jaqueta. Exibindo os ombros e a roupa de baixo! *E* vou te contar o final de todos os bons livros publicados nos próximos cinco anos. Jane Austen? Louisa May Alcott? As irmãs Brontë? Vou te contar *tudo*. Você vai me amaldiçoar até seu leito de morte! Então é melhor se jogar aqui comigo.

Lucy solta um suspiro frustrado antes de, desajeitada, se jogar no chão ao lado do meu corpo esparramado.

— Não tem costume de sentar no chão? — pergunto.

— Hum, nunca tinha sentado — diz ela, com a postura assustadoramente ereta. — Pelo menos até você chegar aqui.

Puxo o vestido azul floral dela até ela se deitar no tapete elaborado ao meu lado, nós duas olhando para o lustre de cristal e para a sanca ornamentada no perímetro do teto.

— Não quero soar indelicada, mas... — começa Lucy, e me olha, levantando as sobrancelhas. — Você não toca pianoforte. Sua habilidade de dança é, bem...

— Um horror?

Nós duas sorrimos, e Lucy confirma com a cabeça.

— O que você *faz* no presente? No que é boa?

Solto um suspiro demorado e volto a atenção para o lustre, vendo a tela em branco do teto logo depois.

— Eu amo desenhar. Sempre amei, desde criança com meus lápis de cera. É minha atividade preferida. Bem...

Hesito quando o bigode horroroso de Charlie surge na tela em branco da minha cabeça, acompanhado da carta me informando da lista de espera. As duas coisas estão conectadas, do início ao amargo fim.

— Acho que era — digo.

Viro o rosto para encontrar os olhos azuis brilhantes de Lucy e sou recebida pelos traços já familiares do nariz delicado, das sobrancelhas arqueadas e dos fios dourados do cabelo.

— Eu queria muito entrar para a faculdade de artes. Passar os dias estudando composição, teoria das cores, *história*. Experimentar novos estilos e descobrir o meu, em vez de seguir o que outras pessoas me disseram para seguir. Preencher cadernos e telas, passar noites em claro para concluir projetos apaixonantes. Só... bom... *tudo* isso.

— E você estava prestes a ir? Quando estava em casa?

— Não, eu… — hesito, deixando a voz morrer, mas me forço a admitir a verdade. — Fui relegada à lista de espera. Quer dizer que… adiaram a decisão de me aceitar até eu apresentar novas obras de arte. Eles me rejeitariam ou aceitariam com base nessas novas peças. Mas… não consegui encontrar a inspiração para desenhar mais nada. Nada mesmo.

— A música, a arte… às vezes é assim — diz Lucy, concordando. — Vai e vem. Às vezes, não consigo me obrigar a me sentar ao piano, mas, outras vezes, não consigo parar de tocar.

Bufo.

— Nunca foi assim antes.

— Não significa que a inspiração nunca mais virá — diz. — Então a pergunta é: o que acha que a está impedindo?

— Acho que tenho medo de ser rejeitada outra vez — admito. — Preciso fazer algo melhor, mais confiante e mais *meu* para me tirarem da lista de espera, mas não sei o que isso seria, então nunca sei como começar. E, se eu nem apresentar as obras, a escolha pelo menos será minha, não deles.

— Mas você ainda quer?

— Eu…

Debato internamente entre o que tenho me dito e, bem… a verdade.

— Seja sincera — pede Lucy, com um sorriso irônico puxando a boca, os olhos azuis vendo mais do que deveriam.

— Quero — respondo, e percebo minha sinceridade. No fundo, sei que, por mais que eu tente esconder, por mais que tente dizer à minha mãe que não quero mais ir para a faculdade, ainda não consigo esquecer esse sonho.

— Vamos fazer você voltar — diz Lucy, e ela fala sério.

O tecido de seu vestido se enruga com um ruído de fricção no tapete quando ela estica o braço e tamborila os dedos de leve no dorso da minha mão.

— Ei — digo, virando o pulso para os dedos dela se encaixarem na palma da minha mão. — A gente devia fazer alguma coisa divertida. Você me ajudou tanto desde que eu caí do nada aqui... acho que a gente precisa fazer algo por você. Um item da lista de desejos da despedida de solteira.

Ela me olha com certo humor.

— Dançar *é* divertido.

— Não, estou falando de outra coisa. Alguma coisa que *você* queira muito fazer.

— Audrey — diz ela, fechando os dedos ao redor dos meus. — A festa é daqui a *quatro* dias. Você ainda tem muito a aprender, e eu não sou nem de *longe* uma professora de dança legí...

— *Lucy* — insisto, me sentando e puxando-a comigo. — Vamos lá. O dia está lindo e, por mais útil que seja, não quero que você gaste seus últimos dias de liberdade só me ajudando a contar os passos de uma coreografia e me ensinando a segurar uma xícara, tá bom? A gente está treinando desde o café! O que mais podemos fazer à tarde? Você toca piano e eu fico no sofá reclamando de tédio? Os pássaros estão cantando. O sol está brilhando...

— Está bem, está bem! — diz ela, com um suspiro demorado, e me olha de esguelha. — Você é uma influência terrível.

— Um pouquinho só.

Lucy olha de mim para a janela e o céu azul do outro lado, a expressão pensativa.

— Que tal irmos ao estábulo? Pode ser divertido andar a cavalo. Além do mais, é *mesmo* uma boa habilidade para uma jovem dama aprender.

Antes que ela acabe de falar, eu já me levanto em um salto.

— Ah, agora sim!

Por ser da cidade grande, o único cavalo que já vi de perto foi na festa de aniversário de onze anos de Christopher, meu primo rico, lá em Sewickley. Apesar de termos passado mais tempo rindo do fato do cavalo ter uma ereção do que montando de fato.

Lucy apanha — *Apanha?* Nossa, comecei a falar que nem ela. Lucy *pega* no quarto uma jaqueta justa e um chapéu combinando, porque é óbvio que ela faria isso, mas também cobre minha cabeça com uma touca antes de sairmos.

Eu a olho e faço uma careta.

— *Sério?*

Ela me encara.

— O que foi? Vai ajudar a proteger seus olhos do sol.

Saímos pelo pátio e atravessamos o gramado na direção do estábulo, e a sensação da brisa da tarde no meu rosto é *extremamente* agradável depois da manhã inteira trancada dentro da casa abafada, dançando.

Afasto uma mosca ao entrar, e o cheiro de feno, couro e cavalo sobe imediatamente ao meu nariz. Olho ao redor, ávida, enquanto caminhamos pelas baias de madeira, até Lucy parar diante de um cavalo branco e dar um tapinha carinhoso no dorso forte do animal, que responde com um relincho simpático.

— Este é Henry.

Estico a mão, hesitante, e acaricio seu lombo, nervosa.

— Oi, Henry.

— Nosso cavalariço, James, provavelmente sugerirá que você monte...

Antes que ela termine de falar, a porta se abre e um cara igualzinho ao Westley de *A princesa prometida* chega carregando uma sela pendurada no ombro.

Ele afasta do rosto o cabelo dourado, e tudo se move em câmera lenta enquanto um coro de anjos canta dos céus, agradecendo a Deus por seu trabalho impecável.

— Jesus Cristinho — murmuro, e Lucy me olha com certo humor.

— Srta. Sinclair — diz ele, com uma reverência. — Precisa que eu sele Henry para a senhorita?

— Sim, obrigada. E também um cavalo para minha amiga, a srta. Cameron, por favor, James.

James sorri para mim, *e pode começar a tocar a marcha nupcial*, porque é um sorriso e tanto, de dentes alinhados sob olhos brilhantes. Ele passa por nós e vai até um cavalo preto com manchas brancas na última baia.

Eu o acompanho e vejo ele bagunçar a crina escura do cavalo com a mão enluvada.

— Este é Moby.

Moby morde minha touca, a arranca da minha cabeça e a cospe no chão do estábulo.

Eu estreito os olhos para ele.

Ele estreita os olhos para mim.

Depois de uns bons quinze segundos, desvio o rosto e sorrio para James.

— Amei ele.

— É inadequado que uma dama não monte à amazona — sibila Lucy, alguns minutos depois, na grama alta diante do estábulo.

Abano a mão em desdém, me preparando para dar um jeito de pular em cima de Moby.

— Lucy, você *acabou* de dizer que sempre quis montar de outro jeito.

— Mas nem por isso eu *devo* — diz, e eu me viro para apoiar as mãos nos ombros dela.

— Exatamente! O objetivo desse mês é *não* fazer o que você deve, mas sim o que você *quer* — digo. — Além do mais, não vamos cavalgar pela cidade nem dar pinote no quintal do sr. Caldwell. Quem vai ver?

Ela olha de relance para James, que dá de ombros com um sorriso tímido, acabando de aprontar Henry com uma sela comum.

— Se a senhorita não contar, eu também não contarei.

Lucy morde o lábio antes de eu virá-la e empurrá-la, para que James a ajude a subir no cavalo. Ela parece irritada ao agarrar as rédeas, mas não há dúvidas de que o olhar de raiva que me dirige é *definitivamente* relutante.

Quando Lucy está pronta, James me oferece a mão enluvada como apoio, e eu tento fingir costume, pisando no estribo e tentando me impulsionar sozinha para montar. Depois de eu quase cair de cara no chão na segunda tentativa, James se aproxima, com as mãos próximas à minha cintura.

— Me permite? — pergunta.

Faço que sim com a cabeça, possivelmente babando um pouco, e ele, em toda sua glória musculosa de deus grego, me *ergue* até a sela como se eu fosse frágil e delicada como um pacote de Doritos.

— Obrigada — digo, me recompondo.

Ele abaixa a cabeça, os cantos dos olhos enrugados.

Lucy vem cavalgando, e seus ombros relaxam devagar conforme ela dá voltas graciosas ao meu redor, uma atrás da outra, nitidamente segurando o riso enquanto James volta ao estábulo.

— Quer aprender o básico ou prefere comer James com os olhos mais um pouco?

— Comer ele com os olhos — respondo, sem hesitar.

Lucy ri e começa a aula mesmo assim. Aprendo a segurar as rédeas, a me manter firme na sela e a fazer Moby andar, virar e trotar, até nós duas começarmos a dar voltas curtas.

— E como faço ele parar?

Antes que eu acabe de perguntar, Moby arranca a pleno galope pelo vasto campo gramado, e o mundo ao meu redor fica todo borrado enquanto me agarro ao pescoço dele e tento não morrer, gritando sem parar.

— Moby! Puta merdaaaa! — berro ao vento, enquanto o cavalo se diverte horrores, as patas largas e fortes praticamente borradas abaixo de mim.

— As rédeas, Audrey! — grita Lucy, atrás de mim. — Puxe as rédeas!

Estreito os olhos e vejo as rédeas de couro sacudindo ao vento e, hesitante, solto o pescoço de Moby com uma das mãos para segurá-las e puxá-las com força.

Moby, felizmente, desacelera, voltando a um trote, e finalmente para, relinchando de frustração enquanto recupero o fôlego.

— Tudo bem? — pergunta Lucy, visivelmente despenteada pelo que deve ser a primeira vez desde que cheguei aqui, o chapéu torto na cabeça, fios do cabelo voando ao redor do rosto.

Assinto, o coração na boca.

— Isso foi... — digo, expirando com força — *incrível!* Nossa senhora, você viu como fui *rápido*? Moby, que filho da mãe doido você é!

Estico a mão e dou um tapinha no dorso ofegante dele, e Moby relincha em concordância.

Lucy balança a cabeça e ajeita o chapéu, nitidamente exausta de nós dois. Porém, me surpreendendo pela milésima vez, ela abre um sorrisinho.

— Nunca andei a cavalo tão rápido. Foi... divertido, até.

— Então talvez a gente devesse tentar de novo — digo, incentivando Moby a avançar.

Lucy ri e dispara à minha frente até nós duas estarmos voando pelo terreno de Radcliffe, sob o sol que cobre tudo em um brilho quente e amanteigado. Emparelho com ela quando finalmente desaceleramos, na entrada de um pequeno bosque, logo após um lago onde o pai dela, pelo que Lucy diz, aparentemente gosta de pescar. Juntas, seguimos a trilha sinuosa entre as árvores e a mata, e podemos voltar a falar.

— Você anda a cavalo com frequência? — pergunto.

— Não tanto quanto gostaria — diz Lucy, me olhando de lado, com o rosto emoldurado pela luz do sol que escorre por entre as frestas dos galhos ao nosso redor. — Infelizmente, é um sinal de... "criação distinta" para as damas, mas não é uma atividade de lazer. Há muitas coisas que fui obrigada a estudar e aprender quando mais nova, para ser considerada uma "mulher realizada", mas não devo utilizá-las para realizar nada.

Faço um sinal de compreensão. Mais e mais, aprendo quantas coisas Lucy faz porque é o que se espera dela, mas também as restrições que tem para de fato aproveitá-las.

— Quando meu pai não está, porém, sempre tento cavalgar.

— O que mais você costuma fazer quando ele não está?

— Eu leio. Visito Grace. Saio em caminhadas longas. Relaxo a postura ao me sentar — diz, com um sorriso brincalhão.

— Nada que seja remotamente tão interessante ou emocionante quanto o que fizemos nestes últimos dias.

— Bem, definitivamente teremos que aumentar a lista, então.

Com a aproximação rápida da hora do jantar, saímos da floresta e voltamos ao estábulo, observando a casa enorme que assoma ao longe. No caminho, me pego querendo saber que outros segredos ela guarda. Quem Lucy é por baixo de...

Tudo isso.

James me ajuda a desmontar do cavalo, mas, desta vez, estou preocupada demais com a situação de Lucy para admirar plenamente seus braços musculosos. Solto uma exclamação de surpresa ao quase desabar no chão quando ele me solta, pois minhas pernas parecem gelatina depois de uma hora de montaria.

— Está tudo bem? — pergunta Lucy, me oferecendo o braço como apoio no caminho da casa.

Seguro o braço dela com um drama exagerado.

— Não, acho que estou passando mal...

Então, arranco o chapéu da cabeça de Lucy e começo a correr aos tropeços, o mais rápido que consigo, pelo campo gramado, rindo que nem uma maníaca.

— Audrey! — Ela ri, correndo atrás de mim.

Quando entramos no pátio, sinto os dedos de Lucy finalmente segurarem meu braço. Ela me faz parar, e eu me viro de frente para ela. Nossos peitos estão arfando, e o olhar dela dança pelo meu rosto, a cor de seus olhos mais suave à luz fraca do entardecer. Pela primeira vez desde que cheguei, ela está inteiramente vulnerável. Aberta. E é... linda. A palavra me pega de surpresa, e perco o fôlego antes de Lucy pegar o chapéu de volta, desviar o rosto e passar por mim.

— Vamos. Martha deve estar se perguntando onde estamos — diz, voltando ao modo de dever e obrigação, erguendo as barreiras com a mesma rapidez com que as derrubara.

Realmente, a porta se escancara antes mesmo de a abrirmos, e somos recebidas pelo rosto doce e alegre de Martha.

— Lucy — diz ela, mostrando um envelope. — Chegou o convite para um jantar formal amanhã. Do sr. Shepherd. Nas terras dele.

— Viu, falei que você não teria dificuldade alguma, Audrey — diz Lucy.

Ela pega o envelope e, recostada no batente, o abre para ler a mensagem.

Por um breve momento, eu quase me esqueci da missão de voltar para casa. E... *um jantar formal*? Que chique. O máximo de elegância nos meus encontros com Charlie era ir ao cinema, com balas e salgadinhos surrupiados da loja e tudo. Ou, sei lá, tomar café e pintar no parque Frick? Talvez um jogo de beisebol nas piores cadeiras, se a gente quisesse variar.

— Um jantar formal? — pergunto. — Estou pronta para...

— Mais do que pronta — insiste Lucy, com confiança o suficiente para nós duas. — Martha, por favor, envie um mensageiro para confirmar nossa presença.

Lucy me entrega a carta com um sorriso bem-humorado.

— Melhor não deixar o formoso sr. Shepherd esperando.

CAPÍTULO 18
Lucy
22 de junho de 1812

Vejo Audrey olhar pela janela da carruagem, o rosto encostado no vidro para admirar, boquiaberta, as terras do sr. Shepherd.

Ela solta um assobio baixo e abana a cabeça antes de se recostar no assento.

— Se estivéssemos em um episódio do *The Bachelor*, ele definitivamente ganharia a rosa pela melhor primeira impressão.

Como sempre, não faço a mais vaga ideia do que ela quer dizer.

Com muito mais decoro, também olho pela janela quando a carruagem está prestes a parar e admiro as colunas de pedra, as janelas largas e a linda hera que sobe pelos muros da casa, tudo iluminado por lanternas brilhantes.

Whitton Park é *muito* bonito, mas não é nada que eu não tenha visto mil vezes. E verei mais mil.

Sei que é um privilégio, mas eu me pergunto como seria me sentir tão… *maravilhada* com algum lugar, como Audrey. Viajar longe o suficiente para me surpreender com o que vejo.

Descemos da carruagem e somos conduzidas à sala de estar. Audrey inclina a cabeça para trás, boquiaberta com o pé-direito alto da entrada e com o papel de parede floral e elaborado que se estende até as lindas sancas esculpidas.

Toco o ombro dela para trazê-la de volta ao presente quando a governanta abre a porta da sala de estar, permitindo que o som de vozes e risadas nos acolha.

— Srta. Sinclair, srta. Cameron — diz o sr. Shepherd ao se aproximar, tão impecavelmente vestido quanto no dia em que nos conhecemos, desta vez com um belo paletó preto e um plastrão azul florido, mais uma vez de tom idêntico ao de seus olhos, que focam na jovem dama ao meu lado. — Como é bom vê-las novamente.

— Muito obrigada pelo convite, sr. Shepherd — digo, e nós duas fazemos uma reverência.

Audrey concorda com um aceno de cabeça, e um sorriso satisfeito surge no rosto dele.

— Pois não, pois não. O prazer é meu.

É neste momento que meu prazer chega ao fim. Olho para trás dele e sou tomada por um calafrio ao ver ninguém menos do que o sr. Caldwell recostado na lareira, com sua habitual roupa preta e monótona. Ele abre um sorriso desagradável e cheio de dentes ao me ver, e eu rapidamente desvio o olhar e encontro Grace sentada em uma poltrona com uma expressão amarga, Simon de pé atrás dela.

Ela murmura um pedido de desculpas antes de torcer a boca, indicando que também não está feliz com aquela presença. Como meu pai, o sr. Caldwell trata Simon e Grace como inferiores.

Audrey e eu somos apresentadas aos outros convidados: o sr. e a sra. Barnes, que conheço de vista de um ou outro baile da temporada passada, o sr. Jennings e o sr. Swinton, dois amigos de universidade do sr. Shepherd e de Simon, um alto com cabelo ruivo brilhante, o outro parrudo e já calvo.

Estou prestes a me dirigir aos lugares seguros ao lado de Grace quando o sr. Caldwell intervém.

— Que prazer vê-la aqui, srta. Sinclair — diz, com uma reverência rígida, e me admira de modo quase inadequado, como se eu já pertencesse a ele; fico enjoada ao pensar que, talvez, em certo grau, isso seja verdade. — E em um vestido tão *belo*. Porém, admito, acredito que aquele vestido cor de pêssego de nosso último encontro lhe caía muito melhor, não acha?

Não, quero dizer, pois detesto como a cor do vestido fica na minha pele. *Prefiro este, verde-sálvia.*

Sinto Audrey também tensionar ao meu lado, estreitando os olhos ao perceber o julgamento indiscreto que ele acabou de declarar. Logo pego o braço dela, antes que tenha a chance de ofendê-lo, pois sinto que é o que quer fazer, e ignoro o insulto.

— Sr. Caldwell, permita que eu lhe apresente minha querida amiga, srta. Audrey Cameron.

Audrey faz uma reverência e sorri com lábios tensos.

— Prazer, sr. Caldwell. O senhor é tão encantador quanto me disseram que seria.

Seguro o riso quando o sr. Caldwell ajusta o paletó, orgulhoso, sem perceber de modo algum o comentário implícito, pois, naturalmente, ele considera merecer o elogio.

Felizmente, soa o sino do jantar antes que ele possa refletir mais sobre aquilo. O sr. Caldwell abre um sorriso pomposo e todos se levantam para se encaminhar à sala de jantar.

É impressionante o que uma grande fortuna é capaz de compensar.

E o fato de que nenhum dinheiro pode comprar bom senso ou decência.

O jantar é extremamente luxuoso, de sopas e geleias a carnes e doces, cada prato mais delicioso que o anterior, todos servidos em lindas louças estampadas em azul e branco. O sr. Shepherd exagerou enormemente na tentativa de conquistar a sociedade do norte da Inglaterra.

Na primeira parte do jantar, me mantenho atenta a Audrey, mas acabo me impressionando com o quanto ela aprendeu em tão pouco tempo. Quando não sabe de algo, ou não tem certeza de como proceder, vejo que se contém e observa. Que talheres usar em que momento, como comer certos pratos, até mesmo quando e o que falar.

E algo na timidez da hesitação a faz parecer mais modesta e educada do que jamais a vi.

Eu me sinto... Não sei. Fico feliz, é claro, por ela se sair tão bem, mas também me parece errado, quase triste, ver uma versão tão apagada da pessoa vibrante que conheci.

— Srta. Cameron, soube que a senhorita veio da América, é mesmo? — pergunta o sr. Jennings, limpando a boca com um guardanapo.

— Sim — responde Audrey, abaixando os talheres com cuidado. — Nascida e criada.

— Em que estado?

— Pensilvânia.

— Pensilvânia! — exclama ele, animado. — Ano passado estive na Filadélfia.

Audrey se anima um pouco diante do entusiasmo dele.

— Chegou a Pittsburgh, ao oeste?

— Não cheguei! É uma verdadeira cidade fabril — diz ele, e olha de relance para o sr. Shepherd. — Este meu amigo aqui nunca foi à América, apesar de sua família ter feito muitos negócios por lá. Acredita?

— Não acredito — diz Audrey, sorrindo para o sr. Shepherd, que retribui com vigor, por cima dos castiçais.

— Ora, Jennings, talvez eu finalmente seja atraído para lá — responde ele.

Neste aspecto, também, me surpreendo ao perceber que, apesar de as coisas estarem avançando exatamente como o esperado... não sinto a alegria que esperava.

Talvez porque eu seja a única a ver como o sorriso dela é tenso.

O sr. Caldwell, incapaz de sentir o menor aroma de romance no ar em meio ao cheiro da carne de veado, decide mudar o assunto para atrasos de carga no Atlântico Norte e para os aumentos de imposto sobre importações, interditando completamente as moças da conversa até voltarmos à sala de estar para o chá.

Ainda assim, instigada pelo esforço de Audrey, decido tentar... não sei... *flertar* com o sr. Caldwell, para ver se talvez, por um milagre, haja alguma possível conexão entre nós. Talvez ele tenha um lado que eu ainda não conheça.

Aceito o braço que ele me oferece para seguirmos pelo corredor, e até dou a ele um sorriso educado.

— O senhor já viajou à América, sr. Caldwell?

— Uma vez — diz, bufando de desdém. — Uma perda de tempo das maiores, posso garantir. A senhorita certamente não gostaria nada.

— Claro, é certo que não gostaria — concordo, apesar de não entender como ele poderia determinar tal coisa. — O senhor já viajou a algum outro lugar de que gostasse?

— Não especialmente. Paris é razoável, mas prefiro Londres, e ainda mais aqui, o interior.

Tento ignorar a sensação dolorida ao pensar que nunca terei a oportunidade de viajar e ver o mundo, algo que eu considerava uma possibilidade de alento, e continuo:

— E o senhor...

— Quantas perguntas — comenta. — Achei que a senhorita fosse mais modesta.

Ruborizo ao ouvir suas palavras e fecho a boca ao entrar na sala de estar. Solto o braço dele, e palavras que eu nunca diria tomam minha mente enquanto tento me recompor. Audrey, Grace e eu nos sentamos no sofá, e Audrey me olha com uma expressão questionadora, que eu ignoro inteiramente.

Eu me sinto quase tola por ter tentado encontrar a menor conexão com um homem tão terrível.

Grace menciona a festa da assembleia, que ocorrerá no fim de semana, e a sala inteira se alvoroça enquanto eu fecho o punho, segurando a saia.

— Mal posso esperar — comenta Audrey.

— Bem, *nós* nunca frequentaríamos algo assim, não é, srta. Sinclair? — pergunta o sr. Caldwell com um guincho de alto de desdém, sentado na poltrona perto da lareira, em uma tentativa de delinear a distinção entre nós dois e Grace e Simon, e olha de relance para o sr. Shepherd em busca de concordância tácita, que não é nada retribuída. — Uma festa popular? *Muito* abaixo de nós.

Nós.

Como se já estivéssemos casados. Meu estômago se revira.

— Serei obrigado a discordar — intervém o sr. Shepherd, com os ombros endireitados e o queixo erguido de orgulho, me poupando de responder, pois me faltam palavras. — Tais eventos podem ser muito agradáveis. Sei que, pessoalmente, tenho toda a intenção de ir. Com enorme prazer, pois uma companhia muito encantadora confirmou sua presença.

Ele sorri para Audrey, mas estou mais concentrada no olhar murcho no rosto ossudo do sr. Caldwell, e sinto certa justiça ao beber meu chá. Os olhos azuis dele estão mais redondos que uma lua cheia, e as sobrancelhas desgrenhadas pela primeira vez não os cobrem de sombra.

Simon rapidamente sugere um jogo de baralho, e todos, exceto pelo sr. Caldwell, parecem animados para algumas partidas.

Enquanto nos instalamos nos lugares ao redor da mesa, imediatamente me viro para explicar as regras a Audrey, dizer que ela receberá três cartas, que o trunfo sempre estará aberto, quais são as combinações da vitória e que é um jogo quase inteiramente de azar, mas... vejo que o sr. Shepherd já tomou meu posto. Os dois estão de cabeças próximas, e ele indica a mesa com gestos.

Desvio o olhar quando distribuem as cartas, e a mão vitoriosa à minha frente ajuda a afastar o retorno da inveja afiada que senti no centro da cidade.

— *Flush* — digo, deitando as cinco cartas de mesmo naipe na mesa antes mesmo de a rodada começar, uma tecnicalidade que me permite vitória automática e entrega a mim, e apenas a mim, a pilha inteira de fichas no meio da mesa.

— Muito bem, Lucy! — diz Grace, e o sr. Shepherd concorda com um gesto vigoroso de cabeça.

Quando ele se aproxima mais de Audrey, para explicar o que aconteceu, aquela sensação volta imediatamente ao meu estômago.

O jogo continua, uma partida após a outra, e a sala ganha vida, as vozes mais altas, as gravatas mais frouxas. Com um pouco de xerez, até a sensação esquisita se alivia.

— Harding, lembra aquela vez, na faculdade, quando um aluno do terceiro ano atravessou o salão de jantar a cavalo? — pergunta o sr. Swinton a Simon, lembrando a história hilária de um duque descontente que queria gastar a fortuna em viagens e fazer o que bem entendesse e montou o cavalo na tentativa de ser expulso para ter a liberdade desejada.

— Não posso dizer que o culpo inteiramente — diz o sr. Jennings, e alguns de nós rimos, concordando.

Não posso dizer que o culpo mesmo.

Vamos embora apenas tarde da noite, após Audrey ganhar de todos com uma admirável sorte de principiante. Quando finalmente nos levantamos, o sr. Shepherd nos acompanha até a porta, mais uma vez olhando demoradamente para Audrey enquanto descemos os degraus. É mais do que aparente que ele já está *muito* encantado.

Controlo um bocejo a caminho da carruagem, mas meu sono nebuloso é interrompido quando o sr. Caldwell pigarreia atrás de nós.

— Srta. Sinclair — guincha, e eu respiro fundo para me recompor antes de me voltar para ele. — Gostaria de oferecer à senhorita um convite para jantar em minha propriedade na semana que vem. Precisarei conferir minha agenda *muito* ocupada, mas informarei em que data a estarei esperando.

Meu pai me avisou para esperar algo assim em meio à longa lista de expectativas na manhã em que partiu. Achei que convites viessem com poder de escolha, mas parece que não é o caso.

Ofereço a ele um sorriso forçado e uma reverência.

— Seria um prazer.

Meu pai estaria em êxtase com meu desempenho.

— Apenas para... a *senhorita* — esclarece ele, empinando o nariz, sem o menor esforço para disfarçar o desprezo por Audrey, apesar de ela ter se comportado quase perfeitamente a noite toda, exceto por um momento em que deixou escapar um impropério ao perder uma rodada, o que todos, menos sr. Caldwell, acharam engraçado.

Mordo a bochecha para me impedir de retrucar, com medo do que ameaça escapar de meus lábios. Que influência Audrey teve em mim em meros dias. Esses impulsos, mesmo que eu nunca fosse *concretizá-los*, são certamente novos e estranhos.

— Boa noite, sr. Caldwell — consigo dizer, me mantendo perfeitamente cordial enquanto ele me acompanha à carruagem, onde Audrey já espera.

Eu me sento ao lado dela com cuidado, e a vejo revirar os olhos, de braços cruzados. Mal partimos quando ela dá sua opinião.

— Nossa, que babaca.

De uma vez só, a Audrey de que tanto gosto volta. Nada de sorrisos tensos nem de movimentos cautelosos.

Eu rio e balanço a cabeça, sem saber exatamente o significado de "babaca", mas conseguindo entender que ela não está errada.

— Ele é... — digo, e abaixo a voz antes de completar o comentário — extremamente desagradável.

Que êxtase! Dizer o que sinto, admitir em voz alta, em vez de permitir que me carcoma por dentro.

Audrey bufa de rir.

— Isso é dizer pouco — responde, e se vira para mim, com os olhos escuros sob o luar que joga sombras em seu rosto. — E apesar de *eu* não ter visto seu vestido pêssego, acho que esse aí ficou incrível em você.

Minhas bochechas esquentam de súbito, e eu desvio o rosto, alisando o vestido com as mãos.

— Obrigada.

Nós nos calamos, e o silêncio é quebrado apenas pelo som dos cavalos no cascalho e pelo ruído das rodas.

— Então — finalmente digo —, o sr. Shepherd parece *muito* interessado em você.

— Parece? — pergunta ela, com uma expressão pensativa. — Ele é gentil, e um *tremendo* cavalheiro, nada perto dos playboys que 2023 oferece. E a casa dele é... — diz, deixando a voz se perder, e balança a cabeça, os olhos arregalados de admiração por Whitton Park. — Mas... não sei.

— O que não sabe?

— Sinto que... — diz, e suspira. — Sinto que estou esperando aquela *faísca*, sabe?

Franzo a testa e abano a cabeça.

— Não sei.

Ela pega minha mão e se aproxima.

— Aquela *sensação*, Lucy. Química. Magia. *Atração*.

Ah. Como nos livros escondidos sob o assoalho da biblioteca, uma experiência sobre a qual li, mas nunca senti.

Olho nos olhos de Audrey, cujos cílios compridos jogam sombra na face corada, e ela diz:

— Não sei... Só dá para saber sentindo.

Deve ser apenas o poder da sugestão, mas, ao ouvir as palavras dela, é como se eu *sentisse*. Das pontas dos dedos dela na palma de minha mão, uma sensação cintilante, quente, *fogosa* arde devagar por meu braço acima, até meu corpo inteiro se acender. Olho de relance para sua boca, tão próxima da minha, e uma força que nunca antes senti consome todos os meus pensamentos, tudo em mim, até…

Puxo a mão de volta e rio, tocando meu peito e sentindo o coração martelar em ritmo irregular sob o toque. Volto o olhar para a janela e balanço a cabeça.

— Que ridículo. Uma faísca, Audrey? Não é nada prático.
— Deve ser uma história do futuro.

Audrey ri, completamente inabalável, enquanto eu me sinto inteiramente desequilibrada, com a certeza de que não é apenas uma história do futuro.

Meus ouvidos chegam a zumbir quando o silêncio recai sobre a carruagem outra vez. Um minuto. Dois minutos.

Ainda assim, meu coração não desacelera. *Sinto* a presença dela ao meu lado.

— O problema não é só a faísca, Lucy. Não consigo deixar de pensar que, mesmo se eu me apaixonar, *sim*, pelo sr. Shepherd, ou por outra pessoa… talvez eu acabe presa aqui, em vez de poder voltar para casa — diz Audrey, com a voz baixa, suave.

Por egoísmo, parte de mim espera que seja o caso. Que ela não vá embora.

— Se a pessoa amar você — falo —, se souber as oportunidades que você pode ter no futuro, a liberdade que pode ter no futuro e que aqui não tem… Talvez possa voltar com você. Seu sr. Montgomery deve ter um plano para isso.

Pela primeira vez, completamente aterrorizante, por mais impossível que seja, eu me pergunto como seria se essa pessoa, a pessoa por quem Audrey se apaixonasse, fosse... *eu*.

Mas afasto o pensamento na mesma velocidade com que ele chegou.

CAPÍTULO 19
Audrey
23 de junho de 1812

Eu me deito de costas no sofá da sala de estar após o almoço, girando a moeda entre o indicador e o polegar.

Dezessete dias pela frente.

Já passei mais de uma semana aqui. O baile se aproxima mais e mais e...

Não sei se estou mais perto de encontrar o amor ou se estou ainda mais distante.

Nem mesmo sei se *quero* me apaixonar, se isso acarretar no mínimo risco de precisar ficar aqui, sem minha família.

Quer dizer, não faltam solteiros atraentes em 1812. Comparados aos caras da minha escola, a melhora é radical.

Há o sr. Shepherd: rico, provavelmente compra flores para a namorada só porque deu vontade, tem olhos da cor de um céu limpo em uma manhã perfeita de primavera.

Alexander: aventureiro, urbano, viajado, tão sedutor que até uma freira perderia o hábito.

James: braços de morrer, um rosto pelo qual se entraria em guerra... E já falei dos braços?

São todos tão diferentes. O príncipe encantado, o aventureiro charmoso, o camponês forte.

Mas... nada de faísca. Com Charlie, simplesmente *surgiu*, de uma só vez.

Eu me lembro do dia em que nos conhecemos, no curso de artes da RISD. Eu estava tão animada para a aula que esqueci os lápis no quarto, e ele era o menino magrelo de cabelo castanho ao meu lado que notou que eu revirava a mochila quando a professora mandou pegarmos o material.

— Esqueceu os lápis? — perguntou ele, com um sorriso tímido, e me entregou uma caixa. — Comprei duas vezes sem querer.

O rosto dele ficou todo vermelho quando sorri de volta.

Depois do fim das aulas do dia, tentei devolver os lápis, mas ele perguntou se eu queria dar uma volta. Acabamos nos sentando na grama, desenhando e conversando até o sol se pôr. Ele me dizia para acrescentar textura ao meu senhor idoso e eu dizia para ele acrescentar sombras à árvore dele, e um ritmo regular se formou até acabarmos os desenhos, melhores por estarmos juntos.

— Sempre quis estudar aqui — falei para ele. — Na faculdade de artes.

Ele concordou com a cabeça e me ofereceu um fone de ouvido, no qual tocava minha música preferida da Phoebe Bridgers.

— Eu também.

Foi tão normal, um momento tão comum, mas juro que dava para escutar o estalido no ar quando aceitei o fone, roçando nossos dedos.

Como alguém em 1812 pode me enxergar o suficiente para uma faísca dessas, se tenho que fingir ser uma pessoa completamente diferente do que sou? Alguém desta época. Alguém escondida por formalidade e polidez. Sei que Lucy disse que eu deveria tentar ser eu mesma pelo menos um pouco, mas é quase impossível. Parece que, a cada dia que passa, me restam mais perguntas e incertezas do que respostas.

A porta se abre com um rangido, interrompendo minha espiral de pensamentos da tarde, e Lucy entra, usando um vestido simples, cor de creme, com o braço escondido atrás das costas.

— Tenho um presente para você — diz.

— Uma passagem de volta para Pittsburgh? Os melhores sais de Martha? — pergunto, sorrindo e me endireitando com um resmungo alto, enquanto ela atravessa o quarto e se senta ao meu lado no sofá.

— Não.

Ela ri e, antes de eu dar outro chute ridículo, revela um caderno de desenhos grande e alguns lápis amarrados por um lacinho de barbante.

Meu coração pula e afunda ao mesmo tempo.

— Você me arranjou materiais de arte? — pergunto, comovida, ao pegar o presente.

— Achei que... Não sei... — diz Lucy, que, normalmente tão composta, cora em um tom escuro de carmim, mais agitada do que a vi até agora. — Você *vive* reclamando de tédio, e achei que talvez, quem sabe...

— Lucy — interrompo, tocando o braço dela para interromper seus gaguejos nervosos. — Obrigada. Se minha reação foi estranha, não foi por sua causa, nem pelo material de arte. É que... como eu falei, faz meses que não consigo desenhar. Estou travada, e não consigo destravar. Não quero que desperdice isso comigo.

Ela sorri de alívio, o rosto todo se iluminando, franzindo o canto dos olhos e fazendo surgir aquelas covinhas.

— Se você consegue ir a um jantar formal, tomar chá na casa de Grace e *viajar no tempo*, tenho certeza de que já superou obstáculos maiores do que uma página em branco. Muito aconteceu desde a última vez em que você pegou em um lápis. Talvez seja melhor não se pressionar tanto para desenhar por motivos que não estão ao seu alcance, e, em vez disso, se concentrar no que está. Sei que várias vezes sonhei, secretamente, em estudar em um conservatório, em ser uma musicista de verdade, por mais impossível que seja. Mas o que tenho é *isto* — diz, indicando o piano. — Poder tocar e criar para mim é o mais importante. Então faça isso por si, Audrey. Não critique o que puser na página. Desenhe porque ama arte, assim como eu toco porque amo música. É o suficiente.

É o suficiente.

E, bem... parece que pode ser.

— Tudo bem — digo, e dou de ombros, soltando um suspiro. — Lá vai mais um monte de nada.

Abro o caderno e ela atravessa a sala até o piano, sentando-se no banco. Pego um lápis de grafite e encosto a ponta no papel, esperando ainda ver a folha branca à minha frente, e...

Não sei.

Sentada em uma sala de estar em 1812, duzentos anos no passado, desenhar deveria me parecer mais impossível do que nunca, mas, quando olho para Lucy, a luz da tarde já a pinta como um quadro. Eu a observo ao piano, e sinto que os últimos dias — não, os últimos *meses* — de busca e espera, de dedos tremendo na palma e deixando para trás apenas folhas vazias de inspiração, me trouxeram até aqui. Como se, com as palavras dela, o peso da expectativa e da pressão tivesse se aliviado, tornando tudo apenas... *isso*. O que sempre foi.

Eu, um lápis na mão.

Desenho um traço. E então, sem pensar, outro. Devagar, meus traços tomam forma, e tudo ao meu redor para e se aquieta.

Desenho uma dezena de silhuetas, sem parar para criticar um traço sequer, até a página à minha frente estar *coberta* de esboços.

Sobrancelhas arqueadas.

Fios de cabelo dourado.

Clavículas salientes.

O mesmo rosto em forma de coração, a mesma boca curvada, o mesmo pescoço comprido e elegante.

Lucy.

De novo, de novo e de novo.

E, ao olhar os desenhos, eu sinto mais uma vez.

Inspiração? Franzo a testa e balanço a cabeça. *Mais do que isso*.

Como se eu finalmente pudesse entregar parte de mim, me abrir e me derramar na página à minha frente, permitindo que se torne uma extensão dos meus pensamentos, sentimentos, vontades e desejos.

Paixão. Era o que me faltava. Talvez há mais tempo do que percebi. Talvez seja por isso que meu portfólio tenha decepcionado. Porque eu estava criando arte do jeito que achava precisar criar, a arte que Charlie insistia ser mais importante, abstrata, moderna e vazia, em vez da arte que eu queria fazer. Capturar pessoas de verdade, mostrar as partes delas que elas acham que ninguém vê.

Mal percebo que o piano parou, nem que Lucy fala comigo, até finalmente ver que os lábios que tento desenhar estão em movimento.

Abano a cabeça, voltando à sala.

— O que foi?

— Perguntei como está indo.

Ela indica a página à minha frente, mas, educada, não estica o pescoço para espiar. Levanto a mão, manchada de cinza pelo grafite.

Atravesso a sala e me sento ao lado de Lucy no banco, hesitante, nervosa, antes de apresentar a ela o caderno.

Sinto uma onda de alívio, e orgulho até demais, quando ela arregala os olhos, surpresa.

— Ora — diz, um sorriso dançando no rosto. — Parece que você é, *sim*, boa em algo.

Nós duas rimos, e ela balança a cabeça.

— Não. Boa, não. *Ótima*. Isto é mesmo muito impressionante, Audrey — diz, analisando a página à sua frente. — Há um retrato meu que meu pai mandou pintar há alguns anos e... fizeram meus olhos se parecerem tanto com os dele. Mas aqui...

Pego o caderno de volta.

— Não se parecem com os dele — digo, enfática, apesar de, admito, não conhecê-lo pessoalmente. — Talvez tenham a mesma cor, mas os seus são mais... suaves. Ainda marcantes, mas têm um calor que os dele não têm.

Ela parece comovida pelas minhas palavras, mas eu desvio o rosto, virando uma folha nova. Agora que finalmente estou em movimento, não quero parar.

— Então. O que quer que eu desenhe?

Sinto saudade desse jogo. Eu brincava assim com meu pai quando criança, andando a passos bambos atrás dele enquanto ele estocava a loja ou cuidava do caixa.

— Um saco de salgadinho — dizia, apontando um pacote de Lay's sabor churrasco.

— A moça mais bela de Pittsburgh — dizia, com uma piscadela para minha mãe, e ela revirava os olhos e dava um beijo nele.

— Hum, o Camry do sr. Johnson — dizia, apontando pela janela para o calhambeque coberto de adesivos do vizinho.

E eu desenhava. Foi assim que aprendi a desenhar. Um saco de salgadinho, um retrato, um carro estacionado por vez.

Antes, não adiantou para me tirar do bloqueio, mas agora estou me coçando para aproveitar o ímpeto.

Lucy franze a testa, pensando, e olha ao redor da sala antes de parar em mim.

— Desenhe a si mesma — sugere, finalmente, relaxando o rosto. — Para eu ter como me lembrar de você quando você for embora.

Sorrio, dando uma cotovelada nela.

— Você *quer* se lembrar de mim? Mesmo com meus modos horrendos?

Espero que Lucy ria, mas a expressão dela se encolhe, e sua voz se aquieta tanto que preciso me aproximar mais para escutar.

— Nunca quero me esquecer.

De repente, sinto a mesma coisa que me vem quando desenho. Como se… estivesse inteiramente aberta. Vendo, mas também completamente vista. Vem do fundo do meu estômago, quente e eletrizante, quando Lucy e eu nos olhamos, e a única palavra para isso é…

Bem... é uma faísca.

Sinto acender e me puxar na direção dela, de...

Desvio o olhar, rápido, e meu rosto arde quando me levanto abruptamente.

— Eu, hum...

Olho para o caderno e, de repente, vejo tudo de outro modo, a resposta para uma pergunta que tinha medo demais de me fazer.

Nunca fiquei com uma menina. Já estive a fim de algumas, claro, e tive um relacionamento profundo, quase romântico, de trocar músicas da Taylor Swift, passar noites em claro conversando e quase nos beijarmos no meu aniversário de treze anos com minha melhor amiga de infância, Leah, cujo fim, quando ela se mudou para outra cidade, foi muito parecido com um término de namoro. Mas nunca me permiti pensar plenamente nisso.

Então namorei Charlie, e pude quase... evitar isso inteiramente, se quisesse. Guardar em uma caixinha escondida e me convencer de que não era uma parte de mim que precisasse tanto explorar. Até o tremor que senti ao ver Jules, me convenci de que deveria ter outro significado.

Agora, porém, a caixa foi escancarada no pior momento possível, pois, aqui, esta é uma pergunta que *não posso* pensar em fazer, mesmo que, talvez pela primeira vez... parte de mim queira fazer.

Quer dizer, é *1812*, pelo amor de Deus. Lucy não pode nem escolher um marido, muito menos...

Mas... eu... *isso*...

— Vou dar uma volta — anuncio, fechando o caderno com força e deixando-o na mesa.

Saio antes que Lucy tenha a chance de responder ou me acompanhar. Desço a escadaria correndo e atravesso o pátio, atordoada. Cruzo o gramado a passos tempestuosos, sem nem saber aonde vou até empurrar a porta do estábulo, recebida pelo cheiro familiar de feno, couro e cavalos.

Solto um suspiro e passo os dedos pelo cabelo, me debruçando na baia de madeira de Moby.

— Moby, acho que tenho um problema.

Ele me olha sem humor, mastigando ruidosamente o feno, estalando a boca ao abrir e fechar.

Eu me afasto da porta da baia e começo a andar em círculos, como se isso fosse convencê-lo da minha seriedade.

— Um problemão. Não, um problema *imenso*.

O cavalo cospe o feno e solta um relincho baixo, quase de desdém.

— Você está certo. Está certo! Estou pensando demais — digo, com uma gargalhada histérica, como se fizesse teste para o papel de Bruxa Má do Oeste. — Quer dizer, é claro que estou sendo ridícula. Isso tudo — digo, abanando os braços para indicar o mundo no qual eu *literalmente* não deveria estar pisando por pelo menos mais duzentos anos — *é* ridículo! É claro que só...

— Fácil conversar com quem não responde, né?

Eu me viro e vejo James recostado na porta do estábulo, secando as mãos em um pano gasto, com uma expressão bem-humorada.

Meu rosto arde, e eu daria qualquer coisa para a terra me engolir de uma vez. *Puf.*

— Quanto você...?

— O suficiente — diz, guardando o pano no bolso e pulando para se sentar em uma mesa de madeira, levantando as sobrancelhas grossas de curiosidade ao fitar meu rosto. — A senhorita não é daqui, é, srta. Cameron?

— Bem, digo, é claro que vim da América...

Ele balança a cabeça.

— Não. Digo, *daqui*. Desse tipo de propriedade enorme, com jantares formais e chiques, "que prazer ser apresentada a vossa senhoria" — diz, com a voz exageradamente adulta para imitar o tom metido que nós dois conhecemos bem, e cruza os belos braços. — Imagino que seja mais parecida comigo do que com a srta. Sinclair.

Sorrio, porque, bem... ele não está errado. Meu pai é dono de uma lojinha de bairro, e moramos em um apartamento pequeno na sobreloja. Mesmo que eu passe para a RISD, vou precisar de um monte de bolsas de estudo e financiamentos para estudar lá. Uso o mesmo tênis All Star velho desde o primeiro ano do ensino médio. Até se deixássemos de lado os modos e as formalidades do século XIX, eu ainda seria um peixe fora d'água aqui.

— Imagino que você esteja certo — digo, e me recosto na porta da baia.

Analiso o rosto dele, a pele bronzeada pelo trabalho ao ar livre, as rugas no canto dos olhos quando ele sorri. Deve ter mais ou menos a minha idade. Talvez tenha um ano a menos, por aí.

— Há quanto tempo você trabalha aqui? — pergunto.
— Em Radcliffe?

— Minha vida toda, para ser sincero. Meu pai foi o cavalariço antes de mim, e minha mãe, uma faxineira na casa. Trabalho com ele desde menino. Juntando feno, cuidando dos cavalos, aprendendo o serviço. Assumi o cargo há dois anos, quando eles se mudaram para o sul.

— Idem — digo. — Quer dizer, mais ou menos. Com um pouco menos de feno. Minha família é proprietária de uma pequena loja na América. Trabalho lá...

— Desde que nasceu? — pergunta ele, e eu concordo com a cabeça.

— Talvez desde *antes* de nascer — digo, e sorrio ao pensar na foto grudada na nossa geladeira, de minha mãe trabalhando no caixa no oitavo mês de gravidez. — Acho que aprendi a estocar as prateleiras antes de aprender a andar.

Ele ri, o som grave e alto, os olhos azuis brilhando.

— Gosto da senhorita, srta. Cameron — diz, e não consigo deixar de sentir o mesmo por ele.

É agradável conversar com alguém além de Lucy sem sentir que estou me fazendo de importante, sendo avaliada pelo meu desempenho ou fingindo ser outra pessoa, como fiz a noite toda no jantar do sr. Shepherd.

Vejo as peças se alinharem, então espero uma pontinha do que senti mais cedo na sala, mas... nada. Claro, ele é lindo de morrer, e estou me divertindo, mas não há a mesma faísca inegável que senti sentada naquele banco diante do piano de Lucy.

Mesmo assim, é bom sentir que...

— *Audrey* — corrijo. — Pode me chamar de Audrey.

— Audrey — repete ele, acenando com a cabeça, e, depois de um momento, aponta a casa do outro lado da porta de madeira e sai de cima da mesa. — Deixe-me acompanhá-la.

Ele não se mete. Não me obriga a dizer o que me incomoda. Nem mesmo insiste no flerte.

Gosto ainda mais dele por isso.

Seguimos devagar pelo gramado, e James me fala de Moby, que ele criou desde que era um potrinho agitado.

— Não sei de onde ele tirou essa personalidade. A mãe dele era uma doçura que só.

Eu rio.

— E o pai?

— Bem pensado — diz James, com um sorriso irônico, destacando a leve barba por fazer no queixo e a mandíbula pronunciada. — O garanhão mais selvagem que já vi. Custou uma fortuna ao sr. Sinclair, e quase o arremessou da sela da primeira vez em que foi cavalgado.

— Pelo que soube, não dá pra culpá-lo.

Olho para a fachada de pedra de Radcliffe enquanto conversamos e me detenho em uma janela do segundo andar, de onde some de vista um vislumbre de vestido creme e cabelo dourado. Sinto um frio na barriga só com este instante, e a faísca se acende novamente, quer eu queira ou não.

Porém, me apaixonar por Lucy seria em vão. Se nada pode acontecer entre nós, como eu voltaria para casa? Além do mais, não é só por sentir a faísca com ela que não posso sentir com mais ninguém. Talvez ainda surja com James, ou algum dos outros candidatos. Não precisa ser imediato.

Visto que a festa da assembleia será daqui a dois dias, é hora de fazer meu melhor e ver o que, ou *quem*, me acontece.

CAPÍTULO 20
Lucy
24 de junho de 1812

— **Acha que estou pronta para amanhã?** — me pergunta Audrey, enquanto trotamos a cavalo lado a lado pelo gramado de Radcliffe.

A touca dela já é uma causa perdida, pendurada pelos fios mal amarrados em seu pescoço. Mesmo assim, respondo:

— Acredito sinceramente que você esteja pronta.

É uma surpresa notar que é verdade.

Passamos a maior parte da manhã ensaiando os passos que provavelmente estarão no repertório da festa da assembleia, Audrey os levando muito mais a sério do que qualquer coisa que treinamos até agora. De testa franzida, murmurando a contagem dos passos com os lábios carnudos, ela mal me olhou até o fim da tarde, quando *eu* sugeri que fizéssemos um intervalo mais lúdico.

Ainda assim, ela parece preocupada, mordendo o lábio. Eu me pergunto se foi por isso que saiu correndo da sala ontem. Agora que voltou a desenhar, deve estar ainda mais ansiosa para encontrar seu par e voltar para casa.

— *Audrey* — insisto, e ela vira o rosto para mim, os olhos cor de mel lembrando ouro líquido ao sol da tarde. — É um choque ser eu a dizer isso a *você*, mas festas devem ser divertidas. Devem entreter! Não apenas a treinará um pouco para o baile, mas, mesmo que não se apaixone desesperadamente, poderá conhecer pessoas novas, tomar um ponche delicioso e dar piruetas até os pés doerem.

— É, mas se eu fizer papel de boba e esquecer um passo, ou cair de cara no chão na frente de todo mundo, não vou apenas me envergonhar. Vou fazer *você* passar vergonha — diz, e meu coração estremece de modo inesperado e indesejado.

— Desde quando você se preocupa com me envergonhar? — brinco, mas aperto as rédeas de Henry com mais força.

Olho de soslaio para ela e vejo que seu maxilar está tensionado, apesar de minha tentativa de tranquilizá-la. Solto um suspiro demorado e instigo Henry a avançar até parar bem na frente de Moby, fazendo-o parar, derrapando, e bater a pata no chão com raiva.

— Audrey — digo, séria. — Você não fará nenhuma de nós passar vergonha, está bem? As pessoas de *hoje* cometem erros o tempo inteiro. E se você estiver tão constrangida, posso explicar que a dança é diferente na América. Ou pedir para Alexander cometer o mesmo erro, e tenho certeza de que ele encantará tanto a todos que acabarão fazendo a dança a seu novo modo. Ou, quem sabe, talvez seja *eu* a me envergonhar! Talvez eu beba vinho demais e cause tamanho escândalo que serei motivo de boato pelo verão inteiro, quiçá pelo resto da vida.

Finalmente, devagar, ela levanta o canto da boca.

— Escândalo, é?

— Um escândalo do qual ainda estarão falando quando você voltar ao futuro.

Sem fôlego depois do discurso acalorado, eu acabo gostando de imaginar um escândalo.

Nem *imaginar* eu me permitia.

Ao menos antes de Audrey chegar.

— Tudo bem — diz ela, se livrando do peso da preocupação, e dá a volta em mim, roçando a perna na minha ao passar.

A sensação que me veio na carruagem, e em quase todo momento desde então, desperta com ferocidade.

Eu me forço a ser objetiva e racional. É apenas porque ela faz eu me sentir livre. É temporário. Ela se apaixonará. Partirá. E eu me casarei com o sr. Caldwell.

Empurro — não, *forço* — a sensação de volta ao meu interior quando retomamos o caminho, voltando devagar ao estábulo. Quer eu goste ou não, me acostumei a conter sentimentos que não me são permitidos, e este não será diferente.

Então por que parece ainda mais difícil de segurar?

— Quer ouvir algo *verdadeiramente* desagradável? Ainda pior do que seu talento para o piano? — pergunto, para me distrair.

— Sempre.

— O sr. Caldwell enviou um mensageiro hoje cedo. Devo jantar com ele em sua propriedade no sábado.

Ela contorce o rosto.

— Finge que ficou doente depois da desprezível festa da assembleia.

Eu rio e balanço a cabeça.

— Adoraria fazer isso — admito, mas é um limite que não posso ultrapassar.

James sai do estábulo para nos receber, e me ajuda a descer de Henry em um movimento fluido e tranquilo, antes de ir acudir Audrey.

— Moby foi uma doçura hoje — diz ela, e os dois compartilham um sorriso discreto e cheio de segredos. — Acho que ele deve puxar à mãe, afinal.

Moby morde a touca de Audrey, recusando tamanho elogio, e os dois caem na gargalhada.

— Acho que você falou cedo demais — diz James, com um olhar travesso.

Mais uma vez, torço os dedos agarrando o vestido ao observá-los, tão próximos, tão íntimos, apesar de eu não fazer ideia de como isso é possível. Audrey ergue a cabeça para encontrar o olhar dele, o rosto corado pela cavalgada, e uma sensação pesada e conhecida toma meu estômago quando uma palavra de repente ecoa alto em minha cabeça.

Ciúme.

Desta vez, sei que não é inveja pela capacidade que Audrey tem de se apaixonar.

É ciúme por Audrey não ter se apaixonado por *mim*.

Desvio o olhar para o campo, arrancando as luvas e o chapéu. Puxo desesperadamente os fios da touca no meu pescoço, que de repente me parecem apertados, apertados *demais*.

Eu mal sei o que me acometeu. O sentimento é tão confuso, tão estranho e ilógico, e me devora por dentro, encontrando todos os recantos do meu peito.

Cadê seu decoro, Lucy?, me repreendo, forçando minha respiração a se acalmar, e me volto para eles com a expressão impassível.

Por dentro, porém, estou fervendo.

É o que eu deveria *querer* que acontecesse. Que Audrey encontrasse sua faísca. E James? Parece um bom par. Honesto, trabalhador, bonito. Nitidamente, eles têm uma conexão.

Porém, quando o olhar de James me encontra, percebo que não devo estar impassível como imaginei, pois sua postura inteira muda. Ele endireita as costas e pigarreia.

— Deseja mais alguma coisa, srta. Sinclair? Há planos de cavalgada no restante da semana?

— Por enquanto, não. Obrigada, James.

Audrey sorri e, se aproximando dele, sussurra:

— *Que formalidade.*

James a cala com um sorrisinho.

Não consigo mais me controlar por um segundo sequer. Eu me viro e volto para Radcliffe, o estômago revirado enquanto atravesso o gramado a passos apressados, estreitando os olhos ao sol do entardecer.

Escuto Audrey atrás de mim, chamando meu nome, mas a ignoro até chegarmos ao pátio e ela segurar meu braço.

— Lucy, está tudo bem? — pergunta, sem fôlego por correr até mim. — Era só brincadeira...

— Comigo? Tudo bem — digo, tentando me conter e recompor. — Senti calor, é só.

Eu rio, tentando me mostrar inteiramente tranquila, mas, desta vez, sou eu que não consigo encontrar o olhar dela, não consigo sequer me virar para ela.

É apenas à noite, na cama, quando a respiração de Audrey se acalmou, que fecho o livro que fingia ler e me viro, admirando seu rosto à luz bruxuleante da vela.

Não sei descrever o que sinto.

Ou talvez saiba, mas não sei entender a descrição.

O momento na carruagem. O ciúme no estábulo. O que sinto agora, apenas de olhá-la, apenas de estar a seu lado.

O desejo de me aproximar.

Eu me viro rápido para o outro lado e apago a vela, para encarar a escuridão, sem conseguir enxergar nada à minha frente.

Ainda assim, continuo profundamente ciente da presença de Audrey a meu lado, do formato de seu corpo nos lençóis, a menos de um dedo de mim. Sinto a presença dela no meu coração, que vibra com uma pergunta sob o tecido da camisola.

Fecho os olhos com força, sabendo que deveria parar de buscar a resposta.

Meu futuro com o sr. Caldwell se aproxima a cada dia. A volta de meu pai se aproxima ainda mais.

Em breve, ela terá partido.

Em breve, ela amará outra pessoa.

Talvez já ame.

E essa resposta precisará ser, e *será*, suficiente.

CAPÍTULO 21
Audrey
25 de junho de 1812

Mais uma vez, encosto o rosto na janela, vendo as pessoas saírem das próprias carruagens para entrar na festa. É um alvoroço de gargalhadas, vestidos lindos e frivolidade geral, mas uma nova pontada de nervosismo me toma.

O que está acontecendo? O que estou fazendo?

Sinto que me faço essas perguntas mil vezes ao dia. Talvez mais. Às vezes com alguns palavrões. É um estado de confusão perpétua.

— Está nervosa?

Viro o rosto e vejo Lucy dar uma cotovelada no primo pela pergunta que me fez. Uma risada calorosa escapa de seus lábios quando ele massageia a costela. Em seguida, ele a olha com irritação de brincadeira.

— Não — minto, levantando as sobrancelhas para ele. — E você?

— Para dançar com mulheres lindas? De modo algum.

Ele me dá uma piscadela antes de abrir a porta da carruagem e pular no cascalho. Estica a mão, vestida em uma luva branca, para ajudar Lucy a sair, e ela me dirige um sorrisinho encorajador que me dá frio na barriga. Meu olhar se demora nela até o vestido cor de creme sair devagar pela porta. Talvez parte de mim queira que seja *eu* a dançar com mulheres lindas.

Ou com uma em específico.

Como se a situação já não fosse confusa o suficiente.

Alexander olha para dentro da carruagem de novo e estende o braço para mim. Solto um suspiro profundo antes de dar a mão a ele e deixar que me puxe para fora da carruagem. Olho, boquiaberta, para o edifício simples de pedra, cujas colunas são iluminadas pelo brilho dourado das velas, e sinto Alexander se aproximar até sua boca roçar minha orelha, fazendo calafrios inundarem meu corpo inteiro.

— Reserva uma dança para mim? — sussurra, apenas para meus ouvidos.

Eu o olho, vendo à luz fraca o lindo rosto tão perto do meu, os olhos escuros, talvez até de desejo, e me lembro da missão.

Sorrio e desvio o olhar com timidez, em uma tentativa de flerte.

— Considerarei.

Porém, apesar da cena ser praticamente tirada de uma comédia romântica emocionante, o momento "por que isso não acontece na vida real?" bem na minha frente é diferente. Falso. Nem se compara ao frio na barriga que senti com o sorriso de Lucy ao sair da carruagem.

Ainda assim, eu tento me entregar. Voltar para casa deve ser minha prioridade. Afinal, tenho apenas quinze dias pela frente.

Ele ri baixinho e me oferece um braço para reencontrarmos Lucy e subirmos juntos os degraus de pedra da entrada.

No momento em que empurramos as portas, todos os meus sentidos são sobrecarregados de informação.

O salão é um mar de vestidos coloridos: azuis, verdes, rosa e amarelos, misturando-se às luvas brancas e elegantes e aos rostos reluzentes e corados. Um quarteto toca mais alto do que as conversas e gargalhadas, e as pessoas se balançam e dançam, iluminadas pelos lustres cintilantes de cristal enfileirados pelo ambiente inteiro.

O chocante é que, após processar o que vejo, o cenário chega a me tranquilizar. Pois, em certo grau, me é quase... familiar. Como a festa do fim da segunda série do ensino médio no ginásio, no ano passado. É verdade que o comitê da festa exagerou nos gastos de comes e bebes e precisou pendurar papel higiênico no teto em vez de lustres chiques assim (o que, na minha opinião, foi a decisão certa), mas há um vislumbre daquela noite aqui, duzentos anos no passado. Os vestidos podem ser mais bonitos, as decorações, mais elegantes, a música, um pouco diferente, mas a *energia* é a mesma. Ainda há grupos de amigos fofocando, um casal deixando todo mundo constrangido com o excesso de afeto no canto, a menina que estudou dança por treze anos se exibindo na pista como se a vida dependesse disso.

A combinação faz eu me sentir quase próxima de casa, mesmo estando a quilômetros e quilômetros — a anos e anos — de lá. Enquanto atravessamos o salão, Alexander e Lucy cumprimentando os conhecidos, sinto o nervosismo finalmente se esvair.

Bem quando relaxo, faço contato visual com um par conhecido de olhos azuis e brilhantes.

Sr. Shepherd.

Ele praticamente desliza pelo salão até nós, desviando de grupos de pessoas que conversam, todas virando o rosto, interessadas, ao vê-lo passar.

— Srta. Sinclair, srta. Cameron — diz, com uma reverência.

— Quantas gravatas azuis o senhor tem? — pergunto, e ele ri.

— Centenas.

Vejo o olhar azul do sr. Shepherd voltar ao meu rosto sem parar quando Lucy apresenta Alexander, que cobre minha mão sutilmente.

Nossa, nunca tive dois caras interessados *assim* por mim.

Mesmo que a sensação não seja bem a que eu esperava, seria mentira dizer que não gosto. Sinto certa esperança. Como se, ao fim da noite, eu pudesse ter mais clareza do que devo fazer. De quem devo escolher.

— Srta. Cameron — diz o sr. Shepherd, sempre tão formal —, me concederia esta dança?

Solto o braço de Alexander e estendo a mão para ele.

— Certamente.

Minha voz está surpreendentemente calma, mas olho com preocupação para Lucy, o nervosismo voltando ao pensar em dançar. Ela sorri, encorajadora, e murmura:

— Vai ficar tudo bem.

Vejo-a torcer a boca de leve, indicando que provavelmente está mentindo um pouquinho. Quer dizer, minha capacidade de dança certamente é digna da dúvida, mas, ainda assim, agradeço o apoio. Alexander, por outro lado, ergue uma sobrancelha intrigada, que eu ignoro.

Nós nos juntamos aos outros dançarinos, moças de um lado, rapazes do outro. Eles fazem reverências, nós, também, e meu coração bate quatro vezes mais rápido enquanto tento me lembrar de tudo que enfiei no cérebro ao longo da semana.

Prendo a respiração, esperando, torcendo…

Ah, graças a Deus.

Quase começo a chorar quando tocam as primeiras notas conhecidas de uma *cotillion* que Lucy me ensinou. Avanço um passo, pego a mão do sr. Shepherd e giro, com os pés em ponta. O nervosismo ainda está aqui, mas é quase como se, através do violino, da flauta e do violoncelo, eu a escutasse. Cantarolando a música, contando os passos, me dizendo quando virar, aonde ir, o que fazer com os pés.

É quase... bem.

Como se dançasse com ela.

Até que...

— As danças são muito diferentes na América? — pergunta o sr. Shepherd, quebrando minha concentração e me fazendo esquecer completamente o passo seguinte.

Eu paro, imobilizada por alguns segundos, antes de ver as meninas ao meu lado, adiantadas em meio passo, e ser lembrada das piruetas graciosas.

O sr. Shepherd rapidamente me ajuda, pegando minha mão para me conduzir ao ritmo correto, com um sorriso no rosto.

— Suponho que a resposta seja sim.

— Peço desculpas. Eu... — digo, corando. — Não consigo dançar e conversar ao mesmo tempo. É como sair para correr de corpete. Não acabará bem.

Ele ri, impressionantemente encantado pelo que falei, e eu me lembro, novamente, de que tenho que afastar Lucy da minha mente e me concentrar em me jogar no grupo de pretendentes realmente disponíveis e possíveis. Talvez, se não puder conversar, consiga fazer um pouco de contato visual sedutor? Um ou outro sorriso de flerte?

O sr. Shepherd, apesar de tudo, dança bastante bem, e nitidamente já passou *muito* da etapa de se preocupar com cada passo. Ele deve ter tido aulas formais, como Lucy, em vez de fazer um curso intensivo de uma semana na sala de casa. Toda vez que me atrapalho ou tropeço, ele me conduz ao passo correto, e confiança e compreensão se formam entre nós, mesmo que não nos falemos. Ele consegue até me fazer rir algumas vezes, desviando comicamente de uma pluma dourada enorme no cabelo da moça ao nosso lado.

Na segunda música, já consegui relaxar o suficiente para me divertir de verdade. Especialmente depois de ver uma menina do outro lado da fila que esqueceu a última pirueta. Pelo menos não sou a única.

Estamos prestes a começar a próxima dança, um *reel* escocês, quando Alexander aparece e me puxa para dançar. O sr. Shepherd parece decepcionado, mas, como o cavalheiro que é, permite a interrupção e sai da pista de dança.

— Coronel Finch — digo, cumprimentando-o com o título elegante.

Rio quando ele me gira em uma pirueta inteiramente inadequada para a dança e curva a boca em um sorriso ao sentir minha mão encontrar seu ombro forte.

— *Alexander* — diz, aproximando o rosto até roçar de leve no meu. — Pode me chamar de Alexander.

— Apenas se você me chamar de Audrey.

Fazemos um círculo com o restante dos casais e damos voltas dançando até eu ficar tonta, talvez ainda mais quando sou puxada de volta para os braços dele. Ou ao menos é disso que tento me convencer.

Alexander improvisa outra pirueta, me dando a impressão de que tudo bem me atrapalhar. Talvez esteja até mais do que bem.

Por isso, eu relaxo, e nós dois rimos ao dar voltas ao redor dos outros pares, no ritmo da música, mas inventando passos próprios. Olho ao redor, e ninguém parece se incomodar, até que, finalmente, não me importo que se incomodem, pois as palavras de encorajamento de Lucy me voltam. Afinal, estou aqui para arriscar. Para me apaixonar. Daqui a quinze anos, nem estarei mais aqui, então é melhor aproveitar plenamente enquanto puder.

— Para ser sincero, Audrey — diz Alexander, o peito subindo e descendo sob minhas mãos quando a música chega ao fim —, imaginei que você fosse preferir um pouco mais de aventura do que alguém como o sr. Shepherd pode oferecer.

— Talvez tenha imaginado errado — digo, levantando as sobrancelhas em desafio.

Ele estreita os olhos cor de ocre.

— Não tenho tanta certeza.

Mordo o lábio para conter um sorriso, porque ele obviamente está certo. O sr. Shepherd pode ser perfeitamente agradável, e ridiculamente gostoso, mas seria mentira dizer que não tenho dúvidas quanto a se nos daríamos bem de verdade. Quer dizer, nem sei se estarei aqui tempo suficiente para passar da etapa de formalidades.

Mesmo que estivesse, sinto que ele não me… entenderia. Não como Alexander e James me entendem, pois os dois já fazem eu me sentir mais confortável.

Muito menos como Lucy me entendeu.

Passamos o restante da dança, e parte da seguinte, falando sobre os lugares pelos quais ele viajou, e Alexander insiste que pode falar o suficiente por nós dois quando digo a ele, também, que não consigo dançar e conversar ao mesmo tempo. Fico aliviada por poder apenas escutar, pois está ficando óbvio que estou… exausta pra cacete.

Esse negócio de dançar na era da Regência não está para brincadeira. É uma mistura de dezoito dancinhas de TikTok e um DJ gritando "Mais uma!" depois da décima repetição da "Macarena". Complicado *e* cansativo.

Alexander me conta sobre Paris e Roma, e sobre seus lugares preferidos em Londres, e me pergunto quantos desses ainda existem em 2023. Porém, fico mais fascinada pelo tipo de encrenca na qual ele já se meteu.

Alexander já dormiu em um estábulo no interior após ser pego de surpresa por uma tempestade torrencial, entrou de fininho em museus durante a noite e viu o sol nascer de telhados. Coisas que nunca nem considerei possíveis neste mundo de tantas regras e expectativas.

— Mas, como você, sempre prefiro ficar em cidades. O ritmo de tudo. Fazer amigos, sair pelo centro, ver as pessoas passarem…

— É exatamente isso — concordo.

Não posso negar que o lugar onde estamos é lindo, com a grama verde, as árvores e tanto espaço aberto. Mas, se não fosse por Lucy, seria também… um tédio.

E nem é só porque meu celular não funciona.

Sinto saudade de ver os clientes diferentes que aparecem na loja, sem nunca saber quem ou o que aparecerá em seguida. Sinto saudade de andar de bicicleta pelas ruas movimentadas. Sinto saudade da inspiração que tirava de todas as pessoas andando por aí, vivendo a própria vida.

Mas será que vivi mesmo a experiência de tudo? Não como Alexander.

Ele me lembra de como fui passiva em minha própria vida, como as mulheres daqui, em grupos fechados ou em silêncio nos braços de um cavalheiro que cuida da conversa, pois a sociedade *espera* que sejam assim. Planejadas, disciplinadas e contidas. Porém, eu tenho uma *escolha*. Conversar com Alexander me faz vislumbrar a antiga Audrey — ambiciosa, animada, *inspirada* — e, pela primeira vez em muito tempo, sinto vontade de me expor, de recuperar essas partes de mim.

Talvez esta conexão com Alexander, por ele ser tão ávido por viagens e aventura, amar tanto a vida urbana e me lembrar de quem eu fui, possa me levar de volta para casa de algum modo. Possa nos levar para lá juntos. Alguém como Alexander provavelmente ficaria empolgado com a ideia de viajar para o futuro. Talvez Lucy esteja certa e haja alguma brecha.

Sustento o olhar dele quando a música chega ao fim, desejando sentir alguma coisa, desejando que a lógica seja suficiente para acender a faísca necessária.

— Acho que vou parar um pouco — digo, quando a faísca não acende.

Mas talvez ainda se acenda. Afinal, é apenas a segunda vez que conversamos. Ainda tenho quinze dias.

— Já está cansada? — provoca Alexander.

Abro um sorriso irônico.

— Talvez esteja entediada.

Ele ri e nos despedimos com reverências, minhas pernas quase cedendo de exaustão, assim como meus pés, nos quais *definitivamente* tenho bolhas. Mal dou as costas a ele antes de uma mulher mais velha aparecer, puxando Alexander para dançar as músicas seguintes.

Tento me afastar deslizando graciosamente, em vez de mancar até a mesa do ponche, mas é praticamente impossível.

Eu me agarro à mesa para me apoiar, pego um copo e tomo um gole imenso, que... me faz ter um tremendo acesso de tosse.

Essa merda está *lotada* de rum. Tipo, com dois copos, eu acordaria amanhã sem saber como fui parar onde estivesse. O gosto lembra um veneno qualquer que Charlie pegava do armário de bebidas dos pais e botava em uma garrafa d'água velha e que fazia a gente rir sem parar sentados na cobertura do prédio dele em East Liberty, conversando sobre toda e qualquer coisa.

Já um pouco quente e tonta, vou para o canto arrastando os pés e tento não desabar na parede enquanto procuro pela multidão o cabelo dourado e o vestido creme de Lucy. Preciso conversar com ela sobre o que pensei em relação a Alexander, ou... sei lá. Talvez precise apenas vê-la, porque vê-la sempre faz eu me sentir melhor. Queria estar com *ela* numa cobertura agora. Sem o veneno.

Encontro-a dançando com o sr. Shepherd, seus movimentos suaves, elegantes e graciosos, tão mais perfeitos e treinados do que os meus. Vejo o vestido dela esvoaçar a seu redor, o sorriso encantador que ela dirige a ele.

Como seria se sorrisse assim para mim?

— Audrey — diz uma voz leve, me trazendo de volta à realidade.

Ou à realidade atual, ao menos. Com dois gostosões super a fim de mim, brigando pela minha atenção, enquanto sofro pela pessoa que não posso ter e bebo álcool etílico. Que coisa de protagonista de comédia romântica. Tão diferente do que eu achei que seria.

Viro a cabeça para o lado e vejo Grace, de vestido rosa-claro e rosto brilhante e alegre.

— Grace! Oi — digo, e me impulsiono para me afastar da parede, tentando fingir que quatro danças não acabaram comigo. — Como vai sua noite?

— Muito boa — diz ela, com um aceno animado. — Sempre adoro uma boa dança.

Olhamos para os casais na pista, e Grace solta um suspiro exagerado.

— É uma pena que ela precise se casar com o sr. Caldwell — fala, e nós duas fazemos uma careta ao pensar nele. — Lucy e o sr. Shepherd formariam um par lindíssimo, não acha?

Mordo o lábio e os observo rodopiar pelo salão por um longo momento. Os dois ricos. Os dois jovens. Os dois comportados, elegantes e atraentes. Os dois desta época.

— Formariam, certamente — sou obrigada a concordar.

Porém, quando meu olhar se demora em Lucy, de cabelo dourado e rosto levemente corado, e vejo o sorriso contido e encantador que ela dirige a ele, noto que não é um sorriso forte o suficiente para exibir as covinhas no canto da boca.

Isso me diz que Grace está enganada. O sr. Shepherd é mil vezes melhor que o sr. Caldwell, mas, casada com ele, ela ainda estaria confinada a um belo casarão. Ainda estaria presa atrás da máscara perfeita e polida, cuidadosamente composta, em uma época em que não pode simplesmente... ver o mundo, estudar em um conservatório ou tomar decisões próprias. Em que não poderia ser a Lucy que conheci.

Observo-a girar e girar nos braços do sr. Shepherd, e, por um momento breve e ínfimo, o olhar dela se afasta dele e encontra o meu, e o salão todo desacelera, as vozes, os rostos e a música se misturam em um borrão distante.

Engulo as lágrimas que inesperadamente me ardem os olhos, desvio o rosto e tomo um gole carregado do ponche, pensando na esperança que senti ao sair da carruagem no começo desta noite. Agora, aqui, tudo que quero é esquecer.

Esquecer que tenho que encontrar alguém para me apaixonar e poder voltar para casa. Esquecer que não senti a faísca com o sr. Shepherd, com James, nem com Alexander, por mais perfeitos que eles pareçam.

Quero esquecer como Lucy está linda, dançando com alguém que não sou eu.

CAPÍTULO 22
Lucy
26 de junho de 1812

O dia seguinte a qualquer festa é para se recuperar. Da bebida, da dança e, para alguns, da socialização. Mesmo estando tão acostumada, ainda me exauro ao passar horas a fio posando, mesmo em um contexto muito menos formal do que um baile ou um jantar. Especialmente após a influência de Audrey sobre mim nas últimas duas semanas.

Portanto, não posso negar a sensação incrivelmente agradável de passar a tarde sem fazer absolutamente nada além de tocar composições conhecidas no piano enquanto Audrey desenha, sentada à cadeira perto da janela. Agora que voltou a desenhar, parece que não consegue mais parar.

A cada poucos momentos, ergo o olhar para admirar as mechas de cabelo castanho-chocolate caindo em seu rosto e, mesmo desta distância, do lado oposto da sala, sinto o desejo de ajeitar seu cabelo. Prender as mechas atrás da orelha. Sentir o olhar dela fixo no meu.

Em vez disso, me forço a olhar as teclas pretas e marfim e a tocar todos os sentimentos que não posso colocar em palavras. Todos os olhares. Todos os toques de mãos entre nós.

Todos os ciúmes que se agitam quando a vejo com Alexander, com o sr. Shepherd, com James, sorrindo para eles, dançando com eles, desejando *eles*.

A música tem mais sentido do que nunca, e fecho os olhos com força, encontrando um lugar para despejar tanta intensidade.

Quando a canção termina, a voz de Audrey soa do outro lado da sala de estar, fazendo todos aqueles sentimentos voltarem de uma vez:

— Você dançou bastante com o sr. Shepherd ontem.

Abro os olhos e a vejo ainda voltada para o papel à sua frente, rabiscando com o lápis, de sobrancelhas franzidas de concentração.

— Você também — respondo, deslizando os dedos nas teclas.

— Você disse que achava ele bonito — lembra ela, e, me olhando de relance, levanta o lápis e o prende atrás da orelha.

Ah. Achei que ela tivesse julgado Alexander mais interessante. Ela até falou, na volta para casa, em convidá-lo para vir a Radcliffe na semana que vem. Mas talvez eu estivesse enganada.

Audrey deve estar enciumada.

— Ele é bonito — comento, como se falasse da cor do céu, do verde da grama, de qualquer coisa igualmente óbvia e objetiva. — Mas eu certamente não senti a... o que era mesmo?

Finjo buscar a palavra para o sentimento ao qual me acostumei até demais nos últimos dias.

— Faísca — ela responde, e arranca uma das folhas do caderno antes de se levantar e andar até onde estou sentada ao piano.

Ergo o olhar para ela, com o coração vibrando ruidosamente no peito, tamborilando os dedos na coxa para resistir ao impulso de segurá-la, puxá-la, para ela me ver, me entender ainda melhor do que já entende.

— Mas você acha que poderia? — insiste, completamente alheia ao meu sofrimento interno por sua causa. — Sentir uma faísca com ele, caso se permitisse? Se apaixonar por ele se quisesse?

— Não sei se querer tem relação com isso — digo, pois os últimos dias me trouxeram esse ensinamento com certeza. — Não entendo muito do assunto, mas, como disse Martha, acho que ou se sente ou não. Não está sujeito à razão.

Audrey franze a testa, considerando.

— Talvez algumas faíscas demorem a acender.

— Talvez — digo, sem saber exatamente o que ela busca aqui; possivelmente confiança, caso seus sentimentos por ele estejam crescendo. — Porém, duvido muito que ele esteja no campo da possibilidade como meu futuro marido.

As palavras são um lembrete ardido, mas necessário, do que está por vir.

— Certo — hesita, e olha de relance a folha arrancada do caderno. — Eu... eu... — Ela me oferece a página e abre um sorriso irônico. — Não perca — diz, e eu olho o retrato dela, feito a partir de seu reflexo na janela da sala, com a cabeça abaixada para desenhar, as mechas de cabelo soltas e caídas.

Um sorriso surge em meu rosto quando noto que, no desenho, ela está usando os sapatos curiosos de quando chegou.

Abruptamente, Audrey se vira e sai da sala, e a porta se fecha com um ruído antes mesmo que eu possa dizer "Não perderei". Talvez ela não esteja inteiramente convencida das minhas intenções a respeito do sr. Shepherd.

Com um suspiro, apoio o desenho no pianoforte. É tão realista que estico a mão para finalmente ajeitar aquelas mechas, desejando sentir sua pele em vez do papel sob meus dedos.

Se Audrey me visse agora, saberia que meu interesse não poderia estar mais distante do sr. Shepherd.

Naquela noite, enquanto Martha me ajuda a desabotoar o vestido e desatar o corpete, eu vejo, por seu reflexo, que está sorrindo.

— O que foi? — pergunto, quando encontro seu olhar no espelho, e ela dá de ombros.

— Gostei dessa Audrey — responde enquanto tiro o vestido, que Martha devolve ao guarda-roupa ornamentado no canto, sem dizer mais nada até fechar a porta com um clique, a mão ainda apoiada na madeira. — Ela faz você… feliz.

— Imagino que sim — digo, com um pequeno sorriso. — Mas sempre percebo que meu humor melhora quando meu pai não está.

— Naturalmente, mas… — Ela enruga os olhos gentis, levantando o rosto rosado. — É diferente, Lucy. Você parece mais aberta. Mais vibrante. Mais, bem… como era antes…

Antes.

Enterro as unhas na mão ao ouvir a frase que ela não conclui, pois parte de mim detesta a verdade em suas palavras, já que, como o restante da minha liberdade, a situação é temporária. A amizade de Audrey me libertou, sim, mas o momento em que precisarei voltar a me fechar não para de se aproximar conforme os números na moeda de Audrey diminuem, e, em vez de me preparar para isso, todo dia eu me

pego desejando mais de... outra coisa. Algo além de me casar com o sr. Caldwell. Algo além do que minha vida está destinada a se tornar. Quero uma vida na qual tenha controle, na qual tenha poder, na qual possa ir e vir e ser quem eu quiser. Quero uma vida como a de Audrey.
Uma vida com Audrey.
Respiro fundo, sentindo o cheiro reconfortante e familiar das flores de jasmim que Martha carrega pelos corredores desta casa desde que eu era bebê, e tento me manter presente no momento. Percebo que, assim como perderei Audrey, também perderei Martha em breve. Com essa conclusão, vem o desejo de preencher os dias que restam com o máximo possível, para que a lembrança deles talvez dure pelo resto da minha vida.

CAPÍTULO 23
Audrey
27 de junho de 1812

No fim da tarde, após o chá, Martha aparece à porta da sala de estar com um sorriso enorme, como se fosse Natal.

— Encomenda da srta. Burton! — exclama, alegre, pulando de pé em pé. — É seu vestido para o baile, Lucy!

Por que *eu* estou tão animada?

Acho que, sem internet, jogos de futebol americano ou escola, qualquer coisa além de desenhar ou treinar dança com Lucy parece a noite de estreia de um filme da Marvel.

Lucy sorri, fecha o livro e se levanta, alisando a saia.

— Já foi levado ao meu quarto?

Martha confirma.

Lucy agradece e, tranquila, me indica e diz:

— Audrey vai me ajudar a experimentá-lo, não vai?

— *Eu?* — pergunto, engasgando e quase derrubando meu lápis, enquanto Lucy tranquilamente ajeita o cabelo, preso em um meio rabo, que anda me distraindo o dia inteiro.

— Imagino que você saiba amarrar fitas, não? — responde Lucy, levantando a sobrancelha para mim, e sai andando graciosamente da sala.

Largo o desenho da xícara vazia à minha frente e corro atrás dela.

— Claro que sei. Só não estou acostumada a dar nós de marinheiro com força o suficiente para esmagar costelas — resmungo, subindo até o quarto dela.

Lucy sorri para mim, achando graça, e eu reviro os olhos ao entrar no quarto.

Mal passamos pela porta antes de pararmos de repente.

Um vestido de baile lindo está estendido na cama, com uma gola larga e elegante em V e bordados elaborados, o tecido azul quase lembrando uma cascata cintilante. Parece ter saído diretamente da cena do baile em Netherfield em *Orgulho e preconceito*, um destaque no mar de vestidos que cercam Darcy e Elizabeth enquanto eles faíscam de desdém, atração e possibilidade.

Solto um assobio baixo.

— Gostou? — questiona Lucy, o que só pode ser uma pergunta retórica.

Estico a mão e levanto a ponta do vestido, olhando do tecido para o rosto dela.

— Combina perfeitamente com seus olhos.

Ela concorda com a cabeça, feliz por eu ter notado.

Como não notaria?

— Achei que eu não fosse gostar, mas vendo ele aqui, *agora*... é perfeito — diz, antes de indicar as costas do vestido que usa agora. — Pode me ajudar?

Largo o tecido e pigarreio.

—Ah, tá. Claro.

Ela se vira e eu paro às suas costas, a respiração profunda e irregular. Hesito com a mão antes de, finalmente, forçar meus dedos a cuidadosamente afastarem seu cabelo dourado do pescoço, enquanto meu olhar acompanha a curva sutil de seus ombros. Quando desabotoo o primeiro botão e o tecido se abre, revelando a pele macia, meu coração começa a martelar no peito, na cabeça, até na leve pressão da ponta dos dedos.

Estar perto assim dela, tão perto que sinto a eletricidade estalar entre nós, tão perto que seu cheiro quente de lavanda me inunda completamente, tão perto que eu poderia apenas me esticar para a frente e roçar seu pescoço com a boca, torna quase insuportável o impulso para acabar completamente com a distância entre nós.

Você não pode.

Em vez disso, tento me concentrar em desatar cuidadosamente os laços, puxando os fios até o vestido cair suavemente no chão, em uma pilha amarrotada. Lucy se vira para mim, e não tenho nada a encarar além dela, que sustenta meu olhar e lentamente sai do meio do vestido, avançando na minha direção. Seu peito roça o meu de leve, e nossas mãos também, uma sensação tão suave, tão leve, que passa pouco de um sussurro.

Mas, *por dentro*, parece a chuva antes de uma tempestade.

Sem desviar o olhar, pego o vestido pesado da cama e a ajudo a entrar nele. Nossos rostos estão tão próximos que sinto ela respirar junto à minha pele, e a pura tentação me deixa tonta. Eu me forço a puxar o vestido pelo corpo de Lucy, acompanhando com o olhar enquanto o subo devagar pelas pernas, pelo quadril, pelo peito, até passear os dedos por seus ombros, descendo ao vale da clavícula. Finalmente, abaixo a mão à sua cintura, para virá-la, devagar, para o espelho de corpo inteiro.

Amarro as costas bem devagar. Quando encontro o olhar dela no espelho, a imagem é suficiente para arrancar de mim todo o fôlego que me restava.

— Como estou? — pergunta Lucy, em voz baixa, com um rubor subindo ao rosto.

— Linda. — É tudo que consigo dizer, a voz rouca e estranha.

Lucy também deve estranhar, pois pigarreia e se afasta em um passo, interrompendo a vibração elétrica entre nós e deixando apenas um silêncio tenso.

Eu me xingo por dentro. Só *eu* mesmo pra ter uma crise de despertar bissexual em pleno 1812. Por causa de uma mulher que está prestes a casar.

— O sr. Caldwell não vai conseguir tirar os olhos de você — corrijo rapidamente, sem querer deixar o clima esquisito. — Tenho certeza de que ele vai pedir você em casamento na hora.

Ela assente e se aproxima do espelho, levantando a mão para ajeitar uma mecha do cabelo.

— Falando nisso, está pronta para o jantar de hoje? — digo, tentando mudar de assunto com naturalidade.

— Tão pronta quanto possível — murmura ela.

— Se quiser ir embora mais cedo, posso aparecer e dar um escândalo com o maior prazer. No quarto ano, eu comecei até uma guerra de comida. Estou totalmente disposta a jogar comida pela sala dele.

Lucy abre um sorriso, e a tensão finalmente se alivia um pouquinho.

Ouvimos uma batida leve na porta, e Martha aparece.

— Lucy, meu bem, sua carruagem está quase pronta para partir. Devemos começar a vesti-la.

— Claro. É melhor... — concordo, com um aceno sem jeito, e me viro para sair do quarto, com movimentos quase mecânicos ao passar por Martha e pela porta.

Jura, Audrey? Tranquilaça, hein.

Inquieta, ando a esmo pelos corredores de Radcliffe, passando por esculturas chiques e camas de dossel, entrando e saindo de quartos, vendo a luz lá fora diminuir devagar a cada degrau e passagem, até encontrar a galeria de retratos. Paro e estico o pescoço para ver o retrato do pai de Lucy. Seus olhos frios me fitam de cima, em repreensão, quase como se dissessem: *O que acha que está fazendo?*

Retribuo o olhar, querendo saber. Querendo voltar para casa em vez de descobrir.

Mas, ao mesmo tempo, sem querer abandonar Lucy.

Cada momento aqui com ela me parece correto. Como eu me sentia com Charlie, mas... não exatamente. É o mesmo sentimento, de certo modo, mas é como se a experiência fosse outra. Como se eu descobrisse uma parte nova, desconhecida e emocionante de mim.

Faz com que eu enxergue melhor as fraturas do meu relacionamento com Charlie. As críticas um pouco ríspidas demais. A insistência em deixar os retratos que eu mais amava fazer no caderno debaixo do caixa, e não na inscrição universitária. O conselho para eu abandonar a arte de vez quando ele próprio enfrentou um obstáculo.

Lucy me dá vontade de criar de novo. Ela me *encoraja*, mesmo quando é difícil. Ela me faz querer aproveitar todas as oportunidades que tenho, mesmo que ela nunca possa fazer o mesmo. Não temos a arte em comum, mas, de algum modo, ela entende essa parte minha mais do que Charlie jamais entendeu. Ela me entende melhor.

Quando ouço uma porta se fechar mais ao longe, vou à janela e vejo Lucy, de vestido cor de pêssego, entrando na carruagem. Aperto com força a moeda ao ver que ela se vestiu de acordo com as preferências dele. Observo ela desaparecer inteiramente, em um sopro de poeira espalhada pelas rodas e pelos cascos dos cavalos.

Em seguida, analiso a moeda ridícula que me trouxe até aqui.

Treze dias pela frente.

E acho que talvez eu esteja me apaixonando perdidamente pela única pessoa que não posso ter.

CAPÍTULO 24
Lucy
27 de junho de 1812

Não consigo respirar.

Tiro as luvas, pressionando o dorso frio da mão no rosto conforme a carruagem segue a estrada irregular que me leva às terras do sr. Caldwell e me afasta de Audrey.

Fecho os olhos com força, tanta que vejo explosões de cor, mas todas as cores tomam forma. Os olhos dela. A boca. O nariz. A cicatriz pequena, quase imperceptível, acima da sobrancelha direita…

Não.

O rosto de meu pai a substitui, severo e cheio de expectativa.

— O *que* me acometeu? — murmuro, rangendo os dentes, e calço a luva de novo com um floreio.

Pelo amor dos céus, estou a caminho da casa do sr. Caldwell. Mesmo que esteja aproveitando os últimos dias de liberdade, tenho um propósito que deve ser prioridade, assim como o de Audrey com o sr. Shepherd, Alexander e James.

Ou, ao menos, meu pai tem um propósito que deve ser prioridade.

Um noivado.

Este jantar, se eu agir perfeitamente, é meu modo de garanti-lo antes do baile.

A carruagem chega a um portão enorme e, ao atravessá-lo, olho pelas janelas, pela primeira vez vislumbrando a vida que terei. Observo nosso caminho por uma sebe perfeitamente mantida, que acaba por levar a um pátio de flores vibrantes e a uma casa tão imensa que tenho que inclinar a cabeça para enxergá-la inteira.

O criado aparece à entrada da carruagem, e sou levada escada acima, até a porta que se escancara, banhada pela luz laranja das lanternas.

— Seja bem-vinda, srta. Sinclair — a governanta me cumprimenta, com uma reverência seca, sem o brilho amigável de Martha no olhar.

Eu a acompanho pelo saguão, e sei que Audrey ficaria boquiaberta diante do piso quadriculado em preto e branco e do teto tão lindamente pintado que se confundiria com parte da Capela Sistina, mas acabo me perguntando como seria olhar para cima e, no lugar disso, ver algo que Audrey criou, algo novo, diferente, inteiramente incomum.

Quando a porta se escancara, o sr. Caldwell e sua irmã mais nova, Anne, se levantam dos assentos elegantes de veludo vermelho com borda dourada e vêm me cumprimentar. Os dois são muito semelhantes, ambos com a pele quase translúcida, o cabelo castanho e sem graça, os narizes finos e pontudos. A única diferença marcante entre eles é a altura: enquanto o sr. Caldwell é alto e desengonçado, Anne é ainda mais baixa que eu, apesar de ter apenas um ano a menos. Ela provavelmente está ávida para deixar o interior e voltar para Londres, onde possivelmente um par aguarda

— Você deveria tocar para Anne um dia — diz o sr. Caldwell, indicando o corredor com a mão ossuda. — Temos um Broadwood espetacular na sala de estar, que ela aproveita bastante. Anne é *muito* talentosa no instrumento. Talvez possa oferecer algumas sugestões à senhorita.

Anne abre um sorriso desafiador para mim, e a raiva ardente começa a borbulhar. Ranjo os dentes e me forço a sorrir.

— Ah, seria um prazer. Certamente posso aprender *muito* com ela.

Passamos para o segundo prato, uma variedade impressionante de pudim salgado, cordeiro, bife e verduras. O sr. Caldwell não poupou esforços, mas tudo em que consigo pensar é que, felizmente, estamos a menos um prato do final do jantar.

Volto a atenção ao sr. Caldwell, que, com cuidado e educação, serve um pouco de tudo para mim e para a irmã.

— Com que frequência o senhor visita Londres, sr. Caldwell? Passa muito tempo viajando a negócios?

Ele me oferece o prato.

— Sim. Nós passamos muito tempo lá, exceto nos meses mais quentes.

Londres. Nós.

Já estive na cidade várias vezes, mas a perspectiva de passar a maior parte do tempo lá, com pessoas que mal suporto, longe de Grace, longe deste vilarejo e do lugar que conheço tão bem, me deixa enjoada.

Eu viajaria o mundo inteiro se fosse com a pessoa certa, mas o sr. Caldwell certamente não é essa pessoa. Eu tinha alguma esperança de ficar para trás e manter os pequenos momentos de liberdade quando ele estivesse viajando a negócios.

— Dizem que o ar do interior é muito refrescante — comenta a srta. Caldwell, apesar de nada na expressão dos dois indicar que acreditam neste fato —, já a companhia...

— É muito encantadora — interrompo, entre mordidas pequenas e educadas de comida, tentando calar o insulto que ela estava prestes a inventar.

Estou achando cada vez mais difícil manter a compostura e passar em seus testes pouco sutis. Noto, do outro lado da mesa, que ela faz questão de comer mordidas ainda menores do que as minhas, em pedaços que mal cabem nos dentes do garfo.

Fecho a boca para conter uma risada, querendo contar para...

— Diferente da srta. Cameron — diz o sr. Caldwell, como se lesse minha mente, e me surpreende. — A moça que esteve no jantar do sr. Shepherd semana passada.

Olho para ele, paralisada enquanto o espero concluir.

— Eu me pergunto como exatamente a *senhorita* se viu na companhia de... — continua, e olha para a irmã, com um sorriso bem-humorado — alguém tão pouco civilizado?

As ofensas que normalmente esconde em público são finalmente expostas, sem inibição, em particular.

Os dois riem, as cabeças jogadas para trás, enquanto meus dedos empalidecem ao redor do garfo, a fervura crescente da raiva transbordando de mim.

— Ela é uma amiga muito querida, dando seu máximo para existir em um mundo *muito* diferente daquele em que cresceu — digo, mantendo a voz calma, enquanto abaixo os talheres devagar e cuidadosamente. — Talvez o senhor e a senhorita devam repensar o significado de "companhia pouco civilizada", pois, ocasionalmente, percebo que, apesar de enorme riqueza, tal tipo de indivíduo poderia estar jantando a esta mesa neste momento.

Não acredito no que acabei de dizer.

Mordo a bochecha, em pânico, sabendo que as palavras provavelmente estragaram qualquer possível pedido de casamento. Pensar no que acontecerá comigo como resultado disso é aterrorizante.

— Que intrigante — responde o sr. Caldwell, e eu me tensiono, pronta para ser expulsa da sala, da casa, já ouvindo ecoar as palavras enfurecidas de meu pai.

Estarei arruinada. Estaremos, os dois.

O que eu fiz?

Junto mais coragem quando ele aponta um garfo em minha direção e fala:

— Sabe... talvez esteja certa. Mesmo entre a classe superior, tornou-se cada vez mais difícil encontrar pessoas de tão bom berço e criação quanto nós, não é mesmo?

A srta. Caldwell concorda com a cabeça, os dois aparentemente orgulhosos demais para imaginar que eu me referia a eles.

Expiro devagar, inundada por alívio.

Alívio. Odeio que é isso que eu sinta agora, por não estragar um casamento que nem desejo. Por não arruinar a vida de meu pai, mesmo que ele pretenda arruinar a minha.

— É uma vergonha o que a sociedade se tornou — concorda Anne, enquanto tiram a mesa e servem a sobremesa.

Todas as barreiras que ergui mentalmente ao chegar esta noite foram inteiramente derrubadas pela conversa, e tudo em que consigo pensar é em voltar.

Mas voltar ao *quê*, exatamente? Para Audrey, para casa? Ambas as coisas não existirão em breve, e será *esta* a minha casa. Meu futuro. Sentada à mesa longe daqui, em Londres, enquanto o sr. Caldwell discursa, por centenas de noites como esta.

Depois de tal perspectiva aterradora, me mantenho quieta e educada pelo restante da refeição e mal aproveito o sorbet, apesar de ser uma iguaria cara e deliciosa.

Seguimos para o chá na sala de estar, e começo a contar os minutos até poder ir embora. Porém, parece que o jantar foi apenas um prelúdio, e logo começo a ser completamente avaliada em todos os meus conhecimentos, por Anne e pelo sr. Caldwell.

E eu... danço conforme a música. Como sempre fiz. Como sempre se espera que eu faça.

— Anne fala quatro línguas — comenta o sr. Caldwell, e ela endireita as costas, orgulhosa.

— Ah. — Tomo um gole delicado de chá. — Quais?

— Francês, italiano, alemão para cantar e inglês, naturalmente.

— Eu também — digo, apoiando, com cuidado, a xícara no pires. — Acrescentei também latim, para completar.

O sr. Caldwell sorri e Anne franze a testa. Os dois se balanceiam, o que ocorre na maior parte do tempo.

Eles discutem o livro de sermões de James Fordyce, filosofia e até mesmo aritmética, me fazendo uma série de perguntas. Eu mostro bom desempenho, mas não excessivo. Erro propositalmente uma pergunta sobre mitologia para acalmar Anne, que me corrige com orgulho, e faço o sr. Caldwell franzir a testa. Porém, uma resposta vitoriosa quanto aos sermões me regala com sua aprovação e o desdém da irmã. O equilíbrio entre impressioná-lo e apaziguar o imenso ego dela é extremamente delicado.

A oferta de tocar pianoforte acaba se concretizando muito antes do que eu esperava e, após Anne tocar um concerto bonito, mas bastante simples, eu atravesso a sala e ocupo seu lugar.

Desta vez, não erro nenhuma nota de propósito. Não tento evitar o inevitável. Meus dedos voam rapidamente pelas teclas e toco "Les Adieux", de Beethoven, transpondo minhas emoções confusas para a música.

A *despedida*.

Que adequado. Olho ao redor da sala enquanto toco, vendo sr. Caldwell me cercar como um falcão, procurando coisas a criticar ou tolher. Tento encolher todas as partes de mim que floresceram desde a chegada recente de Audrey para guardá-las de volta em sua caixinha; tento ver como será difícil fingir que elas nunca existiram.

— Tão talentosa quanto bela — comenta sr. Caldwell, decidido, quando toco as últimas notas.

Ele fecha os dedos ao redor dos meus ombros em um gesto final, como se me *reivindicasse*, como se eu já fosse sua esposa. Anne, apesar de derrotada, sabe que não deve questionar o irmão, então aquiesce com um aceno de cabeça. E assim sou aprovada em todos os testes.

Estou enjoada.

O único alívio é que, como a decisão dele aparentemente foi concluída, a noite finalmente chega ao fim, e o sr. Caldwell me acompanha até a carruagem. Meu corpo inteiro quase entra em convulsão quando ele se aproxima o suficiente para que eu veja a barba por fazer áspera acima de seus lábios e percebo, horrorizada, que ele está tentando me beijar.

Viro o rosto para o lado, rápido, cerrando as mãos em punho.

— Sr. Caldwell. Seria bastante indecoroso.

— Esperando o noivado — atesta ele, com um sorriso malicioso, e eu solto um suspiro aliviado quando se afasta com um aceno de aprovação. — Tudo bem — continua, e estende a mão para me ajudar a subir na carruagem. — Será um enorme prazer acompanhá-la ao baile, srta. Sinclair — conclui, com uma expressão que imagino que ele ache ser de flerte.

— Digo o mesmo, sr. Caldwell — minto, com o coração agitado quando a carruagem volta a se mover, finalmente me levando daqui e de volta a ela.

Arranco as luvas, e um suspiro frustrado escapa de minha boca, percebendo que acabei de me prender a um futuro ainda mais desagradável do que eu imaginava que seria e carimbei a data de validade destas últimas semanas de *algo a mais*.

CAPÍTULO 25
Audrey
27 de junho de 1812

Engraçado: cair sem paraquedas em 1812 não me fez enlouquecer, mas *isso*?

Isso, sim.

Ela, sim.

Jogo de lado meu caderno, aberto na página que está, é claro, coberta de imagens de Lucy no lindo vestido de baile que a ajudei a experimentar, porque *Deus me livre* de me segurar.

Depois de andar em círculos, paro diante da janela, voltada para os campos de Radcliffe. Não me sinto assim desde aquela primeira noite.

Presa assim.

Nesta casa, nesta época. E, mais e mais a cada segundo, em meus sentimentos. Solto um gemido e passo as mãos pelo cabelo, finalmente saindo da sala de estar. Quando passo pela porta da casa e desço os degraus, meus pés me guiam pelo gramado que leva ao estábulo.

Assim que entro ali, a cabeça loira de James aparece de uma baia, onde está penteando a crina de Henry. Um sorriso irônico puxa o canto de sua boca.

Ele aponta a escova para mim e levanta as sobrancelhas.

— Veio conversar com Moby?

Olho para o cavalo preto, que bufa exageradamente de seu canto, mascando feno, nitidamente *exausto* de mim e das minhas reclamações.

— Não. Precisava só pegar um ar.

— Alguma coisa a está incomodando?

— Nada.

James estreita os olhos, mas não diz mais nada.

— Bem, eu tenho que limpar as baias *e* buscar mais feno e ração para os cavalos comerem amanhã, então é isso que anda me incomodando, se quiser saber — ele comenta, voltando a pentear a crina de Henry.

— Não parece muito divertido.

— Não é mesmo — admite. — Felizmente, o sr. Sinclair levou dois dos cavalos a Londres, o que alivia um pouco meu trabalho.

— Posso ajudar?

— Você? Ajudar no estábulo? — pergunta, e, chocado, congela com a escova suspensa no ar. — A América é *muito* diferente, não é?

— Você nem imagina — murmuro.

Olho minhas mãos, cutucando a cutícula do polegar, e mordo o lábio.

Eu me pergunto como está sendo o jantar. Será que o sr. Caldwell está sendo um horror? Assim... provavelmente. Para ser sincera, nem sei se espero que corra bem ou que corra mal. Se correr bem...

James pigarreia, interrompendo minha espiral de pensamentos.

— Evidentemente, nada a incomoda, mas, se *quisesse* conversar — diz, com um olhar de compreensão —, eu estaria aqui.

Por algum motivo, isso me faz falar.

— Acho que talvez eu... — começo, e paro.

Dizer parte da verdade em *voz alta* é meio assustador. Parece que transformará tudo em *verdade mesmo*, de um jeito que não sei se poderei ignorar.

Mas nem sei se quero ignorar.

É *claro* que quero voltar para casa, mas, mesmo lá, passei anos ignorando esta parte de mim, a calando, fingindo que não existe, sem saber que eu estava me privando da oportunidade de sentir tudo isso. Não quero mais abafar o que sinto.

Por isso, eu me arrisco, sentindo um frio na barriga digno das montanhas-russas de um grande parque de diversões.

— Acho que talvez eu tenha começado a me apaixonar por alguém.

— Aah, isso, *sim*, é interessante! — exclama James, saindo da baia e largando a escova em uma mesa gasta antes de sentar-se nela. Ele dá um tapinha no lugar a seu lado, e eu vou até lá para me sentar também. — É o sr. Shepherd? Ou alguém que conheceu na festa?

— Não, é... — respondo com um resmungo e esfrego o rosto, sem saber exatamente o que devo dizer. — É alguém por quem eu nunca esperei me apaixonar. Eu sou amiga dessa pessoa.

— É tão ruim assim? — pergunta ele, e, entre meus dedos, vejo sua expressão se tornar mais curiosa. — Se apaixonar por um amigo?

— É — digo, sem hesitar, mas paro um segundo. — Ao menos neste caso.

Nesta *época*.

— Foi muito inesperado, e a pessoa não corresponde meus sentimentos. Quer dizer... não é... *possível*.

Apenas falar já me faz sentir o peso da impossibilidade.

— Por quê?

— Seria... Não sei. Um escândalo, creio. Não sei nem se me consideraria como opção. Pois sou... — hesito. — Da América.

Secretamente, espero que Lucy *possa*, sim, corresponder. Que ela corresponde. Não é como se não existissem pessoas *queer* no século XIX. Eu já li poemas da Emily Dickinson.

Cruzo os braços e me recosto na parede, a testa franzida.

James me imita, esbarrando o ombro no meu. Nós dois passamos um bom tempo em silêncio antes de ele soltar um suspiro demorado e dar de ombros.

— Escute, Audrey, eu não sei muita coisa. Digo, não estou na sociedade, mas posso dizer o seguinte: meu irmão mais velho se apaixonou pela filha de um duque, e os dois fugiram juntos. Quer falar de escândalo? Esse foi enorme. Abalou a sociedade de Londres por duas temporadas, *no mínimo*.

Viro a cabeça para ele, com um sorriso malicioso.

— Ele é bonito que nem você?

James ri, e retribui o sorriso.

— *Ainda mais*, acredite ou não! — brinca, e balança a cabeça. — Ninguém achou que fosse dar certo. Até meus pais imaginaram que ela voltaria para casa correndo em menos de um mês, amaldiçoando seu nome. Porém, depois de três filhos e uma casa pequena na orla, por mais improvável que seja, nunca vi um casal mais feliz e apaixonado. Às vezes, acredito, o amor, o amor *de verdade*, não se importa com o decoro nem com o que as pessoas pensam. Ele nos encontra quando menos esperamos, onde menos esperamos.

Eu paraliso, pois as palavras me fazem pensar no sr. Montgomery antes de isso tudo começar.

Ele me disse que o amor de verdade poderia estar à minha espera em algum lugar lá fora antes de me jogar uma moeda que me carregou a um lugar inesperado: aqui. Agora.

Talvez estivesse mesmo.

Penso no momento com Lucy hoje no quarto. O olhar dela fixo no meu quando se aproximou, nossos dedos roçando de leve, e, por mais improvável que seja, sinto aquela pontinha de esperança ganhar força.

Talvez eu tenha sido enviada para cá porque, apesar de tudo... ela *pode* sentir o mesmo.

Talvez Lucy sempre tenha sido a resposta.

CAPÍTULO 26
Lucy
27 de junho de 1812

À noite, deitada ao lado de Audrey na cama, meu corpo inteiro está... acordado.

— A irmã dele parece tão horrenda quanto ele — ela comenta, após eu contar minha experiência, e torce a boca em uma carranca. — Preferiria que Martha me enchesse de sais e me arremessasse pela janela do segundo andar a ir jantar com qualquer um deles.

— Eu suportaria coisa ainda pior — admito, a boca repuxada por um sorriso. — Mas eu falei para eles que "Talvez o senhor e a senhorita devam repensar o significado de 'companhia pouco civilizada', pois, ocasionalmente, percebo que, apesar de enorme riqueza, tal tipo de indivíduo poderia estar jantando a esta mesa neste momento".

Audrey vira o rosto para mim, com um sorriso largo e os olhos arregalados.

— Não acredito.

— Pois acredite. — Eu rio e solto um suspiro demorado, ainda surpresa comigo. — Apesar de eles obviamente serem orgulhosos demais para considerar que eu pudesse estar me referindo a eles.

— Uau — ela se impressiona. — Arrasou, Lucy Sinclair.

Sinto um calor pelo elogio, pois aprendi apenas nos últimos dias esse sentido de "arrasar".

— Admito, porém, que a comida estava *bastante* boa — acrescento.

Audrey ri, mas depois nós duas nos calamos.

— Fui caminhar enquanto você não estava — diz ela, finalmente, com o olhar focado no teto. — Fui ao estábulo e conversei com James.

Tento ignorar a leve pontada de ciúme no meu estômago quando ela continua.

— Ele me contou do irmão mais velho, que fugiu com a filha do duque.

Balanço a cabeça, melancólica.

— Minha mãe *amava* essa história. Passou os meses após o acontecido correndo atrás de cada pedacinho de boato que encontrasse. Ela era *muito* romântica. Enchia minha cabeça com histórias sobre o amor e dizia que eu estava destinada a um romance glorioso como o deles. Como aqueles que ela lia, mas nunca viveu.

Audrey se cala por um bom momento e estreita os olhos um pouco, pensativa.

— E se estivesse?

Não estou, deveria dizer, por muitos motivos.

Porém, meu coração me contradiz.

Prendo a respiração e vejo a luz das velas bruxulear no teto, crispando os dedos na camisola, como sempre, para cerrar o punho, enquanto tento forçar minha boca a formar palavras. Dizer alguma coisa.

— Você...? — começo, e Audrey vira o rosto para mim, fazendo o cabelo farfalhar no toque da fronha. — *Você* já se apaixonou?

— Já — admite ela, enquanto continuo a olhar o teto.

— Como ele era? — pergunto, tentando manter a voz firme, mas sai pouco mais que um sussurro.

Ela solta um suspiro profundo e se vira inteiramente para mim. Meu coração dá um pulo, dois, três, por sua proximidade, apesar de termos passado doze noites deste modo.

— Ele se chamava Charlie. Estava no ano acima do meu na escola. A gente era amigo e depois, bom... foi mais.

Relaxo os dedos e me viro para ela também, analisando a tristeza incomum em seu rosto, os olhos talvez minimamente marejados, a boca curvada para baixo.

— Ele era tão legal e tão... *gostoso* — diz, me fazendo rir. — Ele também era artista, vivia com um caderninho enfiado no bolso, e a mão dele estava sempre manchada de tinta. A gente se conectou muito por isso, na semana em que nos conhecemos. Acho que, antes de chegar aqui, era disso que eu sentia mais saudade. Mais do que dele, sinceramente. Ter alguém com quem me conectar tão profundamente, que me enxergava e me entendia e via minha arte do mesmo modo.

Sei como é.

— Mas ele parou de me enxergar. Ou, não sei, talvez, em certo nível, nunca tivesse me enxergado. Não inteiramente. Começou a me desencorajar a fazer retratos e esboços de pessoas e me incentivou a mudar meu estilo. A fazer obras mais modernas e abstratas, para chamar mais atenção e me destacar nos processos da faculdade. Aí, quando ele não passou para o curso de belas artes, me falou para desistir totalmente da arte.

— Ele fez o *quê*?

— Pois é. — Ela concorda com a cabeça. — Se ele fez isso, tenho questionado se foi mesmo amor.

O olhar dela, voltado para mim, é firme. Decidido.

— Enfim — continua, pestanejando e pigarreando antes de seguir. — Ele se mudou para a faculdade e me deu um pé na bunda quando voltou para as férias, uns meses depois.

— Um pé...? — pergunto, franzindo a testa.

— Terminou comigo. Encerrou nosso... cortejo — esclarece, com a expressão distante, olhando logo além de mim, perdida no passado.

Ou, imagino, no futuro.

— Aí eu, bom... eu me arrisquei mesmo assim e me candidatei para a faculdade. E fui posta na lista de espera. Foi esse o contexto para eu dizer que não conseguia desenhar. As duas coisas me abalaram tanto que, por *meses*, eu abria o caderno e ficava olhando para ele, a caneta pairando sobre a página em branco, por horas a fio. Nada ajudava. Nem ir ao museu de arte, nem andar de bicicleta por Pittsburgh, nem ganhar canetas novas do sr. Montgomery — diz, e volta para mim o olhar, que brilha à luz das velas. — Até eu vir parar aqui, com você. *Por causa* de você, na verdade. Eu me sinto mais eu mesma ao seu lado do que em qualquer outro lugar, acho.

Ao ouvir as palavras dela, eu me desfaço em uma pilha de nada.

Ou talvez eu me *faça*, algo composto de esperança, desejo e vontade.

— Você já...? — tento, e engulo em seco, me esforçando para me recompor. Se aguento uma noite de jantar com o sr. Caldwell e a irmã, se posso aguentar passar o resto da vida como esposa dele, talvez possa ter a coragem de fazer algo por mim desta vez. Mesmo que seja só uma pergunta simples. Mesmo que a resposta que desejo secretamente, meu nome em sua boca, possa não ser a verdade. — Você já se interessou assim por outra pessoa?

Ela não diz nada por um bom tempo, e sinto um medo estranho por perguntar, um calafrio no pescoço de tamanho desconforto. Rio e, rápida, acrescento:

— Ou *está* interessada? Entre Alexander e James, por exemplo, você *decerto*...

Deixo a frase no ar, mas Audrey sustenta meu olhar, o rosto tão próximo e tão impossivelmente distante, de modos muito além do físico.

— Eu... — começa, mais cautelosa e mais vulnerável do que jamais a vi. — Acho que talvez eu fosse um *tiquinho* apaixonada pela minha melhor amiga de infância, Leah, há muito tempo, mas ela se mudou para a Carolina do Norte logo antes do ensino médio.

Ela.

Não penso nem em perguntar o que é o ensino médio, nem como elas perderam contato, nem nada.

Meu peito treme com o sentido daquela única palavra.

— Se apaixonou por uma... moça?

— É. Acho que sempre me interessei por garotas também, além de garotos. Desde sempre. Minha professora de artes do fundamental, uma aluna supermaneira da Pitt que todo dia comprava café e cigarro na lojinha, até a Aubrey Plaza. Mas acho que... acho que nunca agi, nem tirei o tempo de ver ao que esses sentimentos poderiam levar — diz, e seu olhar dança por meu rosto, analisando cada feição, como se buscasse alguma coisa. — Não sei por que não. Talvez eu estivesse assustada, ou... não fosse a hora certa, ou... sei lá.

Acho que era quase mais fácil evitar isso completamente, ou pelo menos tentar. Como se fosse um risco que eu não estivesse disposta a correr. Quando me apaixonei por Charlie, senti que talvez, em certo nível, não precisasse lidar com isso.

Assustada.

É como me sinto agora, além do desejo, da parte de mim que encontro em suas palavras, ao mesmo tempo lindas e apavorantes. Momentos, tantos deles, de repente fazem sentido, de um jeito que nunca antes fizeram. Quando eu lia romances e sentia breves momentos de incerteza quanto a qual personagem eu desejaria ser, o pretendente ou a heroína romântica, e pensava que era apenas devido à liberdade do protagonista homem, sendo que era claramente *mais*. Não sentir nada por homens tão objetivamente bonitos como o sr. Shepherd e James, mas conseguir *enxergar* e *sentir* a beleza de uma mulher que passasse por mim em um vestido esvoaçante, ou que dançasse no baile, ou que sustentasse meu olhar na conversa. Sentimentos que eu não achava que deveria sentir. Sentimentos que eu achava que ninguém fosse compreender.

— Isso seria permitido? É por isso que sentiu medo? — pergunto, processando a informação.

— Bem, no futuro, de onde venho, o que meus pais sempre me ensinaram é que as pessoas podem se apaixonar por quem quiserem — diz, em voz baixa, balançando a cabeça. Por dentro eu estremeço, afundo, voo e desabo. — Mas ainda há pessoas que não concordam com isso, mesmo em 2023. Então talvez, sim, seja um pouco por isso. Sem que eu percebesse.

Sinto aquela mínima pontinha de esperança se desfazer.

Mesmo que por alguma sorte milagrosa ela dissesse sentir o mesmo por mim... Eu não sou do futuro.

Sou daqui. Do presente. Do *meu* presente. Onde pessoas não podem amar quem quiserem, mesmo que sejam homens. Onde há senhores Caldwell, regras de conduta e pais a obedecer, por mais que eu finja poder escapar com algumas semanas de descuido.

Onde *isto*, a coisa apavorante que não coloco em palavras, que não *posso* colocar, simplesmente não ocorre porque...

— Aqui, em 1812 — digo, em voz baixa, para declarar meu problema, instigada pela amargura —, isso é considerado uma aberração.

Sinto o corpo de Audrey enrijecer ao meu lado, a porta figurativa se fechando tão rápido que não consigo nem correr para segurá-la. Escuto o que falei e desejo, quase instantaneamente, não ter reagido assim.

— É, bom, vocês não têm ar-condicionado nem saneamento moderno, então talvez valha a pena repensar o que acham uma aberração — finaliza, antes de virar as costas para mim.

Suas palavras me lembram das que eu disse mais cedo, enquanto os Caldwell reclamavam do indecoro das festas na assembleia e da inadequação das pessoas que as frequentam. Acabei de fazer a mesma coisa. Soei igualmente desdenhosa. E crítica.

Por instinto, estico a mão para tocar seu ombro, para me desculpar, dizer que não é isso que sinto, que, na verdade, sei o que *ela* sente, mas percebo que não mudaria nada. Audrey pode voltar a uma época em que isso é muito mais possível, mas eu não. Não posso me esquecer disso. Não mais.

Ranjo os dentes e afasto a mão, fechando os dedos ao me virar para o outro lado, sabendo perfeitamente que já passou da hora de acabar com isso que estou sentindo.

CAPÍTULO 27
Audrey
28 de junho a 2 de julho de 1812

Bom, já era.

Falei da minha paixonite pré-adolescente pela Leah Chapman para ver como ela reagiria. Para ver se alguma coisa poderia acontecer entre a gente ou se era só ilusão minha.

E, aparentemente, eu não troquei só os pés pelas mãos, mas as pernas e os braços inteiros.

Viu, sr. Montgomery? É por isso que não me arrisco. Ficar na minha é mais vantajoso.

Ignoro Lucy pela maior parte do dia seguinte e do outro. Dou respostas monossilábicas e finjo não notar a expressão confusa quando ela me olha do outro lado da sala.

— Quer mais chá? Ou café, talvez? — pergunta durante o café da manhã, para quebrar o silêncio tenso.

— Não.

— Pensei em sair para caminhar mais tarde, gostaria de me acompanhar? — diz na sala de estar, antes do almoço.

— Não.

— Quer ir comigo buscar um livro na biblioteca? — propõe quando voltamos à sala depois da refeição.

— Não, obrigada — digo, já debruçada sobre o caderno, meio de costas para ela.

Lucy tenta até tocar alguns acordes de "I Wanna Dance with Somebody" no piano, mas eu me recuso a parar de rabiscar. Sei que provavelmente é besteira, mas não paro de pensar no que ela disse.

Aberração.

Sério, de todas as palavras que ela poderia escolher, foi logo *essa*?

A música finalmente para, e ela solta um suspiro demorado.

— Audrey, me escute... — começa, e meu coração dá um pulo quando encontro o olhar dela pela primeira vez hoje.

Porém, no mesmo instante, alguém bate na porta da sala de estar, e Martha aparece.

— O sr. Shepherd está aqui para visitá-las — anuncia, e eu nunca senti tanto alívio ao ver olhos azuis diferentes brilhando do outro lado da porta.

— Srta. Sinclair, srta. Cameron — diz ele, com um sorriso largo, e tira o chapéu para nos cumprimentar com uma reverência.

Lucy imediatamente se empertiga e se transforma em outra pessoa tão rápido que chega a ser desconcertante.

— Sr. Shepherd, como está nesta tarde agradável?

Agradável. Resisto à vontade de bufar.

— Muito bem, obrigado — responde ele, e me olha de relance antes de pigarrear nervosamente. — Gostaria apenas de saber se a srta. Cameron me daria a honra de caminhar comigo pelo terreno? Eu ficaria muito agradecido.

— Eu *adoraria* — digo, jogando de lado o caderno novamente em branco, pois passei a maior parte do dia resistindo à vontade de desenhar Lucy.

Estou ansiosa para sair desta sala e me distanciar ao máximo dela e do que ela estava prestes a dizer.

Já estou na porta quando percebo que ele não me segue.

— O que houve?

— Nós precisamos, é claro, de uma acompanhante — explica, olhando de volta para Lucy, na sala. — Por favor, srta. Sinclair?

Ótimo. *É claro.*

Escuto Lucy soltar um suspiro malcriado e pouco característico, e não consigo deixar de virar o rosto para ela.

— Isto é, se não for muito incômodo — completa o sr. Shepherd rapidamente, e Lucy se controla, forçando um sorriso.

— Não, não! Eu disse hoje mesmo à srta. Cameron que gostaria de caminhar, então esta coincidência é maravilhosa — diz ela, vindo se juntar a nós. — Ela recusou, mas talvez a oferta seja *muito* mais tentadora quando vinda de companhia mais desejável.

O sr. Shepherd sorri, confundindo meu rosto corado com vergonha do flerte e não a raiva que de fato é.

— Bem — digo, sorrindo para ele —, ele certamente não é *aberração* alguma.

Lucy fica tensa quando o sr. Shepherd me oferece o braço, que eu aceito enquanto nós dois — isto é, *três* — saímos pela porta da casa e descemos os degraus até estarmos caminhando devagar em direção à lagoa cintilante do outro lado do estábulo.

— Tem estado bem, srta. Cameron? — pergunta ele, e eu faço que sim, sabe, de mentira.

— Nunca estive melhor — respondo, fingindo alegria alto o suficiente para Lucy escutar. — E o senhor?

— Neste momento, a senhorita ecoa meu sentimento exato.

A cada passo que damos, nos afastando mais e mais de Radcliffe, seguidos pelo farfalhar das saias de Lucy, fico mais frustrada. Mas também mais determinada. O plano original está mais forte do que nunca: voltar para casa, dar no pé.

Não tenho um nem dois, mas *três* cavalheiros perfeitamente encantadores que não acham repulsivo um possível relacionamento comigo. Portanto, não vou passar os próximos onze dias sofrendo perdidamente por alguém que acha isso.

— Está gostando de Whitton Park? — pergunto, secretamente esperando que o sr. Shepherd já esteja entediado da casa e do interior.

Assim quem sabe ele não aceite, sei lá, talvez pular para duzentos anos no futuro. Isto é, *se* existir essa brecha, e é melhor que exista.

— Estou gostando bastante — responde, apertando os olhos, pensativo. — Meus pais faleceram inesperadamente em um incêndio quando eu era menino, e passei muito tempo no internato ou com meu tio em Londres, até atingir a maioridade. É agradável ter um lugar que posso tornar inteiramente meu.

Isso explica a mansão para um cara de, sei lá, 21 anos, mas, pela saudade que sinto dos meus pais e da minha casa, me apiedo dele.

— Meus pêsames.

Ele dá de ombros.

— Faz muito tempo.

Nós nos abrigamos à sombra de um salgueiro alto e olhamos a água, vendo alguns patos passearem em paz pelo lago. Não conversamos muito, mas o silêncio é confortável, diferente daquele em que eu e Lucy estivemos a tarde inteira.

Resisto, pela milésima vez, à vontade de olhá-la; em vez disso, fixo o olhar no sr. Shepherd. Não sei como ele não está encharcado de suor, vestindo paletó preto e aquele plastrão que sempre usa.

— O senhor não está... com calor?

— Um pouco — admite, secando a testa rapidamente.

— Sente a tentação de mergulhar? — pergunto, porque eu definitivamente sinto, e ele ri, mas balança a cabeça em negativa.

— Certamente, mas não poderia fazer isso diante de uma dama como a senhorita. Seria indecoroso.

Sempre um cavalheiro de respeito. Imagino que ele não perderia a linha por um segundo sequer. Olho para o estábulo, além do sr. Shepherd, onde James está recostado na porta com um enorme sorriso malicioso. Ele faz mímica com a mão, indicando uma pessoa conversando, finge um bocejo imenso e se larga no chão, com a língua pendurada para fora da boca. Não é difícil decifrar.

Morto de tédio.

Seguro a gargalhada e me viro de volta para o lago, mas o sr. Shepherd olha para trás, notando James no ato, e os dois se entreolham.

Merda.

Abro a boca para dar uma desculpa que o proteja, mas agora é o sr. Shepherd que sorri com malícia ao me olhar.

— Porém — diz, tirando a jaqueta antes de desamarrar o lenço do pescoço com os dedos compridos —, imagino que, às vezes, o decoro possa ser deixado de lado.

Ele olha de soslaio para James, jogando as duas peças de roupa no chão com uma expressão, devo dizer, intimidadora. E também meio sexy?

Escuto Lucy começar a dizer alguma coisa, mas nenhum de nós lhe dá atenção.

Solto um grito quando ele me pega no colo, correndo em direção à margem, até cairmos no lago. Nós emergimos, rindo, sentindo a água fresca escorrer. Agarro o tecido da camisa branca e fina dele para impedir que meu vestido me arraste para o fundo e me surpreendo ao notar uma camada impressionante de músculo ali embaixo, além de um sinal de pelos escuros aparecendo no peito.

— O senhor me surpreendeu! — exclamo, e um sorriso travesso que eu nunca teria imaginado surge no rosto dele.

— Bem, srta. Cameron — diz, se inclinando para a frente e levantando uma sobrancelha escura —, se esta é sua reação, espero poder surpreendê-la com mais frequência.

Talvez consiga.

No segundo em que o pensamento me ocorre, Lucy pigarreia, e nós dois nos viramos e a vemos recostada a uma árvore, de braços cruzados.

— Eu seria uma acompanhante de má qualidade se não interviesse para preservar a reputação da srta. Cameron.

— Não se preocupe, Lucy — digo. — Minha reputação não é da sua responsabilidade.

Ela tem a audácia de revirar os olhos para mim! Inacreditável!

Abro a boca para continuar, mas ela range os dentes. O sr. Shepherd suspira.

— Não, não. Ela está completamente correta. Devo me desculpar. Não quero arruinar a reputação da senhorita em uma cidade na qual espero sinceramente que deseje ficar — responde ele, me carregando para fora da água.

Nós dois nos sentamos à margem para secar ao sol, sentindo o ar agora agradavelmente fresco. As palavras dele me dão uma abertura.

— Sei que o senhor acaba de se mudar para Whitton Park, mas acha que sentiria vontade de partir? De... digo... viajar? — Viajar é pouco. — Conhecer um lugar novo?

Ele balança a cabeça em negativa.

— Creio que não. Nunca gostei muito de morar no internato, nem na universidade, nem de ser enviado em viagens pela Europa. Gosto de boas noites de dança e socialização, como todo mundo, mas, agora que encontrei um lar, não vejo grande necessidade de abandoná-lo.

A contragosto, olho de relance para Lucy para ver, no rosto dela, o que pensa disso, mas o lugar em que ela antes estava se encontra vazio. Parece que não está *tão* preocupada com minha reputação.

Enquanto o sr. Shepherd fala de talvez marcar uma noite de carteado, noto o vestido rosa-claro dela mais além na orla, de costas e braços cruzados. Ela provavelmente está apenas chateada por ficar presa ao sr. Caldwell, que nem morto mergulharia em uma lagoa nem se divertiria por um momento sequer.

Porém, a resposta do sr. Shepherd é sinal de que, divertido ou não, ele também não é o homem para mim.

Meu plano de mergulhar no mundo dos pretendentes disponíveis sai melhor do que eu esperava.

James me chama após o jantar, no mesmo dia, apesar do olhar de reprovação de Lucy, e nós dois passamos praticamente a noite inteira conversando enquanto ele cumpre suas tarefas no celeiro. Ele ri do meu pulo no lago e do olhar de durão do sr. Shepherd, e eu faço o possível para convencê-lo de que aqueles sentimentos que mencionei eram bobos e passageiros enquanto tento retomar o clima de paquera. Ainda assim, acho que ele não acredita.

Quem aparece dois dias depois, então, é Alexander, que me pede para desenhá-lo depois de tomarmos chá com Lucy. O sol da tarde derrama um ângulo perfeito na janela logo atrás da cabeça dele, delineando as maçãs do rosto fortes e o cabelo preto e cacheado, e meu lápis voa pela página na tentativa de registrá-lo. Eu me surpreendo ao concluir que, apesar do que tenho sentido, minha arte e meu coração não estão mais tão interligados. Os traços ainda vêm se eu confiar em mim o suficiente para permiti-los.

Estou muito concentrada no papel à minha frente quando Lucy se levanta de repente e atravessa a sala para tocar piano. Ela está novamente presa ao papel de minha acompanhante, e nitidamente não está nada feliz.

Não que eu me importe, é claro.

— Tem feito alguma coisa divertida desde a última vez que nos vimos? — pergunto, para animar a conversa.

—Ah, sabe como é. Joguei baralho na estalagem, recusei um convite para um jantar, joguei umas partidas de bilhar com outros soldados na casa de um conhecido, bebi um pouco demais e acordei inteiramente vestido na minha banheira.

— Bem, pelo menos estava inteiramente vestido.

Ele ri.

— Bom argumento.

Sorrio e balanço a cabeça. Sabia que a resposta dele seria interessante. Se o sr. Shepherd é um pouco recatado, Alexander é uma aventura por si só. Em teoria, isso o torna o melhor candidato. Se alguém fosse receber um prêmio de mais espirituoso, seria ele, sem dúvida. Não posso negar que seu entusiasmo pela vida me anima a viver a minha própria.

Mas ainda não sei onde ele se encaixa.

— Hoje chegou meu vestido para o baile de sexta-feira — digo.

Abigail me ajudou a experimentar e, como era de se esperar pelas 85 medidas que a costureira tirou, coube perfeitamente em mim.

A contragosto, não consigo deixar de pensar em como a experiência foi diferente de ajudar Lucy a provar aquele vestido azul cintilante, de senti-la tão próxima, minha mão roçando sua pele.

Eu não poderia, porém, voltar àquela situação com ela. Não agora.

— Está ansiosa para o baile? — pergunta Alexander. — É *o* evento social da temporada. Acredito que, na manhã de sábado, metade da cidade esteja noiva ou no mínimo comprometida.

— Acho que estou. Especialmente se a companhia for boa — digo, e estico a mão, roçando os dedos na barba por fazer em seu queixo, para voltar seu rosto para a direção anterior. — Já sei que *você* está ansioso, então nem precisa me dizer. E *você* um dia estará noivo ou no mínimo comprometido, Alexander?

Ele ri, o som grave e convidativo. Sinto a vibração nos dedos que desço por seu rosto.

— Com a mulher certa — responde ele, sabendo, como sempre, a coisa perfeita a dizer.

Ele é tão *charmoso*.

Porém, de certo modo, esse comportamento parece tão ensaiado quanto a educação recatada e contida de Lucy e do sr. Shepherd, escondendo um fundo falso, como os sorrisos tensos de Lucy.

— Talvez eu possa roubá-la do sr. Shepherd por algumas danças — completa, antes que eu consiga pensar mais naquilo.

— Sabia que eu nadei no lago com ele outro dia? — provoco, voltando ao esboço, riscando com o lápis para desenhar a sombra sob seus olhos, a linha reta do nariz.

Lucy se mexe minimamente na minha visão periférica, e eu me preparo para um sermão sobre minha reputação, mas sua música se mantém regular como um metrônomo.

— *Jura?* — ele se espanta, arregalando os olhos, e o sorriso torto lhe puxa o canto da boca, me fazendo sorrir também. — *Shepherd?* Não imaginei que ele fosse capaz.

— Nem eu — admito —, mas ele tem mais camadas do que imaginamos.

— Bem, mas sabe o que dizem — diz Alexander, virando o rosto para mim, um brilho implicante nos olhos. — Um homem apaixonado pode se transformar *muito*.

Reviro os olhos e arranco a folha do caderno, que estendo para ele.

— Você certamente já usou esse flerte.

— Não, eu… — começa, mas se interrompe, espantado, ao ver o desenho que fiz. — Audrey. Isto é *incrivelmente* excepcional.

Meu rosto arde com o elogio, e tamborilo o lápis na página à minha frente.

— É da boca para fora.

— Não é, prometo! Você é *brilhante* — diz ele, e segura meu braço, animado. — Você sabe pintar? Seria uma honra se fizesse um retrato completo…

Lucy solta um suspiro frustrado e toca notas dissonantes no piano, fazendo nós dois virarmos o rosto para ela, que se levanta e fecha a tampa com força.

— É *impossível* me concentrar com este fluxo incessante de interrupções.

Ela encontra meu olhar, e é a primeira vez em dois dias que eu a olho de verdade. O cabelo, normalmente perfeito, está com algumas mechas soltas, e há vestígios de olheiras escuras, que nunca antes vi, em seu rosto.

— Com licença. — Lucy se levanta, desviando o olhar do meu e saindo tempestuosamente da sala, com os dedos cerrados em punho.

Alexander solta um assobio baixo quando ela bate a porta.

— Isso foi *muito* atípico. Não sei se já a vi tão...

Ele larga a frase no ar, mas faz um gesto com a mão para concluir a ideia. *Tensa.*

Nem eu.

Alexander morde o lábio, pensativo.

— Faz alguma ideia do que pode ter causado isso?

— Não — digo, de olhar fixo na maçaneta.

Quero correr atrás dela, mas engulo o impulso.

Diferente do sr. Shepherd, Alexander não parece incomodado com a falta de decoro de estar a sós comigo. Ele começa a perguntar há quanto tempo eu desenho, um assunto sobre o qual normalmente eu adoraria conversar, mas só consigo pensar no fato de que Lucy, sempre preocupada com a reputação, que deveria ser minha acompanhante, *vazou*.

E em por que, exatamente, ela fez isso.

* * *

Na manhã seguinte, durante o café, após outra noite em que dormimos uma de costas para a outra, sinto meu coração subir à boca quando Lucy diz meu nome, finalmente quebrando o silêncio entre nós.

— Audrey, não aguento mais isso — declara, esticando a mão em busca da minha por cima da mesa.

Encolho os dedos e recuo, resistindo à vontade de segurar a mão dela.

Seu olhar pula para meu rosto, com a expressão de quem aguarda este momento há dias, mas, assim que Lucy abre a boca para falar, a porta da sala de jantar se escancara com um estrondo e a interrompe. Um homem mais velho, de olhos azuis penetrantes, preenche a porta, apesar da baixa estatura, e olha de mim para Lucy, que empalidece, recolhe a mão e rapidamente se levanta para andar até ele.

— Pai, seja bem-vindo de volta. Eu...

— Silêncio — rosna ele, fazendo-a parar, e aponta para mim com uma bengala ornamentada. — Quem é *esta*?

— Apresento ao senhor Audrey Cameron, que veio da América. Ela é uma *querida* amiga de um novo cavalheiro chegado à cidade. Ele ainda está montando a residência em Whitton Park, e portanto não tem a disponibilidade de receber hóspedes — inventa Lucy, parando diante da bengala e torcendo as mãos de nervosismo. — Ele tem uma bela renda e *vários* conhecidos impressionantes. Achei que seria educado, e esperado, permitir que ela se hospedasse conosco. Tenho certeza de que muitos dos conhecidos dele concordariam.

Ele abaixa a mão devagar, estreitando os olhos ao ouvir as palavras.

— Impressionantes?

— Muito impressionantes. Na verdade, o sr. Caldwell está entre o grupo — diz Lucy, e o pai olha imediatamente para seu rosto à menção do nome daquele escroto. — Ele estava presente no jantar do cavalheiro, ao qual comparecemos.

O pai de Lucy solta um suspiro longo e lento, processando a informação, e meu coração dispara de nervoso. Esse cara é mais assustador do que eu imaginei. Tem alguma coisa na postura dele, na *presença* dele, que é pior do que Lucy fez parecer. Pior do que o retrato na galeria.

— *Certo* — conclui ele, e praticamente a sinto voltar a respirar.

— Temos que fazer alguns últimos preparativos para o baile, com licença.

Antes que ele tenha tempo de dizer mais alguma coisa ou brandir a bengala outra vez, Lucy se vira, desce os dedos pelo meu braço até minha mão e me puxa para fora da sala, seguindo pelo corredor.

Pelo que talvez seja a primeira vez, eu entendo.

Entendo por que ela nem tentou impedir o noivado com o sr. Caldwell. Entendo por que vive repetindo o que é "adequado" e faz de tudo para parecer *perfeita* assim. Educada. Uma boneca dentro da própria caixinha. Isso tudo vai além das expectativas sociais de 1812.

Ela sente medo dele.

E, pior ainda, não consegue fugir. A não ser que se case, Lucy não terá aonde ir, não terá lar se não fizer exatamente o que o pai quer.

— Lucy...

Ela se vira no meio do corredor, levantando as mãos para segurar meu rosto. O ar todo escapa de meu peito ao sentir seus dedos apertando minha face, ansiosos, o corpo dela junto ao meu.

— Está tudo bem? — pergunta, os olhos azuis preocupados. Só consigo concordar com a cabeça.

Devagar, ela desce as mãos ao meu pescoço e finalmente recua, um passo, dois, até se encostar na parede oposta.

— Me perdoe — diz ela, pouco além de um sussurro, se desculpando por mais do que este momento. — O que eu falei naquela noite, Audrey, foi intolerável. Preciso que você saiba que eu... eu não penso aquilo. Não acredito naquilo.

O pedido de desculpas abaixa novamente as barreiras e, imediatamente, tudo volta. Quero atravessar a distância, mas agora sei, mais do que nunca, que não posso fazer isso.

Não é culpa de Lucy ser de 1812. Não é culpa dela não... Não me desejar como eu a desejo.

E mesmo que de algum modo desejasse, ela, de todas as pessoas desta época, não poderia fazer nada com isso. Não poderia nem se permitir a *pensar* nisso... O risco seria alto demais. E entendo bem essa história de evitar riscos.

Eu não deveria deixar que isso estragasse nossa amizade. Ela precisa de mim para suportar o noivado, e eu preciso dela para suportar os últimos dias.

Tenho apenas que evitar pensar no fato de que este momento com ela é mais romântico para mim do que o momento no lago com o sr. Shepherd, do que a risada de Alexander vibrando sob meus dedos, do que James me tirando do cavalo — ou a soma de tudo isso.

CAPÍTULO 28
Lucy
3 de julho de 1812

Tamborilo ansiosamente nos braços da cadeira enquanto Martha prende meu cabelo com grampos. A noite do baile finalmente chegou. Olho no espelho e levanto o queixo para analisar meu rosto. Cílios escurecidos por suco de sabugo, face pintada com um rouge escuro, lábios cobertos por uma pomada de vermelhão.

Apesar de tudo, não consigo deixar de imaginar o que Audrey pensará ao me ver.

— Está nervosa, Lucy? — pergunta Martha, e levanta as sobrancelhas, como se estivesse tentando capturar minha atenção.

Estou. Por todos os motivos errados.

— Não, eu... Acho que estou apenas ansiosa — minto.

— Humm — murmura ela, e me olha com curiosidade antes de franzir a testa, concentrada, para pregar o último grampo e recuar, sorrindo para o trabalho feito. — Linda. Que linda. E tenho certeza de que Audrey estará igualmente bela!

Eu me espanto com as palavras de Martha antes de ela sorrir e acrescentar:

— Todas as moças estarão, não é? Nas melhores roupas da temporada?

— Sim, é claro — digo, e pigarreio. — Especialmente desde a chegada da srta. Burton.

— E quanto a... — hesita. — Quanto ao noivado. Com o sr. Caldwell. Sei que você não...

— Tudo bem — interrompo-a, seca, e suavizo a voz ao ver seu rosto no espelho. — Está tudo bem, Martha. Mesmo.

Os olhos dela ficam marejados, e eu mordo a bochecha para manter minha expressão decidida e convincente.

— Lucy, quero apenas que saiba que... sua mãe sentiria *muito* orgulho da moça que você se tornou. O que quer que aconteça hoje, não se esqueça disso.

— Obrigada, Martha — digo, e aperto sua mão rapidamente.

Não sinto que mereço tal declaração de modo algum. Não consigo pensar em nada de que minha mãe fosse se orgulhar menos do que meu casamento com alguém que detesto.

Eu me levanto devagar e analiso meu reflexo uma última vez. O vestido azul que escolhi mês passado na loja da srta. Burton está finalmente posto. O dia que eu temi, o dia com que meu pai sonhou, finalmente chegou. O sr. Caldwell espera para me levar ao baile.

Acabou meu tempo.

Lágrimas ardem em meus olhos quando penso nas últimas semanas com Audrey. Em encontrá-la no campo. Em ouvir música do futuro na sala. Em montar a cavalo atrás dela. Na faísca na carruagem. Em nossas conversas de madrugada. E, agora, nos últimos dias antes da chegada do meu pai, desperdiçados porque mordi a língua em vez de me desculpar, porque temi... Bem, não importa mais.

— Foi suficiente — murmuro antes de calçar as luvas, buscar minha retícula e sair do quarto.

Hesito no corredor ao ouvir gargalhadas vindas do quarto de hóspedes, onde Audrey se arruma com a ajuda de Abigail, e torço as mãos, indo a passos nervosos até sua porta.

Devo bater? Ergo a mão.

Devo esperar no térreo? Abaixo a mão.

Fecho os olhos com força e me viro antes de mudar de ideia novamente, descendo a escada que leva ao saguão. Olho para fora e vejo meu pai junto ao sr. Caldwell, aos pés das carruagens na entrada, levantando a mão nodosa para ajustar o colarinho, com a outra agarrando a bengala com força.

O sr. Caldwell, apesar do esforço e da hesitação compreensível que demonstra, a convidou a acompanhá-lo, e espero sinceramente que você use esta oportunidade para garantir que ele, enfim, a peça em casamento. As palavras que ele me disse há quase um mês ecoam, altas, em meus ouvidos, e me preparo para concretizá-las.

Eu me distraio com o ruído de uma porta se abrindo no segundo andar, seguida de vozes e passos. Quando me viro na direção do som, juro que me esqueço de respirar, de me *mover*, talvez esqueça até mesmo meu nome.

Tudo que vejo é Audrey, flutuando escadaria abaixo em um vestido cor de creme, a seda esvoaçando na cauda enquanto ela desliza os dedos enluvados pelo corrimão. Seu cabelo está preso em cachos largos, os lábios, tingidos de um vermelho quente e tentador, os olhos pintados fixamente voltados para os meus.

Ela para na minha frente e eu abro a boca para dizer algo sensato e coerente. Para dizer que é hora de sair. Que meu pai nos aguarda lá fora. Que estou feliz pelo vestido da srta. Burton caber sem necessidade de ajustes.

Mas só me escapa uma palavra:

— Linda.

Não sei se foi o rouge que Abigail passou nela ou minha esperança secreta e fervorosa, mas juro que seu rosto ruboriza. Percebo com clareza minha vontade de erguer a mão e tocar sua face. Tocá-la.

Em vez disso, pigarreio e recupero a voz, olhando de relance para a porta.

— Devemos...

— Você vai ficar bem — diz Audrey, inesperadamente, e eu viro o rosto para ela de uma vez. — Ele vai pedir sua mão em casamento e você... vai ficar bem.

— Você acha? — pergunto, minha voz um pouco além de um sussurro.

— Eu sei — ela responde, quase me fazendo acreditar. — Quer dizer, *olhe para você*.

Desta vez, é meu rosto que cora pelo elogio.

— E para você. O sr. Shepherd, ou Alexander, ou mesmo James... Quem quer que você escolha, tenho certeza de que o resultado será exatamente como deveria ser. Vai ficar tudo bem.

Bem. A palavra parece ecoar para nós duas.

Então Audrey assente e passa por mim, roçando de leve o ombro no meu. Minha pele formiga sob o toque, e eu fecho os olhos com força para me recompor antes de me virar. O sr. Thompson abre a porta para nós, e descemos a escadaria até a carruagem, onde sr. Caldwell nos aguarda com um sorriso seco nos lábios finos.

Prendo a respiração, esperando as críticas de meu pai, um comentário sobre meu cabelo, o vestido ou minha postura, mas, felizmente, para meu espanto, ele me cumprimenta com um aceno de aprovação.

— Srta. Sinclair — diz o sr. Caldwell, abaixando a cabeça em reverência ao abrir a porta da carruagem. — A senhorita está linda esta noite.

Eu agradeço e, sem pensar, seguro o braço de Audrey.

— Venha conosco — sussurro, apertando com força.

Não estou pronta para ficar a sós com ele. Ainda não estou pronta para ouvir a pergunta.

Tudo que ela faz é concordar com a cabeça, e ignoramos o sr. Caldwell, que abre a boca para intervir quando ela passa por ele e entra no veículo.

Não ouso olhar para meu pai; o breve momento de aprovação certamente passou.

Aceito a mão do sr. Caldwell e murmuro um agradecimento quando ele me ajuda a subir na carruagem também. Logo me sento ao lado de Audrey.

Meu coração deveria estar martelando pelo que ela pode dizer para ofender ou confundir o sr. Caldwell ou até pelo que acabei de fazer, mas sei que é pela proximidade dela, pelo cheiro de flor de laranjeira que passei a associar a Audrey, por seu cabelo, que faz cócegas leves em minha clavícula quando ela vira o rosto.

Vamos em silêncio até a casa dos Hawkins, o sr. Caldwell olhando com raiva pela janela enquanto Audrey roça o dedo mindinho no meu sobre o assento, nossas mãos escondidas pelo tecido das saias.

Prendo a respiração e olho diretamente para a frente enquanto, com cuidado e cautela, deslizo a mão por cima da dela, roçando as dobras sob cada articulação, desesperada para sentir a pele sob a luva a cada segundo que nos aproximamos do baile.

Quando a carruagem para com um solavanco, recolho a mão com rapidez e ajeito meu cabelo enquanto olho pela janela para a fila de gente a caminho da casa dos Hawkins.

Controle-se, Lucy.

É isso que repito para mim mesma, inúmeras vezes, conforme avançamos devagar e finalmente saímos da carruagem, seguidas de perto por meu pai. Quando chegamos à frente da fila de convidados, na subida dos degraus que levam ao salão de baile, onde confrontamos o mar de cores, velas brilhantes e rostos sorridentes e conhecidos, volto a me sentir decidida.

É *isto* que eu conheço. É *este* o meu mundo.

Solto um suspiro demorado e forço um sorriso.

Desde que eu me lembre disso, ficarei perfeitamente...

Meu coração para, percebendo minha mentira, quando o sr. Shepherd se aproxima, deslizando por entre a multidão para chegar a Audrey, como se ela fosse a única pessoa aqui. Ele faz uma reverência e inicia uma conversa educada com o sr. Caldwell e meu pai, perguntando sobre seu tempo em Londres enquanto meu pai lhe pergunta sobre a chegada em Whitton Park, mas mantém o olhar voltado para Audrey praticamente o tempo inteiro.

Após um mínimo intervalo suficientemente educado, ele finalmente pergunta:

— Srta. Cameron, poderia convidá-la a dançar?

— Certamente, sr. Shepherd — responde ela, e tudo que posso fazer é continuar parada enquanto o ciúme, profundo e implacável, perfura meu estômago com mais força do que nunca.

Eu a vejo encaixar a mão no braço do sr. Shepherd, os dois desaparecendo em meio à multidão.

Meus pés avançam atrás deles por instinto, mas meu pai segura meu braço com força e sibila ao pé de meu ouvido:

— Lucy. Você não está aqui para vadiar com sua nova conhecida. Lembre-se de que tem responsabilidades muito mais importantes.

No mesmo instante, encontro o olhar de Grace, de braços dados com Simon, do outro lado do salão e vejo sua expressão se fechar ao notar que meu pai me puxa de volta aos braços ávidos do sr. Caldwell. Preciso de todas as forças para esboçar um sorriso.

— Estou ansiosa para dançar com o senhor esta noite, sr. Caldwell — digo, na tentativa de consertar parte do dano causado pelo trajeto de carruagem.

— Certamente — responde ele, e o sorriso seco de mais cedo volta devagar ao seu rosto, *felizmente*. — Será uma noite muito especial, srta. Sinclair.

Ele me oferece o braço e, assim, confirma que todos os sonhos do meu pai se tornarão realidade.

CAPÍTULO 29
Audrey
3 de julho de 1812

Foco, Audrey.

Definitivamente não danço bem o suficiente para me permitir tanta distração.

Tento me concentrar no rosto do sr. Shepherd à minha frente, nos olhos azuis brilhantes, na boca aberta para me perguntar sobre o tempo, o baile ou sabe-se lá o quê, mas, pela milésima vez, acabo desviando o olhar para a mão do sr. Caldwell na cintura de Lucy, para os dedos que roçaram nos meus na carruagem e que agora ela repousa no ombro dele.

Lucy me olha de relance, e nos fitamos por uma fração de segundo, aparentemente o suficiente para me fazer tropeçar.

— Está tudo bem? — o sr. Shepherd me pergunta com gentileza, e isso faz eu me sentir ainda pior por literalmente ter fantasias com outra pessoa enquanto danço com ele. — Está sentindo-se fraca? Precisa que eu busque uma bebida? Uma comida?

— Não, não — digo, dando a volta nele e cuidando, desta vez, para não cair de cara no chão. — Acho que estou apenas um pouco nervosa — acrescento, e me aproximo, abaixando a voz. — É meu primeiro baile.

Ele levanta as sobrancelhas, surpreso.

— É mesmo? Seu primeiro baile *de todos*?

— Não precisa de espanto — digo, com um olhar de irritação fingida, e seguro a mão dele. — Qual é sua parte predileta? De um baile.

— Eu gosto da emoção. Todos em suas melhores roupas, as semanas de expectativa, a noite quando finalmente chega. Poder me aproximar assim da senhorita novamente — responde, me puxando para mais perto, deixando surgir um sinal daquele sorriso caloroso e malicioso da lagoa.

Não posso negar que é superromântico, uma fala tirada de um livro sobre amor.

— Quando eu era menino, gostava de ver as pessoas bêbadas passarem vergonha — completa e franze a testa, hesitando. — Na verdade, talvez essa *ainda* seja minha parte predileta.

Agora, *sim*, estamos na minha praia.

— Eu *também*. Então, há dois anos, na festa de formatura... — hesito — do meu primo... alguns rapazes decidiram dançar em cima da mesa, e o móvel desabou. Harry Wilson machucou tão feio a bunda que passou uma semana sem poder dirigir o carro...

Paro ao perceber o que disse, e, naturalmente, o sr. Shepherd parece confuso.

— Hum, a *carruagem* — me corrijo.

— Certa vez, fui a um baile em Londres com meu tio Alfred no qual o anfitrião correu pelo salão inteiramente nu, saiu pela porta e foi encontrado na manhã seguinte na praça, em sono profundo em um banco. Com a cartola cobrindo...

Ele faz um gesto discreto durante a pirueta e nós dois caímos na gargalhada.

— Está de brincadeira!

A música acaba e nós fazemos nossas reverências, a conversa momentaneamente interrompida enquanto mordemos os lábios para segurar o riso.

— Não estou! Eu juro — diz o sr. Shepherd quando volto a segurar seu braço, e ele me conduz para sair da pista em busca de bebidas. — Foi o escândalo da temporada. Acho que chegou a sair no jornal. Tenho certeza de que a srta. Sinclair já ouviu a história.

Lucy.

Olho de relance para trás, procurando na multidão seu vestido azul, seu cabelo dourado, sua aura geral de graça e perfeição treinadas, mas não a encontro. Engulo em seco, tentando ignorar a pontada de decepção.

— Aceita uma bebida? — o sr. Shepherd pergunta, me oferecendo um copo.

Eu me viro para aceitar quando uma voz conhecida o chama, e nós viramos o rosto em busca da origem.

— Shepherd — repete Simon, marido de Grace, abrindo caminho entre a turba. Ele aperta os olhos de animação ao passar o braço pelo ombro do sr. Shepherd. — Lembra-se de Thomas Wilkes? Cujo pai era dono daquele negócio de transporte de cargas?

O sr. Shepherd confirma com a cabeça.

— Ele veio com a nova esposa. E *ela* trouxe escondido um pouco de absinto francês, se quiserem tornar esta noite um pouco mais interessante.

O sr. Shepherd me olha de relance e, apesar de normalmente eu estar disposta a experimentar qualquer coisa, quero me manter sóbria. Preciso resolver este quebra-cabeça e voltar para casa. Visto que o ponche da assembleia já quase me derrubou, nem consigo imaginar como seria o absinto do século XIX.

Aceno com a mão, louca por um momento a sós para me recompor e pensar em um plano.

— Vá em frente. Eu preciso, hum… ir ao toalete.

Eu os vejo partir antes de sair discretamente por uma porta lateral. As vozes diminuem, se espalhando em um zumbido nos corredores escuros da casa, onde muito menos gente passeia — casais risonhos em busca de um minuto de solidão, amigos fofocando em grupinhos fechados.

Engraçado, algumas coisas nunca mudam.

É igual às festas em que eu e Charlie às vezes entrávamos de penetra em Oakland, só que sem celular, a batida das músicas e a vista de Pittsburgh.

Não sinto mais saudade de Charlie, não sinto mesmo, mas, porra, que saudade de casa!

Paro um pouco, analisando o retrato de um homem velho de aparência régia, montado em um cavalo *quase* tão majestoso quanto Moby, quando uma voz chama minha atenção.

— Repito, sr. Caldwell, meu sincero pedido de desculpas pela atitude dela mais cedo.

Ao olhar para o lado, vejo o pai de Lucy e o sr. Caldwell escondidos nas sombras, conversando, e minha mão que segura o copo fica inteiramente dormente.

Sr. Caldwell funga, concordando com a cabeça.

— Ela nitidamente teve… — hesita, torcendo a boca — influências questionáveis recentemente.

Eu.

— Resolveremos isso, eu garanto — o sr. Sinclair afirma, fazendo meu sangue congelar. — O senhor ainda pretende pedir a mão dela, espero?

— Sim, em breve. Ela se redimiu um pouco. Parecia acreditar que eu planejava fazer o pedido aqui, e diz que deseja algo um pouco mais... *íntimo*. Mais particular. É óbvio que é mais adequado. Como se *eu* fosse pedir a mão dela aqui, entre essa gentalha. — Ele bufa de desdém. — Ela perguntou se eu poderia fazer o pedido uma semana depois de amanhã.

Uma semana depois de amanhã.

O dia em que devo partir.

— Mas acredito que seja melhor resolver a situação mais cedo — continua o sr. Caldwell, ignorando o pedido de Lucy.

— Concordo plenamente. — O sr. Sinclair assente.

— Irei visitá-la amanhã, pela manhã. Logo após o desjejum — informa o sr. Caldwell, e se aproxima um pouco, estampando um sorriso nojento que tenho vontade de socar. — Isto é, se tiver sua permissão, é claro.

Os dois caem na gargalhada, como se fosse tudo uma piada. Como se a vida de Lucy lhes fosse dispensável. Eu me viro e volto pelo corredor a passos rápidos, tentando não surtar.

Pedir a mão dela.

Eu sabia que ia acontecer, hoje mesmo pensei nisso, mas agora vou precisar esperar sentada enquanto *vejo* ele pedir. A mão de Lucy.

Amanhã.

Solto um gemido frustrado ao virar uma curva e dar de cara com...

— Alexander — solto, ofegante, e ele segura meus ombros, me impedindo de derramar a bebida em nós dois.

— Audrey. — Ele franze a testa ao analisar meu rosto. — Está tudo bem? Você parece muito chateada.

Balanço a cabeça e mordo a bochecha para segurar o choro.

— Estou bem. É só…

Sem mais uma palavra, ele pega minha mão, me puxa por um corredor comprido e me leva a uma sacada iluminada por velas, onde a brisa fresca me ajuda a me recompor.

Ele se recosta na balaustrada e eu a seguro com as mãos, fechando os olhos com força.

— O sr. Shepherd é tão terrível assim na dança? — pergunta ele, e eu rio, balançando a cabeça.

— Na verdade, a terrível sou *eu*. Ainda sou quase incapaz de dançar e falar ao mesmo tempo. Quase pisei no pé dele por volta de trinta vezes.

Olho para Alexander, que abre aquele sorriso torto, caloroso, seguro e familiar.

— Bem, Audrey — ele começa, abaixando a cabeça para mais perto da minha —, seria uma *honra* ter meu pé pisado por você durante uma *cotillion*.

Reviro os olhos e empurro seu peito, sentindo o tecido áspero do uniforme sob os dedos, mas, antes de afastá-la, ele pega minha mão e me segura ali. Sinto o coração dele bater, irregular, quando ele abaixa o olhar até meus lábios.

Por um breve momento, penso em como seria *fácil*. Eu me aproximar. Beijá-lo.

Fingir que meu coração não pertence a outra pessoa.

A parte de mim que quer muito voltar para casa me diz que eu devo fazer isso. Porém, desvencilho minha mão da dele devagar e viro o rosto, soltando um suspiro demorado.

Ficamos um bom momento de ombros encostados, olhando para o campo verdejante levemente iluminado pelo luar.

— É o sr. Shepherd? — pergunta, a voz baixa e suave.

Balanço a cabeça em negativa.

— Pior.

E como um amigo, um papel que lhe serve muito melhor, Alexander pega minha mão em silêncio, solta a gravata e diz:

— Vamos.

— Aonde? — pergunto, quando ele me puxa para dentro da casa.

Alexander não me responde, apenas me conduz pelo corredor, desviando tranquilamente das pessoas, e somos guiados pelo som de música e vozes. Ele para bruscamente diante de uma escadaria grandiosa e olha para os lados de modo suspeito.

— Alexander, o que...

— Concordo completamente, que evento maravilhoso o desta noite! — exclama, em voz alta, quando passam por nós duas moças de vestidos pastel. — Confie em mim — acrescenta em um sibilo, abaixando a voz e a cabeça.

Assim que elas se vão, ele me puxa rapidamente escada acima, encostando um dedo no lábio enquanto avançamos de fininho pelo corredor. Bem no final, ele pega um castiçal e olha para o outro lado da porta, conferindo se a barra está limpa antes de entrarmos.

Solto uma exclamação seca quando ele levanta a vela, revelando o que talvez seja a própria biblioteca de *A Bela e a Fera*. Fileiras e mais fileiras de estantes altas tampando as paredes, incluindo uma escada de rodinhas e uma lareira dourada.

— Puta merda — digo, e Alexander ri.

Ele me entrega o castiçal enquanto fuço a biblioteca, olhando os muitos livros diferentes, de tantas formas, tamanhos e cores.

— E não é tudo.

Ele vai até uma estante e a empurra com cuidado, até ela ceder e revelar uma porta secreta que leva a uma escada estreita.

— Como você sabe disso?

— Quando mais novo, eu era amigo da filha mais velha dos Hawkins.

Levanto a sobrancelha, em questionamento, e ergo o castiçal para iluminar o rosto dele.

— "Amigo"?

Ele balança a cabeça, triste, e pega o castiçal de mim.

— Direi apenas que ela foi prometida a um aristocrata e não ao filho mais novo de um aristocrata.

Ah.

Eu o sigo pela porta, e a escada curvada leva a uma sala escondida com o teto baixo e inclinado, uma escrivaninha e uma lareira empoeirada. Bem do outro lado, há uma janela grande, com vista para o telhado.

Alexander, é claro, vai imediatamente até lá, abre a janela com um grunhido e sai para o telhado. Depois de alguns momentos, ele estica a mão para dentro, me oferecendo ajuda.

— Está de brincadeira.

Já subi em muitos telhados, mas nunca usando um vestido incrivelmente pesado, nem em um feito de ardósia lisa em vez de telhas corrugadas. Não faço a menor ideia de qual era a qualidade das construções em 1812, mas, com um passo em falso, vou descobrir, sem dúvida.

— Audrey Cameron, está dando para trás?

Naturalmente, como ele sabia que aconteceria, isso faz eu segurar a mão dele, e Alexander me conduz pela janela e por cima do telhado. Olho para as carruagens à espera, algumas que já partem, outras ainda chegando, incrivelmente tarde.

Nós nos sentamos, devagar e com cuidado, e ele apaga a vela.

— Veja.

Acima de nós, as estrelas ganham vida, tantas e tão brilhantes que fico chocada de ser o mesmo mundo em que vivo.

Pittsburgh não é exatamente a melhor cidade para se ver estrelas. Mas isso aqui...

— Nossa. — Suspiro, e nós dois nos deitamos para admirar o céu.

— Daqui, tudo parece mais simples. Não é?

Concordo, me sentindo minúscula sob tantas constelações e universos, a lua maior e mais clara do que jamais a vi. A dor incomoda um pouco menos. A confusão, o medo e a preocupação com a volta para casa também parecem um pouco menores. Mais suportáveis.

— A filha dos Hawkins... — começo. — O que você fez, quando soube que ela ia se casar?

— Apenas... tentei aproveitar nossos últimos momentos juntos — ele responde, e dá de ombros. — Queríamos fazer valer a pena enquanto podíamos.

Fazer valer a pena. É o que eu quero.

— Você me lembra dela, de muitos modos — diz Alexander. — Linda. Divertida. Aventureira. Atípica.

— *Atípica?*

Ele ri, e vira o rosto para mim.

— De um modo bom.

CAPÍTULO 30
Lucy
3 de julho de 1812

Está bem tarde quando voltamos a Radcliffe. Meu pai me surpreende ao de fato me desejar uma boa noite antes de ir para a cama. Eu o vejo marchar para longe e sinto meu estômago se revirar a cada toque da bengala no chão, a simpatia servindo de lembrança de que, apesar de o pedido não ter ocorrido hoje, eu tive... sucesso.

Daqui a pouco mais de uma semana, serei a noiva do sr. Caldwell.

Mas hoje, não, penso. *Não até ela partir.*

Tontas de ponche e cansaço pela dança, eu e Audrey subimos languidamente os degraus antes de desabarmos na cama, atordoadas em meio à pilha de seda e tule.

Ela começa a cantarolar a valsa que dançamos esta noite, uma nova composição que tem feito sucesso pelo país. Sorrio um pouco, virando o rosto para ver seus olhos cor de mel, quentes ao brilho do castiçal que Martha me deu quando chegamos.

— Meus pés estão doloridos — reclamo, com uma careta, e balanço a cabeça. — Acho que o sr. Caldwell passou mais tempo pisando nos meus pés do que realmente seguindo qualquer passo da dança.

Ela para de cantarolar e, quieta, fita meu rosto.

Não sei como dizer que ele não me pediu em casamento, mas que pedirá.

— Ele vai pedir você em casamento amanhã — ela solta as palavras, mais rápida do que eu, mas franzo a testa de confusão com a última palavra. — Ouvi ele contar para seu pai.

— Amanhã? — é tudo que consigo sussurrar. — Mas eu disse...

— Uma semana depois de amanhã — completa, balançando a cabeça. — Eu sei. Mas eles não escutaram.

Engulo em seco e desvio o olhar de seu rosto. Achei que tivesse roubado para mim mais momentos agridoces e finais aqui, com ela.

Mas eles serão ainda mais curtos. Enterro as unhas nas palmas das mãos.

— As coisas não deram certo com o sr. Shepherd. Nem com Alexander — continua.

Eu paraliso ao ouvir isso, me atrapalhando para formar palavras.

— Bem, ainda há James.

— Uhum — responde ela, mas não é convincente.

Ou talvez seja apenas o que desejo ouvir. Finalmente, ela solta um resmungo, se levanta e segura minhas mãos.

— Bem, então vamos lá.

Franzo a testa para ela, confusa.

— Por quê? Aonde?

— Vamos dançar — diz ela. — Mais uma vez. Enquanto podemos.

— Não podemos... — começo, mas Audrey me puxa até eu ficar de pé e volta a cantarolar, ignorando meu protesto, e nós duas quase imediatamente entramos no ritmo dos movimentos, lentos e cautelosos.

Tiramos as luvas na carruagem, então percebo com nitidez o toque de sua pele sob meus dedos sempre que nossas mãos se encontram, sempre que subo o toque devagar por seu braço antes de roçar o tecido. Minúsculas faíscas de desejo parecem estalar por mim sempre que ela me puxa para mais perto, mais e mais, até eu estar inteiramente ardendo de uma avidez desesperada, tão profunda que quase me consome.

Esta mesma dança, que fiz com o sr. Caldwell meras horas atrás, se transforma por inteiro. Eu nunca soube que dançar poderia ser romântico assim fora dos livros que li em segredo. *Íntimo* assim.

E nunca repetirei a experiência.

Nossos olhares continuam fixos, e o rosto de Audrey está tão próximo, tão *lindo*, que nem percebo que paramos de nos mover até o cantarolar dar lugar a um suspiro quando meus dedos roçam suas clavículas, sobem por seu pescoço e encontram a pele de sua face.

Ergo o olhar para seus lábios carnudos, entreabertos, o vermelho desbotado pelo decorrer na noite. Eles se aproximam, e *mais*, até ela roçar o nariz de leve no meu, e então...

Ela se afasta. Seguro o ar quando Audrey vira o rosto de lado, para longe da luz bruxuleante, de sobrancelhas franzidas.

— Devemos nos deitar — diz, e se movimenta de acordo.

Consigo apenas concordar, com a cabeça tonta enquanto nos despimos, um ato que agora parece muito mais *carregado* do que nas noites anteriores. Olho de relance para trás e vejo seu vestido escorregar, revelando os ombros, a curva da lombar, mas desvio o rosto até precisarmos desamarrar os corpetes, meus dedos atrapalhados com os nós, os dela firmes e determinados, me fazendo passar vontade. Quando entramos debaixo das cobertas, sinto meu coração ricochetear no peito. A luz da vela se apaga e a respiração dela desacelera, enquanto eu continuo deitada, inteiramente imóvel, olhando para o teto escuro.

Após um bom momento, me viro para Audrey, adormecida ao meu lado, e tento ignorar os últimos momentos, pensando em como me lembrarei dela. Da garota que, por um breve momento, virou meu mundo do avesso. Da garota que me viu, me entendeu, quis mais por mim.

Tento memorizar tudo. Os cílios compridos, a pele macia, as maçãs do rosto altas, a pequena cicatriz logo acima da sobrancelha direita, o cabelo castanho emoldurando o rosto, até a dor familiar com a qual me debato há semanas, que cresceu a ponto de nunca me deixar.

Finalmente, cercada pela escuridão absoluta, eu me permito nomeá-la.

Amor.

CAPÍTULO 31
Audrey
4 de julho de 1812

Quase nos beijamos.

Olho para minha xícara de chá, ainda agitada pelo açúcar que mexi, e para meu café da manhã intocado.

Não consigo nem comer.

Tudo que quero é olhar para ela, tentar descobrir no que ela está pensando, o que o momento *significou* para ela, mas também não posso fazer isso.

Tudo parece... precário demais. Que nem quando meu pai tentou carregar seis engradados de *root beer* tradicional de uma vez só e acabou cobrindo o chão da loja de vidro, bebida grudenta e papelão encharcado depois de tropeçar no capacho embolado.

Não quero descobrir qual é minha versão do capacho embolado, mas, se tivesse que adivinhar, diria que é o pai escroto da Lucy, que passa a manhã toda cantarolando alegremente, feliz e faceiro.

Como se de propósito, ele pigarreia e nós duas nos viramos para vê-lo secar a boca com o guardanapo de pano.

— O sr. Caldwell chegará daqui a aproximadamente uma hora, Lucy.

Lá vamos nós.

— Cedo assim? — sussurra ela, e vira a cabeça para me olhar, com a expressão chocada.

— Ele acreditou que seria melhor resolver a situação o mais cedo possível. Ele tem negócios a resolver à noite — explica o sr. Sinclair quando a filha se volta para ele. — E eu, é óbvio, lhe dei minha benção, então, por formalidade, ele virá pedir sua mão em casamento.

Engulo em seco e desvio o olhar, com um zumbido nos ouvidos que me impede de ouvir as vozes deles, a ponto de eu nem notar que o sr. Sinclair se foi até ouvir Lucy chamar meu nome.

— *Audrey*. — Seus olhos estão mais redondos do que a moeda que me trouxe aqui, o rosto pálido. — Eu não... sei.

Como não digo nada, ela franze a testa e continua, pouco além de um sussurro:

— Não sei o que fazer.

E eu não sei o que dizer. Não sei o que poderia dizer que adiantaria de alguma coisa. Tomo um gole lento e mecânico de chá, mal notando o gosto, a temperatura ou a porcelana lisa. Abaixo a xícara devagar, observando as florezinhas azuis e rosa, querendo dizer para ela recusar, para ficar comigo e não com ele, para *me amar*.

Mas o que posso oferecer a Lucy, além da pequena possibilidade, inteiramente sem fundamento, de levá-la embora daqui comigo?

Afinal, até onde sabemos, ela poderia acabar sozinha aqui, lidando com as consequências, ou poderíamos acabar as *duas* aqui, em uma época em que o que sinto por ela é...

Uma aberração.

Ouço a voz dela dizer aquilo, o que piora tudo. Não posso colocá-la nessa posição nem ficar em uma época que sente isso por mim.

E não posso arriscar dar esperança a nenhuma de nós.

Portanto, digo apenas:

— É exatamente para isso que você tem se esforçado, não é? A não ser que... veja outro caminho?

Ela inspira rápido e desvia o olhar, mas não nega, o que já é uma resposta.

Depois do café, vamos à sala, como se tudo estivesse perfeitamente normal e tranquilo. O relógio tiquetaqueia alto no canto. Ela toca piano, eu desenho. Ou, ao menos, tento.

Nenhum traço parece certo. Sempre que tento esboçar o rosto dela, os olhos, até a silhueta, dá errado. Fica esquisito.

Uma pontada de medo ecoa em mim, temendo que essa porcaria de viagem acabe sendo inútil, afinal. Só dor atrás de dor.

Desenho rapidamente o sofá, a lareira, até o piano ao qual Lucy está sentada, e tudo sai bem, *ótimo* até, felizmente. Porém, assim que tento desenhar a pessoa sentada ao piano, não... consigo.

Portanto, acabo desenhando todas os cenários que poderiam impedir o que está para acontecer, levantando o olhar apenas para conferir o relógio no canto, que marca o fim de nosso tempo.

Depois de quinze minutos, desenho nós duas pulando pela janela da sala e correndo pelo campo até longe. Depois de trinta minutos, nós nos beijando e imediatamente nos teletransportando para Pittsburgh com um efeito brilhoso, como no final de um filme da Disney. Depois de 45 minutos, o sr.

Caldwell morrendo engasgado com o café da manhã antes de chegar aqui para o pedido.

Porém, nada disso vai acontecer. Tudo que posso fazer é uma careta quando o relógio finalmente soa e o olhar de Lucy encontra o meu. Uma batida pontual ecoa pelo corredor, acompanhada de uma comoção, vozes abafadas, passos que se aproximam.

Noto o peito de Lucy subir e descer, tão rápido que percebo o movimento do outro lado da sala. Enquanto nos entreolhamos, sem tempo, sem mais nada a dizer, sou invadida por um choque de fatalidade, como um ônibus com o freio de mão quebrado cantando pneus ladeira abaixo em Lawrenceville.

Aperto o lápis até quebrá-lo, bem quando a porta se abre. Nós duas nos levantamos em um salto quando Martha entra, acompanhada do sr. Caldwell e do pai de Lucy.

Sei que deveria ficar aqui, servir de apoio moral, mas eu... não aguento. Não dá.

— Com licença — solto em voz alta antes que alguém diga qualquer outra coisa, e passo por eles, saindo da sala com meu caderno.

Olho para trás, mas apenas Martha ainda me observa, com uma expressão preocupada.

Subo a escada correndo, os olhos ardendo de lágrimas, e empurro a porta do quarto de Lucy para recolher todos os rastros de minha presença: a retícula que ela me emprestou, os vestidos ajustados, a manta da minha primeira noite. Com esforço, carrego tudo nos braços e vou tropeçando até o quarto de hóspedes, onde deveria ter ficado desde o princípio.

Talvez, se tivesse ficado lá, se tivesse me mantido distante, não estaria me sentindo *assim*. De novo. Mas, de algum modo, muito pior.

Tranco a porta ao entrar, desabo no chão e pego o celular da bolsa pela primeira vez em semanas, apertando o botão desesperadamente na esperança de ligar o aparelho por uma fração de segundo, apenas para ver o rosto de Cooper, um vislumbre da minha vida real.

Fecho os olhos com força e encosto a cabeça na porta, esperando que as vozes de êxtase soem pelas escadas.

Quando soam, é como se os Steelers tivessem entrado no Super Bowl, ou os Pirates finalmente tivessem ganhado um torneio, e uma lágrima escorre do meu olho e bochecha abaixo. Seco o choro, com raiva, enquanto escuto os parabéns e as comemorações dos funcionários. Só consigo pensar, como no primeiro dia, em *por que* estou aqui, para começo de conversa.

Se vim encontrar o amor de verdade, por que me apaixonei pela única pessoa que não poderia ter?

O pensamento se repete em ciclo por horas, interrompido apenas brevemente quando Abigail vem me chamar para comer, o que eu recuso. O dia vira tarde, a tarde vira noite, e o quarto ao meu redor fica escuro.

Às vezes pego a moeda, mais perdida do que nunca.

Será que o objetivo era me mostrar que eu *poderia* me apaixonar de novo? Talvez essa tivesse sido a ideia o tempo todo. Talvez não fosse para encontrar o amor de verdade, e sim para perceber que eu tenho a capacidade de sentir algo sincero por alguém além de Charlie. Que posso voltar a amar após a dor.

Se for esse o caso, o recado, que por sinal é uma merda, foi bem recebido. Então *por que* ainda estou aqui? Por que a moeda continua a contagem? Solto um gemido frustrado e bato a cabeça na porta com um baque.

Ouço uma batida pelo outro lado da porta, quase em resposta, e prendo a respiração, esperando e torcendo para que não seja Abigail.

Finalmente, ouço a voz dela, tão baixa e suave, sussurrando meu nome.

— *Audrey*.

Eu me levanto, deslizando os dedos pelos sulcos da madeira até esticar a palma inteira. Não digo nada. Só... fico aqui. Sentindo ela do outro lado, ouvindo ela respirar, escutando o farfalhar do vestido. Tenho tantas coisas a dizer que sinto a pressão das palavras martelando meu crânio, pesando na língua.

Mas nada vai ajudar, então me calo.

Nós duas nos calamos.

Finalmente, os passos dela se afastam, voltando ao quarto. Longe de mim.

Solto um suspiro demorado e olho para o número seis na moeda.

Seis dias.

E depois?

Vou ficar presa aqui, séculos no passado, tão longe de Pittsburgh, da minha família e de tudo que conheço, incapacitada de acabar o portfólio e estudar belas artes, porque não consegui dar um jeito nisso? *Aonde eu irei? O que vou fazer?* O sr. Sinclair certamente vai me expulsar assim que puder.

Ou vou... voltar para casa e nunca mais ver Lucy? Deixar ela sozinha aqui, sem ninguém que a entenda? Sem ninguém que se importe mesmo com ela, com seus pensamentos, sentimentos e desejos. Presa.

E o que *eu* farei sem *ela*?

Saio perdendo de qualquer jeito.

CAPÍTULO 32
Lucy
5 de julho de 1812

Não consigo dormir.

Eu me reviro pela maior parte da noite, escutando a chuva pesada bater na janela, o trovão retumbante sacudir o vidro.

Estou noiva do sr. Caldwell.

Nos livros que li, as mocinhas sempre ficam muito *felizes* nesses momentos. Prontas para seguir em direção ao pôr do sol com o futuro marido.

Para mim, a sensação não poderia ser mais oposta.

Finalmente, desisto de tentar dormir e passo as pernas para fora da cama, me embrulhando em um xale para me levantar. Ranjo os dentes e começo a dar voltas pelo quarto, mas acabo me sentindo ainda mais aprisionada.

O céu está começando a clarear em meio à tempestade quando saio do quarto e desço a escada, atravesso o saguão e passo pela porta. A chuva me encharca quase imediatamente, mas meus passos esmagam o cascalho ainda assim, cada vez mais rápido, até começar a correr. Pela grama, junto à lagoa, passando pelo estábulo.

Corro até não conseguir mais, até meu vestido estar pesado e encharcado e minha respiração, ofegante. Estou tão exausta que, por um longo minuto, nem a vejo.

Até que, de uma vez, lá está ela. Sentada no lugar exato em que a encontrei pela primeira vez.

Audrey.

Ela me olha e eu me viro imediatamente, voltando alguns passos cambaleantes em direção à casa. É perigoso vê-la quando me sinto tão vulnerável.

Mas algo me impede, me prende no lugar, e eu fecho os olhos com força, apertando com os dedos o tronco da árvore ao meu lado, de rosto virado para o céu.

— Você um dia será feliz? — grita ela. — Casada com ele?

Abro os olhos, me viro e a vejo andar em minha direção, seu rosto iluminado por um instante quando o céu acima de nós brilha com um relâmpago. Audrey está usando as calças de quando chegou, a camisola apressadamente enfiada na cintura, e a chuva torrencial deságua sobre nós.

— Não — respondo, sem fôlego. — Mas não tenho muita escolha, tenho?

Estou presa aqui. Sem nem reconhecer a pessoa que me tornei. Audrey me despertou de formas que nunca imaginei serem possíveis. Ela me fez *sentir* coisas que nunca imaginei ter a capacidade de sentir. Tudo que isso fez, porém, foi me lembrar de que nunca mais voltarei a me sentir assim.

— Não. Imagino que não — diz ela, como se já soubesse que é verdade.

— Mas tudo ficará perfeitamente bem — minto, lágrimas e chuva ardendo nos olhos, e levanto a mão para secar o rosto, furiosa. — Minha mãe estava errada. Não preciso de amor. Será um casamento adequado. Viverei com conforto.

E você voltará para casa, poderá levar James para uma grande aventura e viverá como se nada tivesse ocorrido. Um dia, nos esqueceremos de que *tudo* isso ocorreu.

Audrey parece espantada, e fecha os olhos com força, cerrando as mãos em punho.

— Então por que veio aqui para fora? Só para darmos voltas à toa?

— Não sei. — É tudo o que consigo dizer.

Não é suficiente. Sei que não é.

— Não sabe? — repete ela, balançando a cabeça. — É claro que não sabe. Não sabe o que pensa, o que *sente*, porque deixou seu pai, ou o sr. Caldwell, ou a sociedade decidir por você. Você se recusa a sair dessa caixinha segura e a encarar qualquer coisa de verdade, então finge não sentir nada.

— E você, Audrey? Que foi atrás de Alexander, do sr. Shepherd, de James, sem escolher nada? Que se afastou de mim ontem? Que nunca se abriu para *Leah*? Que adiou a inscrição na faculdade para não enfrentar a rejeição? Não sou apenas eu que me esforço tanto para evitar fugir de uma caixinha segura, qualquer que seja a forma de tal caixa.

Ela me dá as costas, voltando em direção à casa.

— Aonde você vai? — grito, minha voz falhando na última sílaba, me traindo completamente.

Ela para e olha os pés.

— Vou embora. Vou ficar na estalagem do centro até acabar meu tempo.

— Não...

Avanço um passo, mas ela se vira de repente, com o rosto contorcido.

— Você não entende, Lucy. Não sabe o que sinto ao saber que você concordaria se dissessem que eu... que eu sou...

Qual é mesmo a palavra? Uma *aberração* — diz, torcendo a boca. — Que sou errada, perversa, quando o que sinto por você, quando tudo que estou é...

Ela larga a frase no ar, range os dentes e engole as lágrimas, se impedindo de dizer as palavras que, apesar de suas críticas, nós *duas* tememos pronunciar.

— Eu não faria isso.

— Faria, *sim*, Lucy. Eles nem estão aqui agora e você ainda está...

— Audrey...

— Se censurando! Se *recusando* a ser *sincera* comigo, mesmo que...

— *Me escute* — peço, e outro relâmpago corta o céu. — Não sou da sua época. Sou *daqui*.

Faço um gesto para os arredores, indicando a casa que meus filhos herdarão à minha frente. O mundo que conheço, onde se apaixonar por outra garota e contar para todo mundo, de modo a *existirmos* juntas, nos deixaria sem futuro, sem vida alguma. Procurei mentalmente qualquer modo de tornar isso *possível*, e não encontro. E por tudo que Audrey diz, ela também não.

— Estou presa, Audrey. Em uma época e um lugar em que não posso dizer...

Minha voz falha, deixando também as palavras no ar.

Nós nos encaramos por um longo momento, e o ar inteiro escapa de meu peito quando fito os olhos nos quais pensarei pelo resto da vida. O rosto que borra as palavras em qualquer página que tento ler. A pessoa que faz tocar piano ter *sentido*. Até que, enfim, ela se vira para me abandonar para sempre, e sinto meu mundo desabar ao meu redor, as árvores, o campo onde nos conhecemos, Radcliffe, tudo desmorona.

Não suporto a ideia de me casar com o sr. Caldwell quando tudo em que penso, tudo que *desejo*, pelo resto da vida, é ela. Não suporto a ideia de *esta* ser a última vez em que nos veremos.

Podemos não ter futuro, mas ainda temos presente. E, no presente, não quero me concentrar no que torna isto, no que *nos* torna, impossível.

Quero aproveitar enquanto tiver a oportunidade.

— Me beije — grito para ela.

Pronuncio as palavras antes de ter tempo de pensar e mais uma vez conter o que quis tanto pedir que minha pele chegava a doer.

— Quê?

Ela se vira sob o céu trovejante.

— Me. Beije — repito, mais firme.

— Lucy, eu...

Avanço dois passos e seguro com as mãos a pele macia de seu rosto, puxando-a para mais perto, *precisando* da proximidade. De repente, quando nossas bocas se unem, eu me encontro. Eu sou *salva*.

Voltamos a Radcliffe aos tropeços, ainda encharcadas pela chuva, mas a sensação das mãos de Audrey na minha cintura, de seus dedos curvados ao redor do meu tronco, da resposta desesperada às semanas de desejo, faz com que eu mal perceba.

Eu a puxo por uma porta lateral. A casa ainda está quieta e não há ninguém de pé para nos preocuparmos, apesar de eu nem saber se me incomodaria neste momento. Audrey encosta o corpo inteiro no meu e me beija enquanto subimos a escada até meu quarto. Encosto a palma da mão na altura de seu coração, que bate acelerado através do tecido fino e molhado da camisola.

Eu a puxo para dentro, tranco a porta ao passar e deixo meu xale cair lentamente. Pela primeira vez, paramos e nos olhamos, o céu ainda relampejando do outro lado da janela. Agora é Audrey quem, cuidadosa e cautelosamente, se aproxima, enroscando os dedos na minha camisola para me puxar, com os olhos escuros de desejo e uma expressão que esquenta meu corpo inteiro.

Eu me derreto junto a ela quando nossas bocas colidem, perdendo o fôlego quando ela passa as mãos por baixo da minha camisola, acariciando a pele da minha perna, do quadril, até encontrar a curva suave logo abaixo das costelas.

— Eu nunca... — sussurro junto a sua boca.

Nunca beijei ninguém. Nunca fui tocada assim. Nunca me *senti* assim.

Ela recua, mas eu a puxo novamente, finalmente passando o polegar pela pequena cicatriz acima de sua sobrancelha, ajeitando as mechas soltas de seu cabelo para trás da orelha.

— Nem eu. Não com uma garota, pelo menos — ela compartilha, tocando a boca na minha suavemente. — Podemos parar. Não precisamos...

— Não quero parar.

Se pararmos, nunca teremos outra oportunidade.

E eu a desejo. Mais, talvez, do que jamais desejei qualquer coisa.

Cada pedacinho meu queima com essa sensação quando nós nos entreolhamos. Então, Audrey, devagar e tranquilamente, tira minha camisola, como no dia em que me ajudou a experimentar o vestido, mas muito melhor. Minhas pernas tremem quando ela desce com o olhar, me admirando. Estico o braço e pego suas mãos para posicioná-las em meu corpo, e um suspiro escapa de mim a seu toque.

— Também não quero parar — diz ela, me calando com um beijo quando caímos na cama aos tropeços. — O que você diria? — sussurra, junto ao meu pescoço. — Se vivesse na minha época e não na sua?

Embolo os dedos no cabelo dela, e cada grão de desejo, atração e amor que sinto por essa garota do futuro me preenche enquanto considero a pergunta. Penso em todos os sorrisos do outro lado da sala de estar, todas as conversas que me fizeram desejar *mais*, todas as pontadas de ciúmes que me fizeram querer ser Alexander, o sr. Shepherd ou James, quando tudo que precisava era apenas ser quem sou. Penso em cada mínimo momento das últimas semanas.

Levanto seu rosto, a boca entreaberta quase encostada na minha.

— Que você me consumiu por inteiro — sussurro junto a sua boca.

Ela fecha os olhos trêmulos e, finalmente, *finalmente*, eu digo:

— Que eu te amo.

CAPÍTULO 33
Audrey
5 de julho de 1812

Não deve ter passado muito das oito da manhã quando a chuva finalmente para do outro lado da janela. Meu braço está dormente debaixo de Lucy, mas não me incomodo. Enterro a cara no cabelo dourado dela e fecho os olhos com força, o nariz tomado pelo perfume de lavanda.

Não consigo dormir. O som do relógio tiquetaqueando no canto me lembra de que, daqui a cinco curtos dias, meu tempo vai acabar, por mais que eu deseje congelar este momento. Então é melhor aproveitar cada segundo ao máximo, e no mínimo trazer minhas coisas de volta ao quarto dela.

Sorrindo, puxo devagar o braço para me desvencilhar e tento não gemer de incômodo quando ele pesa que nem chumbo, formigando tudo até o meu ombro. Visto a camisola encharcada, pego a calça e saio de fininho pela porta e pelo corredor até meu quarto, onde enfio o caderno, a retícula, o celular, roupas de verdade e uma ou outra tralha em uma bolsa que encontro no fundo do armário.

É claro que, ao sair novamente, dou de cara com a última pessoa que eu gostaria de ver.

— Sr. Sinclair — digo, rapidamente tentando alisar meu cabelo e disfarçar minha camisola... minha calça jeans rasgada pendurada no braço... e minha bolsa de coisas.

Sinceramente, cairia muito bem um saco de papel para cobrir meu corpo todo.

Ele torce a boca ao me ver, e seu olhar penetrante inspeciona meu estado totalmente desastroso e desgrenhado.

— Todos os dias questiono o que a senhorita está fazendo em minha casa, srta. Cameron.

Nem me diga.

— E não há agradecimentos adequados para tamanha gentileza e hospitalidade — respondo, tentando manter o clima leve, casual, tranquilo.

— Espero que saiba que sua mera presença aqui põe em perigo a reputação dela.

— Ela não parece se incomodar — afronto, as palavras escapando antes que eu possa segurá-las.

— O sr. Caldwell, sim. Ele teve dúvidas em relação ao pedido por sua causa.

Penso na noite na casa do sr. Shepherd, quando ele deixou bem claro que não era meu maior fã. Na expressão de nojo ao convidar Lucy para jantar sem mim ao irmos embora. Na noite do baile, quando fui chamada de "influência questionável".

— Sei, pelo que ouvi e observei, que faz perfeito sentido ele questionar sua criação. E qual seria, exatamente, sua conexão com o sr. Shepherd, em especial quando a senhorita desapareceu com meu sobrinho inescrupuloso, o coronel Finch, por boa parte da noite.

Fico chocada, mas não digo nada quando o sr. Sinclair se aproxima um passo, torcendo a boca em um sorriso cruel.

— Sabe o que acontecerá, srta. Cameron, se Lucy for associada a alguém de comportamento *tão* indecoroso? Se a reputação dela for maculada? Se o sr. Caldwell mudar de ideia quanto à oferta que fez?

Quando ele se interrompe, eu o encaro, desafiando-o a falar.

— Ela estará arruinada. Ninguém mais a cortejará, e Lucy se tornará uma solteirona, sem possível mobilidade social. Portanto, ela não me terá serventia. Quando eu morrer, ela não receberá *nada*. Não terá *nada*. Porém, com tão pouco valor, ela certamente perderia seu lugar em Radcliffe muito antes disso — diz ele, e meu corpo inteiro formiga ao ouvir as palavras.

Eu não pensei...

Não pensei que ele simplesmente *a expulsaria* daqui.

— O sr. Caldwell deseja que a senhorita parta ao fim do dia. Eu prefiro que parta *já*.

Ele avança mais um passo, deixando o rosto a centímetros do meu.

— Sua presença aqui, srta. Cameron — sussurra —, vai destruir toda a vida dela. Portanto, espero que parta, como deveria ter feito há muito tempo, antes que eu volte do centro hoje à tarde.

As palavras do sr. Sinclair são como um tapa na cara. Um balde de água gelada derramado na minha cabeça.

Ele passa por mim e me deixa no corredor, agarrada à bolsa, com os ouvidos zumbindo.

Vou destruir a vida dela.

Tirar Lucy deste lugar não é uma certeza e, aqui, eu não poderia oferecer nada a ela. Não é 2023, onde eu poderia encontrar emprego em uma livraria independente legal, ou preparar café no Starbucks, e daríamos um jeito na vida. E se eu for mandada de volta para Pittsburgh e Lucy *ficar*, ela enfrentará as consequências sozinha.

Toda a esperança que floresceu dentro de mim em segredo após a noite passada me é arrancada.

É arriscado demais, apesar do que o sr. Montgomery diria. Lucy estava certa, mesmo que eu não queira que estivesse. O pai dela está certo, por mais que eu não queira *mesmo* que esteja. Admitir o que sentimos não basta para mudar o mundo ao nosso redor. Lucy tem muita coisa a perder.

Solto um suspiro profundo, com dor no peito ao pensar na nossa separação por séculos e continentes, em vê-la apenas em memória, todos os seus traços gravados na mente. Especialmente sabendo o que agora sei. Sabendo o que poderíamos ser, o que a vida dela se tornaria.

Por isso... preciso ir embora. Agora.

Antes de piorar tudo.

Pego o caderno da bolsa, analisando as folhas à minha frente, e percebo que não posso levá-lo.

Não suporto ver imagens dela outra vez, muito menos *vê-la*. Sei que se eu abrir a porta, a verei ainda adormecida, o cabelo dourado espalhado pelo travesseiro, a boca entreaberta, mais linda do que qualquer desenho que já fiz ou farei, e nunca conseguirei ir embora. Então, rabisco um bilhete em uma folha em branco e deixo o caderno aberto na página.

Me desculpe.

É tudo o que posso fazer.

Me desculpar por não poder poupá-la de nada disso. Me desculpar por cair através de um buraco do espaço-tempo bem no meio da vida dela e piorar tudo. Me desculpar por não poder ficar com ela do jeito que desejo. Me desculpar por precisar magoá-la para salvá-la.

Então, passo o caderno por baixo da porta de Lucy, desço a escada e saio da casa, deixando Radcliffe para trás definitivamente. Uma coisa é certa: se eu voltar a 2023, vou matar o sr. Montgomery. Seus dias de café e jornal grátis *acabaram*.

É apenas ao caminhar pelo campo onde Lucy me encontrou, e onde nos reencontramos, que percebo a coisa da qual mais me arrependo: eu nunca disse que a amava.

CAPÍTULO 34
Lucy
5 a 8 de julho de 1812

Eu a detesto.

Jogo o caderno para o outro lado do quarto, e as folhas saem voando e caem como uma chuva lenta à minha frente. Uma pontada afiada de traição me atravessa quando fecho os dedos ao redor de seu bilhete.

Me desculpe.

É tudo o que conseguiu me dizer depois de...

Depois.

Lágrimas embaçam minha visão enquanto observo as folhas cobrindo o chão, a curta estadia de Audrey aqui ganhando vida, embora tão facilmente abandonada. Eu me ajoelho devagar e pego uma das folhas.

Um desenho meu ao piano.

Pego outra.

Eu, andando a cavalo entre as árvores da clareira.

Continuo a mexer nas páginas.

Eu, rindo à mesa de jantar.

Eu, adormecida, de cabelo espalhado pelo travesseiro.

Outro e outro e outro, até meus braços estarem cheios de papel. Todos desenhos, esboços, de mim. Provas de que Audrey viu uma versão de mim que eu sempre quis que vissem. Que eu sempre quis que *compreendessem*.

Uma versão de mim que não existirá mais.

Eu me escondo debaixo das cobertas, me encolhendo e amassando as páginas que abraço junto ao peito. A manhã dá lugar à tarde, e a tarde, à noite. Não respondo às batidas de Martha na porta, e deixo esfriar as bandejas de comida lá fora enquanto me esforço para fechar a ferida aberta que Audrey deixou.

Quando o céu está inteiramente escuro, Martha finalmente consegue entrar, usando uma chave do molho volumoso do sr. Thompson. Ela larga a bandeja de chá com um barulho alto na mesinha de cabeceira e encosta a mão na minha testa e na minha face, medindo uma febre inexistente.

— Lucy, *Lucy* — diz, carinhosa. — Está se sentindo mal? É um resfriado? Uma febre?

— Não, eu...

Balanço a cabeça, e lágrimas brotam nos meus olhos.

Ela olha do meu rosto para a pilha de folhas de caderno que eu abracei, e sinto um nó no estômago quando a compreensão toma lentamente seu rosto.

Ainda assim, ela não faz comentários. Não faz perguntas nem dá opinião. Tudo que faz é me abraçar enquanto meu corpo treme de soluçar, as costelas doendo sob suas mãos tranquilizadoras.

— Ah, Lucy. Ah, meu bem... — sussurra, me acalmando, e me faz companhia até eu adormecer em um sono inquieto.

* * *

Levo três dias inteiros para me levantar da cama, apesar de ainda sentir-me frágil a ponto de ser carregada por um vento forte. Martha me ajuda a me arrumar enquanto eu me fito no espelho: os olhos vermelhos e inchados, o rosto magro, o cabelo desgrenhado que ela tenta escovar com gentileza e cuidado.

— Ela se foi? — finalmente me pergunta quando nossos olhares se encontram no espelho. — Audrey?

Faço uma careta ao som de seu nome, mas me forço a responder.

— Sim.

— Para onde ela foi?

— Não quero falar sobre isso.

Minha voz falha, a ferida inevitavelmente se abrindo. Fecho os olhos com força, lutando pela minha determinação, que encontro.

Martha apoia a mão quente no meu ombro e aperta de leve.

— Lucy, eu…

Balanço a cabeça e ela interrompe a frase, sem insistir. Eu estava certa desde o princípio: não há nada "mais" para mim no mundo lá fora.

Com um pouco de pó de arroz, rouge e um belo vestido, volto a quase parecer humana. Ou, no mínimo, uma ilusão bastante verossímil. Eu me preparo, saio do quarto e desço para tomar café, acompanhada de perto por Martha. Penso no que vou dizer durante o caminho inteiro, então, quando chego, as palavras decididas me caem da boca antes que eu acabe de me sentar.

— Desejo acelerar minhas futuras bodas com o sr. Caldwell.

Ainda não marcamos a data, apesar de ser esperado que a cerimônia ocorra ao fim do verão, mas, agora, que diferença faz? Melhor acabar com isso de uma vez, para eu deixar logo este lugar para trás, assim como Audrey.

Meu pai me olha, levantando as sobrancelhas grossas, surpreso. Vejo Martha paralisada logo atrás dele, a xícara tremendo em suas mãos normalmente tão firmes.

Determinada, continuo:

— Pensei no dia depois de amanhã. Uma cerimônia simples, na igreja do centro.

Eu me sirvo de chá, mexo o açúcar.

— No dia depois...

— O senhor disse que o sr. Caldwell tinha ansiedade para nos casarmos — digo, tomando um gole do chá. — Eu também tenho. O senhor *também*. Sei que não tem interesse em minha presença aqui, então podemos parar de fingir. Se estivermos todos de acordo, não vejo o sentido de aguardar.

Ele concorda com a cabeça, bastante satisfeito, com uma expressão que me é inteiramente desconhecida.

— Transmitirei a mensagem ao sr. Caldwell imediatamente.

Com a visão embaçada, tomo meu café da manhã com calma. Meu pai chama o sr. Thompson, envia o recado e começa a preparar planos apressados para a compra do vestido e das flores, além dos convites endereçados a um grupo seleto. Eu me mantenho quieta, deixando tudo se misturar em um zumbido.

Quando se levanta, meu pai, pela primeira vez desde minha infância, leva a mão ao meu ombro e me abre uma espécie de sorriso ao passar.

Que dádiva para ele, livrar-se de mim tão rápido.

Ignoro o olhar de Martha, sua expressão questionadora, pois não quero que nenhum sinal dela ameace minha determinação recente.

Quando finalmente me levanto da mesa, subo pelos corredores que levam à biblioteca, rangendo os dentes ao acender o fogo crepitante, levantar a tábua do assoalho e jogar na lareira um livro após o outro, até o espaço ficar vazio, até não restar nada.

Cruzo os braços e encaro o retrato de minha mãe, apertando os dedos no abdome, afundando-os nas reentrâncias das costelas.

— Você estava errada — digo, com lágrimas ardendo nos olhos.

Esse tempo todo, esses anos todos, eu sempre *quis* me apaixonar, mesmo quando parecia impossível. *Por causa dela*. Do que ela dizia.

Agora, desejo nunca ter me apaixonado. Queria nunca ter descoberto que poderia sentir tanto, pois assim talvez ficasse bem ao sentir tão pouco.

CAPÍTULO 35
Audrey
9 a 10 de julho de 1812

Meus pés ainda doem da maratona da fuga à cidade há quatro dias.

Fui interceptada no meio do caminho por ninguém menos do que o sr. Shepherd. Bem, *Matthew*. Nós finalmente estamos nos chamando pelo primeiro nome, depois de ele me encontrar aos prantos a caminho da estalagem durante seu passeio da tarde e se oferecer para me abrigar em um de seus quartos de hóspedes. É aqui que ando chorando e me lamentando desde então, embrulhada em um xale, que nem um fantasma vitoriano.

Por sorte, ele ainda não contratou uma equipe completa de funcionários para a casa, então não arruinarei a reputação dele *e* de Lucy no mesmo mês.

Meu objetivo é apenas ficar no quarto e esperar a passagem dos últimos dias até a moeda decidir me transportar de volta (ou não), mas, no início da tarde do segundo dia, ouço vozes e risadas no saguão do térreo, e minha curiosidade me vence. Resmungo que nem um velho ranzinza com o quintal invadido por crianças, me arrasto da cama, ponho um vestido sem o milhão de camadas por baixo e saio pelo corredor de fininho. Quando olho por cima do corrimão, vejo dois rostos me olhando de volta, cheios de expectativa.

Matthew, é óbvio. Mas, ao lado dele, não vejo ninguém mais, ninguém menos do que o coronel Alexander Finch.

Ele acena rapidamente, e eu solto um gemido longo de reclamação.

— E que *prazer* é vê-la também! — diz ele, com uma reverência exagerada, enquanto eu contenho um sorrisinho e apoio os cotovelos na balaustrada e o queixo nas mãos.

— O que veio fazer aqui?

— Shepherd achou que faria bem a você ver um amigo.

— Bom — digo, com um olhar irritado para Matthew, que abre um sorriso tímido —, Shepherd se *equivocou*.

— Que pena — responde Alexander, e dá de ombros antes de levantar uma caixa embrulhada em pano e me olhar de soslaio. — E pensar que trouxe biscoitos amanteigados fresquinhos da padaria, mas...

Antes que ele acabe de falar, eu desço as escadas e pego a caixa de suas mãos.

— Tudo bem — cedo, com um tapinha em seu ombro. — Pode ficar.

Vamos tomar o chá na sala de estar, e eu desabo no sofá enquanto Matthew e Alexander ocupam as cadeiras. Tento mastigar o biscoito aos pouquinhos e ignorar os olhares de expectativa dos dois, mas a tarefa acaba se tornando impossível, que nem quando Cooper implora por comida à mesa do jantar.

Solto um suspiro demorado.

— O que *foi*?

— É que... você parece... — começa Matthew, mas Alexander toca seu braço.

— E se eu disser algo tão absurdo que pode ser verdade? — pergunta ele, e eu suspiro, me recostando no sofá.

— Melhor: que tal eu falar primeiro? — proponho.

Ele assente e indica que devo falar.

— Eu venho de duzentos anos no futuro.

Os dois me encaram, sem dizer nada, por quinze, talvez vinte segundos. Por fim, caem na gargalhada, Matthew se contorcendo enquanto Alexander seca lágrimas dos olhos.

— Bem, vejo que você não perdeu o senso de humor! — exclama Alexander, mas eu levanto um dedo para silenciá-lo antes de sair correndo da sala, subir a escada para pegar a retícula de perto da cama e voltar aos dois rostos muito confusos.

— Olhem.

Viro a bolsa na mesa diante deles, deixando cair o celular e a carteira. Os dois, em silêncio, se aproximam para estudar a tela e as lentes estranhas, a nota amarrotada de cinco dólares, minha identidade e minha carteirinha da biblioteca. Observo eles levantarem o dinheiro, arranharem a foto da identidade, cutucarem a tela do celular.

Finalmente, Alexander se vira para Matthew, levantando as sobrancelhas escuras.

— Bem, isso explica a dança.

Espera aí... *como é?*

— Estava pensando a mesma coisa — concorda Matthew, batendo com o celular na palma da mão, e os dois se recostam nas cadeiras e continuam a fofocar, como se eu nem estivesse presente. — Além do mais, ela às vezes diz coisas que...

— Não fazem o menor sentido?

— *É!* De início, imaginei que a alta sociedade fosse extraordinariamente diferente na América. Mas ontem mesmo...

— Tudo bem, tudo bem! — digo, pulando e pegando minhas coisas de volta, sem ânimo para ser zoada depois da semana (não, das *semanas*) que acabei de viver. — Já entendi. Não sou nenhuma mestre do disfarce.

Os dois gargalham, mas então Matthew franze a testa e toma um gole longo e demorado de chá, como se refletisse sobre algo.

— Se não se incomoda com a pergunta, como veio parar aqui?

— Um velho que frequenta a loja dos meus pais fez um discursinho besta sobre eu me esconder do amor e aí... me jogou uma moeda e puf — digo, mexendo os dedos. — Caí no meio do gramado da Lucy.

Ranjo os dentes por reflexo ao dizer o nome dela.

Preciso de outro biscoito.

— Interessante. — Alexander morde o lábio, pensativo, quando pego a caixa.

Aponto para ele com o biscoito.

— Aposto que a coisa absurda que você ia dizer não é mais absurda do que isso.

Ele balança a cabeça.

— Imagino que esteja certa, mas... Matthew me contou que você tem chorado, se lamuriado, olhado com tristeza pelas janelas...

Vixe. Que linda descrição minha. Quase volto a ouvir minha mãe dizendo algo semelhante depois que Charlie me largou. Faço sinal para Alexander continuar.

— Acho... — começa ele, antes de parar, pigarrear e se remexer de nervoso no assento. — Acho que você está de coração partido.

O pedaço enorme de biscoito desce pelo buraco errado. Eu tusso e tomo um gole demorado de chá; quando sinto o oxigênio voltar aos pulmões, estreito meus olhos marejados para ele.

— É, *claro* — digo, bufando. — Você dançou tão mal no baile que...

— Não por minha causa.

Cruzo os braços, sentindo um tremor nervoso na barriga.

— Você acha que Shepherd, que me largou sozinha pra ir correndo beber absinto...

— Não por causa de Matthew.

Olho de relance para o cara ao lado dele, que dá de ombros enquanto toma o chá com uma expressão meio melancólica, mas de quem sabe que essas merdas acontecem.

— Tá, então tá bom — digo, me inclinando para a frente e levantando a sobrancelha. — Quem partiu meu coração?

Alexander também se inclina para a frente, me imitando.

— Lucy.

Cadê Martha com os sais quando a gente precisa?

— Lucy? Eu? Que...

Solto uma gargalhada alta, tentando me safar fingindo que é a piada mais engraçada que já ouvi na vida, mas, pela expressão deles, fica bem óbvio que não acreditam em mim.

Paro de fingir e solto um suspiro demorado.

— E se eu sentisse algo por ela, vocês não achariam que é uma... aberração?

Matthew ri de desdém.

— É evidente que não. Eu estudei em um internato só para homens.

Olho para Alexander, que sorri ironicamente.

— Eu sou *extremamente* viajado.

— É, bom, obviamente nem todo mundo recebeu esse recado. Na verdade, de acordo com Lucy, vocês estão muito longe do consenso geral.

Cruzo as mãos sobre o colo e os dois assentem, confirmando.

— Ela rejeitou os seus sentimentos? — pergunta Alexander.

— Não exatamente.

Fecho os olhos com força, e imagens daquela última noite passam por trás das minhas pálpebras, se repetindo sempre que fecho os olhos, sempre que me permito divagar, por mais que tente não pensar nela. O rosto de Lucy iluminado pelo clarão do relâmpago, a pele dela sob meus dedos, a silhueta do corpo debaixo do lençol.

Acho que, na verdade, eu que *a* rejeitei ao ir embora. Mas… foi preciso.

— O pai dela me mandou embora. Disse que o sr. Caldwell insistiu nisso. Que minha mera presença, por associação, ia destruir completamente a vida de Lucy. E, de qualquer modo, não daria certo. Foi idiotice achar que daria — digo, subindo a voz, derramando a frustração que sinto há semanas. — Quero dizer, *aqui? Agora?* Que vida poderíamos ter? E o que isso faria de mim, se pedisse isso dela?

Matthew olha para as mãos e franze a testa.

— Não acha que essa decisão cabe a Lucy?

Eu paraliso, pega de surpresa.

Ele está certo. Eu *tomei* a decisão por Lucy.

Assim como o sr. Sinclair e o sr. Caldwell.

— Mas eu nem sei se ficarei muito mais tempo aqui — retruco. — Quando acabar meu tempo, talvez volte a 2023 sem ela. E isso tudo ignorando o fato de que Lucy está *noiva*. Daqui a poucos meses estará *casada*.

— Amanhã — solta Alexander.

— *Como é?*

— Ela se casará com o sr. Caldwell amanhã. Ao meio-dia, na capela do centro.

Sinto meus ouvidos zumbirem enquanto me esforço para processar o que acabei de ouvir.

Não... não pode ser. *Amanhã?* Ela vai se casar *amanhã?*

Eu me levanto aos tropeços e eles também saltam para ficar de pé, os rostos enrugados pela preocupação. Alexander estica a mão para mim e Matthew começa:

— Audrey...

Mas eu balanço a cabeça, fazendo com que ele feche a boca e Alexander pare com a mão no ar.

— Desculpa, eu só preciso...

Já no modo automático, minhas pernas me levam para fora da sala. Não posso olhar para eles. Não aguento a expressão de pena.

A cada passo que dou, sinto uma raiva profunda e insistente fervilhar em mim. Uma frustração sufocante por não poder fazer *nada*.

Não posso resolver nada disso. Não posso impedir o casamento e nos salvar. Não posso dizer o quanto a amo. Não mais.

E pior: temi tanto o risco que tirei dela a oportunidade de se arriscar, de escolher algo para si.

Solto um grito desesperado e reviro os lençóis até encontrar a moeda que me trouxe para cá. Assim que o faço, fecho os dedos ao redor do metal frio. Levanto a moeda, vendo-a refletir a luz da tarde. O número um reluz no centro.

Amanhã é meu último dia.

Amanhã é o último dia de Lucy.

E tudo que posso fazer é esperar nosso tempo acabar.

* * *

Eu me reviro a noite inteira, com a cabeça enfiada debaixo do travesseiro, pensando em Lucy no altar daqui a poucas horas, na frente do sr. Caldwell. Não apenas por causa dele ou do pai.

Agora, também por minha causa.

Com um gemido, finalmente jogo o travesseiro para longe, saio da cama, esfrego os olhos e me visto devagar. O sol ainda está baixo no horizonte, mas eu me pergunto quanto tempo vai demorar para alguma coisa acontecer, quando vai acabar o tempo da moeda.

Eu me arrasto escada abaixo até a sala de estar e encontro Matthew lá dentro, conversando com um senhor idoso que cuida da lareira, de costas para mim.

— Ah, Audrey — diz Matthew, que se levanta e faz um gesto na direção do homem. — Permita-me apresentar meu novo mordomo, o sr. Montgo…

CAPÍTULO 36
Lucy
10 de julho de 1812

Eu vou me casar hoje.

Seria de se imaginar que essas palavras viriam com uma onda de alegria. Nervosismo agradável. Animação.

Sei que, um dia, sonhei que esses sentimentos viriam, mas tudo que a ideia evoca é pavor, tão profundo que meus ossos chegam a doer. Mesmo que ao menos o momento tenha sido escolha minha.

Olho pela janela da carruagem, mordendo a bochecha para conter as lágrimas indesejadas que ardem nos olhos. Porém, bem quando acho que me recompus, Martha, sentada no banco à minha frente, pega minha mão, me levando à beira perigosa de uma crise de choro.

— Lucy, vejo que algo a perturba — sussurra, declarando o óbvio.

Como se não estivéssemos a caminho da loja da srta. Burton para ajustes excessivamente urgentes no vestido de casamento que usarei daqui a menos de quatro horas para subir ao altar ao lado do sr. Caldwell.

Como se meu corpo inteiro, meu peito, minhas pernas, meus *dedos*, não doessem ao pensar nela.

— Estou bem, Martha. Mesmo — respondo, porém, com toda a animação que consigo forçar.

Aperto a mão dela e me obrigo a sorrir quando entramos no centro, cujas ruas são muito mais movimentadas pela manhã do que no calor que a tarde traz.

— Eu… — começa ela. — O sr. Caldwell. Este casamento. *Sei que não é o que você deseja, e eu… eu sinto muito*. Sua mãe não gostaria de vê-la assim, não gostaria que você fizesse o que ela fez. Eu gostaria de poder…

— Minha mãe não está aqui, está? E o que isso interessa a você? — solto, irritada, e desvencilho minha mão da dela.

Sinto-me imediatamente culpada quando Martha desvia o olhar do meu e fecha a mão devagar no colo. Esta mulher cuidou de mim durante minha vida inteira, me apoiou após a morte da minha mãe, continuou comigo quando eu mesma não continuaria. Ela esteve ao lado de minha mãe no dia de seu casamento, e agora está aqui, vendo a filha dela seguir seus passos e tentando me proteger, mesmo que não possa.

Não sou melhor do que meu pai.

— Perdão, Martha. Eu…

Minha voz falha, finalmente me traindo. Ela apenas acena com a cabeça e dá um tapinha carinhoso de compreensão na minha perna.

Alguns minutos depois, me encontro atordoada diante do espelho enquanto a srta. Burton cutuca e aperta o que antes foi o vestido de casamento da minha mãe, minha pele pinicando por baixo do vestido branco francês. As assistentes dela tomam notas incessantes, para encurtar as mangas e a bainha, apertar a cintura e o quadril.

Meu pai, cuja estatura menor evidentemente passou para mim, deve estar pagando uma fortuna para tanto trabalho ser feito com tanta pressa.

A srta. Burton encosta nos meus braços estendidos, e eu os abaixo até meus dedos roçarem o tecido maldito que em breve participará de seu segundo casamento infeliz.

— E pensar — começa a srta. Burton, enquanto eu me envolvo em um roupão e o vestido é levado para os ajustes imediatos — que apenas um mês atrás eu a ajudei a escolher um vestido para chamar a atenção do sr. Caldwell, e agora já é seu *casamento*. Eu diria que a senhorita chamou mais do que sua atenção, srta. Sinclair!

Abro um sorriso seco e educado enquanto ela arregala os olhos de animação, mas tudo em que consigo pensar é no quanto tudo mudou nesse mês. No quanto *eu* mudei.

— Ah, acabei de me lembrar! O vestido que a senhorita encomendou — diz, fazendo sinal para uma das assistentes, que vai correndo buscá-lo. — Eu planejava enviar a Radcliffe esta semana, mas imagino que deva mandar para a casa do sr. Caldwell.

No segundo em que vejo a perfeição lilás de seda esvoaçante, caio na gargalhada. O vestido ridículo, que eu achei que poderia ser um pequeno gesto de rebelião, um lembrete de uma coisinha que eu mesma escolhi. Que tolice. Agora certamente acabará mofando em meu novo armário. Não quero lembrar-me disso de modo algum.

A srta. Burton franze a testa, confusa, e eu balanço a cabeça, secando uma lágrima.

— Eu sinto muitíssimo — digo, me esforçando para me conter. — Não sei o que me acometeu. Obrigada, srta. Burton. É lindo, sinceramente.

É mesmo.

Lindo, inútil e patético.

Martha faz sinal para nos entregarem o vestido, e nós duas somos deixadas a sós, à espera da finalização dos ajustes.

— Eu sei — diz Martha, finalmente, tirando uma bolsinha verde-esmeralda da retícula — que você tentará me impedir de dizer tudo isso, Lucy, mas eu tenho carinho demais por você, carinho demais por *sua mãe*, para me calar.

Fico em silêncio e faço sinal para ela prosseguir.

— Quando me apaixonei por meu Samuel, o mundo inteiro ganhou mais brilho. Não apenas porque eu estava inteiramente encantada por ele, mas também porque, ao estar com ele, ao ser amada por ele, eu sentia que eu me entendia melhor do que havia me entendido em anos. Ver a pessoa que eu me tornara, quem poderia me tornar, era... emocionante.

Ela abre um pequeno sorriso, levantando as faces rosadas.

— Eu cuidei de você sua vida inteira, Lucy. Vi você crescer e se tornar a bela moça que é hoje. Mas também vi sua luz diminuir e mudar. Vi você virar uma sombra da menina vibrante, feliz e *obstinada* que era. Lembra-se da vez em que seu pai fez um jantar de negócios para a empresa têxtil? Você não devia ter mais de seis anos. — Eu rio, balançando a cabeça. — Ele mandou fazer um vestido para você com um dos tecidos deles, e você sumiu no fim da tarde. Procuramos por horas, e você voltou logo após o toque do sino do jantar *coberta* de lama, com o vestido totalmente rasgado.

— Ele ficou furioso — digo, me lembrando do rosto de meu pai, as narinas infladas, os olhos fumegantes.

Acho que, até hoje, nunca o vi tão irritado.

—Ainda assim, você se sentou, pegou o garfo e disse que "achava melhor testar o produto antes de fecharem qualquer acordo comercial". A sala *explodiu* de gargalhadas. Não seu pai, certo, mas todos os outros. Eu e sua mãe levamos você para se limpar, rindo sem parar, mas é *isso*, Lucy. É disso que estou falando.

— Eu passei um mês proibida de sair por causa disso.

O negócio foi fechado naquele dia, mas eu ainda assim sofri as consequências. É disso que me lembro, agora, de todas as escolhas que já fiz: das consequências.

— Foi tão difícil ver, ao longo dos anos, essa moça ser forçada a desaparecer. Até que, bem, *ela* chegou, e, a cada dia que se passava, eu vi partes de você voltarem aos poucos, além de novas partes suas, partes que eu nunca havia conhecido.

Cruzo as mãos e as aperto com força ao ouvir a verdade na fala de Martha, mas não posso aceitá-la.

— Bem, ela não está mais aqui — digo, e rapidamente seco a lágrima indesejada que escorre pelo meu rosto.

Quando Martha responde, é com pouco mais de um sussurro.

— Mas você está, não está? Você ainda está aqui, Lucy.

Ela abre a bolsinha verde e, devagar, tira de lá um colar.

Eu perco o fôlego.

Não é um colar qualquer.

É uma corrente fina de ouro com uma única pérola.

O colar de minha mãe. Do retrato.

Com cuidado, ela afasta meu cabelo e prende no meu pescoço a corrente fria. Levanto a mão, e meus dedos finalmente encontram a pérola.

— Não cale todas essas suas partes. Seja a pessoa que era quando sua mãe ainda estava entre nós. Quando Audrey estava aqui. Mesmo que elas já não estejam mais. Mesmo que você precise se casar. Porque, Lucy, é *essa* a pessoa que você é.

As palavras de Martha me fazem desejar.

Desejo que fosse suficiente para mim pegar o vestido lilás, sair correndo desta loja, rejeitar o sr. Caldwell e nunca mais ver meu pai.

Mas não sei para onde eu correria. Para um bilhete de desculpas passado por baixo da minha porta? Para uma garota que talvez já esteja duzentos anos no futuro? Para sentir, esperar, querer mais uma vez, apenas para tudo se desfazer e me deixar ainda pior?

Antes que eu consiga considerar, a srta. Burton volta com o vestido alterado, que me apresenta como resposta à pergunta que não fiz em voz alta.

— Pronta?

Faço sinal positivo e forço um sorriso.

Apesar de comovida pelo conselho de Martha, no fim, ele é inútil. Tudo que posso fazer é me apresentar com o vestido de casamento da minha mãe, que agora é *meu*, e fingir que não mudei em nada.

CAPÍTULO 37
Audrey
10 de julho de 1812

Sr. Montgomery.

O senhor se vira, e eu vejo seus olhos verdes e familiares. Olhos que piscavam para mim quando ele vinha buscar o café e o jornal pela manhã, que apertava para enxergar os menores detalhes das páginas do meu caderno ou que arregalava quando eu contava histórias.

O nome ainda nem terminou de sair da boca de Matthew e eu atravesso a sala em um impulso, sem saber se vou atacá-lo ou abraçá-lo.

Antes que eu decida, Matthew se coloca entre nós e me segura enquanto eu me debato que nem um personagem de desenho animado, sacudindo as pernas, os braços e os punhos a mil por hora.

Minhas palavras são uma mistura de "Não *acredito* que o senhor me mandou para 1812", "O senhor é um *ridículo*" e "*Como o senhor conseguiu?*".

— Audrey! — exclama Matthew, quando me acalmo um pouco, ainda olhando dele para o sr. Montgomery, e apoia as mãos nos meus ombros. — O *que* exatamente está acontecendo?

Aponto para além dele.

— É esse cara aí que me trouxe para cá!

Ele estreita os olhos e se vira para o sr. Montgomery, que levanta as sobrancelhas peludas e acena discreta e timidamente.

Matthew levanta as mãos e me solta. Vira o corpo para me dar passagem e permite que eu siga.

— À vontade.

Mas eu fico só... parada. Congelada. Encarando o velhinho que me jogou uma moeda e me mandou duzentos anos ao passado para sofrer por amor outra vez. Desta vez, sem ter nem a ajuda da minha família ou do meu cachorro.

— Por quê? — começo, deixando a voz falhar. — Por que o senhor me mandou para cá?

Ele solta um suspiro demorado e franze a testa, soltando a pinça da lareira.

— Não decido exatamente onde você pousará, Audrey. Isso depende do universo.

— Do *universo*? — repito, bufando de ultraje.

— Quer dizer, é claro que posso me inspirar em alguma coisa. Um sinal, prefiro dizer. Como... uma imagem ou um país, por exemplo. Mas os detalhes, onde você é mais necessária, onde é mais necessário que você vá, não estão sob meu controle.

— Bem, se o universo estiver errado e eu não encontrar o amor... o que vai acontecer quando acabar o tempo? — pergunto, com um nó no estômago, e me aproximo, abaixando a voz para um sussurro. — Vou implodir, sei lá?

Ele gargalha com força, o que é bom sinal. Sempre prefiro não implodir.

— É claro que não — diz, se instalando no sofá com um tapinha no lugar a seu lado. — Vai só voltar para casa.

Vou só voltar para casa. Simples assim. Engulo a vontade de dizer que eu talvez não tivesse me complicado tanto se ele tivesse *me explicado* e escolho fazer outra pergunta. Uma pergunta muito mais importante.

— Mas, então, qual foi o objetivo?
— Qual *você* acha que foi? — devolve ele.

Solto um suspiro e olho ao redor da sala, notando que Matthew se foi, provavelmente por não querer ser cúmplice caso a conversa dê errado. Devagar, me sento no sofá ao lado do sr. Montgomery e vejo o fogo crepitar na lareira. Penso na nossa última conversa e em tudo que aconteceu nessas poucas semanas.

Preenchi um caderno pela primeira vez em meses. Reencontrei a inspiração. Abandonei a segurança da lojinha e, mesmo sentindo saudade de todo mundo, encontrei coisas e pessoas que amo aqui também. Aceitei minha sexualidade. No fim, se não fosse pela dor, seria uma aventura bem sensacional.

E, de uma vez só, tudo faz sentido.

É igualmente dolorido não se arriscar, porque aí a derrota é certa. E não estou falando apenas de amor.

A questão ia *além* de encontrar o amor ou a arte. Eu me encontrei. Aprendi que minha arte nunca dependeu de uma paixão ou da dor, apenas de *mim*. De acreditar em mim o suficiente para encostar o lápis no papel, mesmo que o desenho não fosse sair perfeito. Eu me arrisquei na página e na vida sabendo que a dor poderia vir, e *provavelmente* viria, mas… aproveitei o lado bom e encarei as consequências.

Exceto por, bem, o maior risco de todos…

Lucy.

Neste momento, fica nítida, *óbvia*, a resposta à minha pergunta.

Onde você é mais necessária.

O universo me mandou para Lucy. Porque ela precisava de mim tanto quanto eu precisava dela.

— E se eu *tiver* me apaixonado? — pergunto, olhando para ele. — Ficarei presa aqui para sempre com meu amor?

Ele sorri, enrugando o canto dos olhos, e se aproxima.

— Não *precisa* ser assim. Não se vocês quiserem outra coisa. Não se tiverem a coragem de pedir mais ao universo.

Puta merda.

Quer dizer que... se Lucy quiser isso também, podemos *as duas* voltar ao presente. Há, *sim*, uma brecha.

Ela não precisa se casar com o sr. Caldwell.

Ela pode compor música, estudar na faculdade, fazer tudo o que quiser.

Ela pode... *ficar comigo*.

Se eu tiver coragem.

Agora, eu tenho. Depois dessas últimas semanas, depois dessa jornada verdadeiramente inacreditável, eu *tenho* a coragem de pedir isso dela. De me arriscar e esperar que ela me escolha. Mais importante, que ela *se* escolha também. Acho que Lucy tem coragem. E eu nunca deveria ter duvidado dela.

— Sabe, Audrey, sofrer por amor uma vez não aumenta a probabilidade de sofrer de novo. Na verdade, é preciso conhecer a pessoa errada para saber de verdade quem é a certa — explica ele, com o mesmo olhar que me arremessou pelo espaço-tempo. — Mas nem o amor verdadeiro vem sem dor, sem risco. Nem por isso, porém, se deve fugir dele, ou deixá-lo para trás. Pode ser assustador, e inesperado, mas, quando encontrá-lo... não deixe nada, nem mesmo seu medo ou o próprio tempo, tirar isso de você. Como com todas as coisas na vida, tudo o que se pode fazer é se jogar, confiar e esperar que te peguem do outro lado, bem como você é, e acreditar que você tem a força para sobreviver se não der certo. Mas, se for a pessoa certa, dará.

Era tudo o que eu precisava ouvir.

Além de que não vou implodir.

Subo correndo, e o sr. Montgomery, rindo, grita:

— A gente se vê em casa!

Calço os tênis e a roupa com que cheguei, esperando que sirva de sinal ao universo de que eu *vou* para casa, com Lucy ao meu lado. Guardo o celular e a carteira no bolso e aperto a moeda na mão ao descer a escada até a porta. Matthew me espera lá, recostado no batente, com aquele sorriso malicioso.

— Já chamei a carruagem.

Ele me entrega uma bolsa de couro marrom e dá de ombros, tímido.

— Leve o que sobrou dos biscoitos — diz, e, quando olho lá dentro, vejo que estão embrulhados em um plastrão azul. — Para que se lembre de nós.

Lágrimas ardem nos meus olhos e eu o puxo para um abraço, agradecida por esse cara todo certinho que me mostrou que o Príncipe Encantado pode ter um lado mais rebelde. E pode acabar sendo um ótimo amigo, se a gente mudar a história só um pouquinho.

Porém, depois de hoje, nunca mais vou vê-lo.

— Mal posso esperar para pesquisar você no futuro e descobrir com que moça sortuda se casou — murmuro, encostada no ombro dele. — Vou sentir saudade.

— Eu também. — Ele me abraça com força, rindo.

Então, com um último olhar, eu parto. A carruagem vai voando a Radcliffe, e eu encosto o rosto no vidro enquanto cruzamos o campo, o caminho da cidade onde conheci

Alexander, o campo onde Lucy me encontrou, o estábulo onde fiz amizade com James e aminimizade com Moby, a lagoa onde nadei com Matthew.

Mal paramos antes de eu sair da carruagem e entrar na casa, gritando por ela. Subo a escada e sigo o corredor que leva ao seu quarto, seguida de perto pelo sr. Thompson, que me manda parar.

— Lucy, me desculpe... — digo quando entro, e paraliso ao ver que a cama está perfeitamente arrumada, a penteadeira, vazia.

Passo os dedos pelo cobertor e paro ao ver as páginas do meu caderno na mesinha de cabeceira, algumas amarrotadas e dobradas. Eu as pego, mas quase as derrubo quando a porta se escancara atrás de mim.

Eu me viro e vejo o pai de Lucy, de narinas infladas e olhos azuis flamejantes, acompanhado do sr. Thompson.

— Pelo amor de Deus, o que você está fazendo aqui? — pergunta ele, enquanto guardo os desenhos na bolsa.

— O que *eu* estou fazendo aqui? — repito, cruzando os braços em desafio. — Estou aqui para salvar Lucy. De você e desse casamento de merda.

Ele estreita os olhos e abre um sorriso irônico.

— No momento em que a vi, soube que você seria um problema. O sr. Caldwell apenas confirmou minhas suspeitas. E agora *isso*.

— No momento em que o vi, soube que *você* não merecia de modo algum ter alguém como Lucy como filha. É uma pena que você não faça ideia de *quem* ela é, porque Lucy passou muitos anos se forçando a esconder todas as partes impressionantes de si. As partes gentis, carinhosas, aventureiras e *divertidas*. Ela merece algo muito melhor do que você. Muito melhor do que isso *tudo*.

Passo por ele, gritando o nome dela, esperando que ela me ouça.

— Lucy!

— Ela não está — ele esbraveja, agarrando meu braço.

— Então eu irei à igreja — digo, me desvencilhando de seu aperto. — Farei qualquer coisa...

Paro bruscamente no corredor ao ver que o sr. Thompson veio acompanhado. Dois homens fortões me pegam pelos braços, e o sr. Sinclair ri enquanto sua bengala ecoa no assoalho de madeira atrás de mim.

— Você sinceramente acredita que eu a deixaria estragar este casamento? O *futuro* de Lucy?

— Nem finja se preocupar com o futuro dela — rebato.

— Tudo bem — diz ele, rindo. — O *meu* futuro. A posição social que ganharei. Os negócios vindouros quando os Sinclair e os Caldwell se unirem — continua, e, olhando para os dois homens, indica o corredor. — Amarre-a na biblioteca.

Enquanto sou arrastada, me debatendo desesperadamente para me soltar, vejo o pai de Lucy ajeitar a jaqueta, sorrindo de satisfação. Ele confere o relógio de bolso e o fecha com um clique.

— Agora, se me der licença, srta. Cameron, minha filha está prestes a se casar com o homem mais rico do país.

Solto um grito frustrado quando os homens me puxam pela galeria de retratos a caminho da biblioteca. Tento, em vão, firmar os pés, me desvencilhar. Eles me jogam em uma cadeira perto da janela, e eu tento me levantar para correr até a porta, mas um deles me segura ali enquanto o outro amarra minhas mãos atrás das costas e meus tornozelos nos pés da cadeira.

— Por favor — suplico, tentando argumentar. — Sei que vocês provavelmente também não gostam dele. Não podem só...

Um dos homens, um cara desgrenhado com sobrancelhas castanhas grossas e barba por fazer, me olha, carrancudo, e aperta ainda mais os nós antes de sair da biblioteca com o capanga, arrastando os pés.

Parece que não.

— Socorro! — grito quando eles trancam a porta.

Eu me debato contra as cordas, ralando os braços.

Como isso pode ser verdade? De repente, meu romance ao estilo *Bridgerton* está virando um episódio de *Linha direta* regencial.

Olho pela janela, me perguntando se eu sobreviveria à queda do segundo andar e conseguiria ir rolando até a igreja.

É improvável.

Suor começa a escorrer da minha testa, e eu quase *sinto* o tempo escoar. A cada batida do coração, o relógio marca a chegada do fim.

Em breve, ela estará casada.

Em breve, eu irei embora.

Solto outro gemido frustrado, me debatendo de novo. A cadeira balança e acaba desabando inteira, me fazendo bater com *força* na tábua que esconde os livros de Lucy. Fico um pouco aliviada por não atravessar o assoalho, mas bato a cabeça e minha testa lateja tanto de dor que preciso morder o lábio para não berrar. Ainda assim, não desisto. Olho pela parede, em busca de alguma coisa, qualquer coisa, que me ajude, mas encontro apenas um retrato.

Espere.

Arregalo os olhos, chocada ao ver uma mulher de cabelos dourados e olhos castanhos quentes usando um delicado colar de corrente dourada e um vestido verde-sálvia.

Eu já a vi. Já vi o retrato. E não foi apenas de relance, no primeiro dia em que entrei aqui com Lucy.

Foi no dia em que o sr. Montgomery me mandou para este lugar. Foi um dos retratos que analisei em busca de inspiração.

Deitada aqui, estudando aquelas feições familiares, o cabelo dourado, o nariz delicado e os lábios curvados, entendo tudo.

A *mãe de Lucy.*

Magia, ciência, o universo em ação, o que quer que o sr. Montgomery tenha usado, não foi por acidente.

Ela me trouxe para cá.

Por Lucy.

Ela sempre quis que a filha vivesse o amor, o amor *de verdade*, e cá estou.

Preciso confiar que ela e o universo ainda estão do meu lado.

Eu me debato com força renovada, jurando ouvir os sinos da igreja badalando ao longe, mas na esperança de chegar a Lucy antes de ser tarde demais.

Por nós duas.

CAPÍTULO 38
Lucy
10 de julho de 1812

De pé no fundo da igreja, encaro o teto ornamentado enquanto os convidados entram.

Não quero abaixar a cabeça e ver o sr. Caldwell à espera no altar. Nem meu pai, mais feliz do que o vejo há anos, conversando educadamente com os convidados.

Talvez, se eu continuar encarando as colunas elaboradas, os detalhes dourados, o padrão circular, tudo desapareça.

— Lucy — chama uma voz familiar, soando quase surpresa, apesar de ser meu casamento.

Abaixo o queixo, relutante. Vejo Alexander, acompanhado do sr. Shepherd, e pego a mão de meu primo. Os dois olham ao redor da igreja, como se procurassem por algo.

— Audrey não…? — começa o sr. Shepherd, voltando a me olhar.

Meu coração sobe a boca ao ouvir o nome.

— Audrey não fez o quê?

— Ela deixou a casa de Matthew para… — diz Alexander, franzindo a testa. — Supus que você sentisse o mesmo.

— *Lucy!* — exclama meu pai, impaciente, logo atrás de mim. Com os ouvidos zumbindo, viro o rosto para ele.
— Chegou a hora.

A música realmente começou. Solto a mão de Alexander automaticamente quando meu pai pega meu braço, começando a me conduzir ao altar, e sinto o corpo todo dormente.

Supus que você sentisse o mesmo.

Ela... ela veio me procurar. Ou eles acharam que ela veio me procurar.

Então...

Antes que eu conclua o raciocínio, antes mesmo de perceber, sou deixada na frente do sr. Caldwell. Olho do rosto dele para o do meu pai, para o de Martha na segunda fileira, para os de Alexander e Matthew, ainda paralisados do outro lado do corredor.

— Nos reunimos aqui hoje... — começa o pastor, mas sua voz se torna distante.

De uma vez só, percebo que tenho uma decisão a tomar.

Por muito tempo, aceitei, resignada, este destino infeliz. E, quando não aceitei, só senti dor. Penso em acordar e ver o caderno debaixo da porta, notar que Audrey tinha desaparecido. Nos últimos dias, em que senti que meu corpo inteiro era dilacerado por causa dela.

Penso, então, nas palavras de Martha na loja da srta. Burton. Nas palavras de Audrey naquela noite, a chuva torrencial caindo ao nosso redor.

O que *eu* quero? O que *eu* sinto? Como eu poderia viver sabendo que não agarrei a mínima oportunidade de ter algo *mais*, mesmo que este seja, talvez, o maior risco de toda a minha vida?

— Se algum presente souber de algum motivo para que este casal não se una no matrimônio sagrado, fale agora ou cale-se para sempre. — Ouço o pastor ao longe, e olho bruscamente para ele.

É hora de escolher.

As palavras vêm quase imediatamente:

— Eu me oponho.

Imediatamente, a congregação se cala.

— Perdão — diz o sr. Caldwell, fazendo uma careta —, a senhorita acaba de...?

Meu pai se aproxima em um instante e solta uma risada seca.

— Ela não sabe o que faz. Ela...

Levanto a mão, tocando o colar de minha mãe, que me dá forças.

— Sei exatamente o que faço — respondo, e o encaro. — Estou me escolhendo.

Abro um sorriso rápido. Uma última despedida que ele não merece.

— Não se preocupe. O senhor nunca mais me verá.

Eu me viro para correr pela igreja, para encontrar Audrey antes que seja tarde demais e ela parta, mas meu pai agarra meu braço, me puxando para trás. Vejo Alexander avançar, mas Martha chega mais rápido. Ela empurra a lata de sais para o nariz dele, o que o choca o suficiente para eu me desvencilhar.

— Corra, Lucy! — grita alguém.

Grace. Encontro o olhar dela e depois o de Martha, e tento despedir-me das duas em silêncio. Duas das últimas pessoas que tornaram minha vida aqui suportável. Então... eu obedeço. Saio correndo, e uma risada inesperada me escapa quando empurro as portas da igreja, seguida de perto por Alexander e pelo sr. Shepherd.

Nós três descemos a escadaria correndo, e Matthew assobia.

— Pegue meu cavalo! — diz, e indica um garanhão inteiramente preto, *muito* maior que Henry, que repentinamente está a postos. — Ela ainda deve estar em Radcliffe.

Ele me ajuda a subir, e eu passo uma perna para cada lado, em vez de montar à amazona. Rasgo o vestido, mas não me incomodo em nada, e pego as rédeas, pronta para partir. Então, os dois me surpreendem ao subir juntos no cavalo de Alexander, e meu primo abre para mim um enorme sorriso.

— Vamos buscá-la! — exclama, e Matthew o segura pela cintura, em uma imagem que sei que Audrey acharia espetacularmente hilária. Espero chegar a tempo de contar para ela.

Apertamos os calcanhares contra os flancos dos cavalos e partimos a galope pela cidade. As pessoas fogem de nós aos pulos, algumas aos gritos, e abrem caminho. Rostos chocados se viram para admirar o escândalo da mulher montada a cavalo, de vestido de noiva, que passa à velocidade.

Enquanto corremos pela estrada sinuosa que leva a Radcliffe, sentindo as patas poderosas do cavalo trabalharem debaixo de mim e o vento bagunçar meu cabelo sem chapéu, pela primeira vez me sinto realmente *livre*. Tomei minha *decisão*, aonde quer que ela leve.

Espero que me leve ao final feliz, se encontrar Audrey a tempo.

Ranjo os dentes, estalando as rédeas quando Radcliffe surge à vista. Atravessamos o campo até a grama finalmente dar lugar ao cascalho, que os cascos esmagam ruidosamente.

Assim que o cavalo para, eu desço da sela e corro pelos degraus para irromper pela porta, acompanhada por Matthew e Alexander.

— Audrey! — chamo na casa vazia.

Espero, tentando ouvir uma resposta, mas não vem nada.

— *Audrey* — tento novamente.

— Srta. Sinclair? — finalmente ouço uma voz.

Surpreendentemente, James surge no corredor, trazendo um forcado do estábulo.

— Meu Deus — murmura Alexander.

James abaixa o forcado rapidamente, e Matthew estende um braço para me empurrar para trás dos dois.

— Vi a carruagem do sr. Shepherd chegar mais cedo — explica James, antes que Matthew tente um cruzado direito. — Fiquei desconfiado quando Audrey entrou, mas nunca saiu.

— Você sabe onde ela está? — pergunto, e ele balança a cabeça em negativa.

Olho para o segundo andar e seguro o corrimão, com o coração a mil enquanto subo os degraus, seguida por Matthew, Alexander e James.

— Audrey! Você está aí?

O medo formiga em meu peito. Cheguei tarde demais? Ela já foi?

— Aud...

Paro quando ouço: *sua voz*, chamando meu nome.

— *Lucy!*

Saio correndo e viro a esquina, ouvindo o som mais alto a cada passo.

— Audrey?

— Estou aqui! — chama ela, o som abafado pela porta da biblioteca.

Tento mexer na maçaneta, mas está trancada.

— Estou amarrada. Não consigo...

— Você tem a chave? — pergunta Alexander, enquanto James empurra a porta, tentando forçá-la.

— O sr. Thompson deve ter. Posso procurar por ele.

— Talvez o forcado ajude? — sugere Matthew.

Ah, já basta. Corro para tomar impulso e me jogo contra a porta, uma vez, duas, até finalmente arrombá-la. Matthew solta um gritinho de surpresa quando a madeira racha ao meu redor.

Audrey arregala os olhos, chocada, de onde está deitada no chão, amarrada a uma cadeira e com um corte na testa.

— Você acabou de…? Acabou de derrubar uma *porta*?

Passo a mão na mesa para pegar um abridor de cartas.

— Sim — afirmo, e me ajoelho diante dela, cortando a corda.

— Minha heroína — diz ela, com aquele sorriso caloroso, enquanto eu a ajudo a se sentar, até acabarmos frente a frente.

É o que sinto mesmo. Sinto que *eu*, Lucy Sinclair, sou a heroína de meu próprio romance. Finalmente.

Ouço Alexander fungar atrás de nós e, quando olho, vejo Matthew oferecer um lenço para ele, enquanto James faz um gesto apressado para nos deixarem em paz. Logo os passos dos três somem pelo corredor.

— Você foi embora — digo, tocando a testa dela devagar.

As palavras saem como uma pergunta, e Audrey pega minha mão e a segura em resposta.

— Me desculpe — começa, os olhos brilhando. — Seu pai exigiu que eu deixasse Radcliffe, disse que eu ameaçava sua reputação ao ficar, e eu… Eu senti tanto medo de destruir sua vida, mas nunca deixei *você* escolher o que queria, Lucy, o que estava disposta a arriscar. Não dei todas as informações para você tomar a decisão. Então preciso dizer o seguinte…

Audrey respira fundo e aperta minha mão.

— *Eu te amo.*

Meu coração dispara ao ouvir as palavras que tanto esperei, finalmente ditas.

— Não tenho seja lá o que dez mil libras ao ano valha em 2023, nem uma casa gigantesca com lagoa, biblioteca e mordomo para fazer tudo que você quiser. Ainda estou na escola, moro em um apartamento de dois quartos em Pittsburgh com meus pais e trabalho em troca de café e salgadinho na nossa mercearia capenga — diz ela, rindo. — Mas todos nos apoiamos e nos amamos. E sei que eles apoiariam e amariam você.

Ela abre a outra mão e revela a moeda, para a qual nós duas olhamos.

— Não posso afirmar que vamos ficar juntas para sempre, mesmo que eu torça para que isso aconteça, mas — continua, olhando para mim com um sorriso — posso dizer que eu te amo mais do que qualquer coisa e que *sempre* estarei do seu lado, estejamos juntas ou não. E que, se me escolher, se você *se* escolher, não temos que ficar aqui. Acredito que, com a coragem de tentar, podemos ir embora... juntas.

Perco o fôlego.

Posso abandonar Radcliffe. E meu pai. E o sr. Caldwell. Posso construir uma vida para mim, na qual poderei tocar piano e dançar ao som de algo que chamam de "Whitney Houston", viajar aonde quiser em um objeto que voa pelo céu e andar a cavalo o mais rápido que desejar.

E posso ficar com Audrey. Ficar de verdade com ela.

Estico a mão e seguro seu rosto. A garota que veio e virou inteiramente do avesso o mundo que eu conhecia.

— Talvez, em outra vida, se não a conhecesse, eu tivesse me casado com o sr. Caldwell e fingido que estava perfeitamente bem — sussurro, balançando a cabeça e franzindo as sobrancelhas. — Mas foi antes de você, Audrey. Foi antes de saber o que é o amor, o amor de verdade. Antes de você mudar *tudo*. Não quero voltar para isso.

Ela me puxa para perto, e parece que o tempo para quando nossos lábios se tocam de leve. É tudo o que minha mãe disse que seria e muito mais. É a combinação de todos os romances que já li. Eles podem ter sido queimados, mas o meu próprio preencheu o lugar vazio. Nós nos derretemos, unidas, até não sabermos quem é ela ou quem sou eu.

Todo o resto se esvai até eu ouvir uma moeda batendo no chão. De repente, sem aviso...

Tudo se apaga.

CAPÍTULO 39
Audrey
22 de abril de 2023

Sinto um tapinha leve na perna. Uma vez, duas.

Devagar, abro os olhos, tentando protegê-los do sol forte, e vejo que o próprio sr. Montgomery está cutucando minha coxa. Ele para ao me ver acordar, com os olhos verdes cheios de astúcia debaixo das sobrancelhas brancas e peludas.

— Parece que você pousou direito — diz, rindo baixinho enquanto segura uma moeda, cujo metal reflete o sol.

— Mais ou menos — resmungo, com a cabeça latejando, ainda mais porque alguém está buzinando, tipo, *bem* na minha...

Espera.

Arregalo os olhos e me sento bruscamente, inundada de lembranças.

A biblioteca.

A moeda.

O beijo.

Tudo se apagando.

A buzina deve indicar que... estou mesmo aqui. Em *casa*, finalmente.

As imagens familiares, as ruas familiares, os cheiros familiares, tudo me invade. Mas e Lucy? Sinto o estômago pular até a boca, e viro a cabeça, desesperada.

Vejo primeiro a barra do vestido de casamento ornamentado, o que basta para confirmar que ela está aqui, está mesmo *aqui*, bem ao meu lado. Lucy arregala os olhos ao se sentar, admirando 2023 e meu cantinho de Pittsburgh. Os carros coloridos que passam correndo, os prédios altos e as placas, todo o *som*, tudo muito mais barulhento e movimentado do que Radcliffe, Whitton Park ou a cidade pela qual passeamos.

Estico a mão, devagar, até passar os dedos por sua palma e entrelaçá-los aos dela para um aperto suave.

É só então que Lucy se vira para mim, encontrando meu olhar com seus olhos azuis, como naquele dia em que ela me encontrou no campo.

Antes de me encontrar de tantos outros jeitos.

— Seja bem-vinda ao futuro — digo, ainda rouca depois de gritar por socorro há duzentos anos, caída em uma cadeira na biblioteca da família dela.

Porém, em vez de fazer qualquer uma das milhares de perguntas que deve ter, Lucy me puxa para um beijo, fechando os dedos na minha camisa. O calor emana pelo meu corpo inteiro no momento em que nossas bocas se tocam, e eu…

— Tá bom, tá bom, vocês vão ter muito tempo para isso — interrompe o sr. Montgomery, cutucando meu ombro com a bengala.

Eu o olho com irritação, mas minha expressão inevitavelmente se suaviza quando sou tomada pela conclusão do que aconteceu.

— Eu… estou chocada por dizer isso, mas… Obrigada.

— É... — fala ele, abanando a mão. — Considere este seu presente de formatura.

— Meu presente de formatura? — Rio, massageando a testa que machuquei de novo. — Tenho a impressão de que, depois de perder *todas* as provas finais e o último mês de escola, vou precisar esperar mais uns meses para receber esse diploma.

— Ou... — diz o sr. Montgomery, tirando um jornal dobrado que carregava sob o braço e o jogando em nossa direção — talvez o tempo tenha passado de forma um pouco diferente aqui.

Arregalo os olhos e Lucy se estica para ler a data.

— 22 de abril de 2023! — exclama.

Fico boquiaberta.

Eu *vendi* esse jornal para ele.

— Espera aí. Não passou tempo nenhum? Então...

— Você ainda tem tempo de concluir seu portfólio, se quiser — diz, e dá de ombros, usando a bengala para pegar a bolsa de couro ao nosso lado.

Dentro dela, estão os biscoitos amanteigados embrulhados no plastrão de Matthew e... páginas e páginas dos meus desenhos.

Desenhos que mostram o quanto mudei. Que contam uma história e têm a *minha* marca, meu estilo, minha visão, em vez do que alguém me disse que deveria ser essa visão. Meus sentimentos por Lucy. Os dela por mim. Minha representação física em alguns. Todos exatamente o tipo de arte que *eu* quero fazer, pelo qual sou apaixonada.

Pego a bolsa, sorrindo.

Agora sei que, se passar, posso ir para a faculdade. Posso deixar Pittsburgh sem abandonar meus pais e todo o resto. *Posso* me arriscar, se confiar em mim mesma. Qualquer que seja o resultado, se eu confiar... vai dar tudo certo, mesmo que não do jeito que eu esperava. Talvez seja ainda *melhor*. Como desta vez.

— Isto é, a não ser que vocês queiram dar um passeio pelo Óregon do século XIX. Ou talvez pela Europa medieval? — sugere o sr. Montgomery.

— Não, não, acho que a gente prefere não pegar a peste — digo, e me levanto, me espanando. — Vamos ver o que 2023 tem a oferecer.

Eu me viro e estendo as mãos para Lucy, ajudando-a a se levantar. Andando pela rua com ela agarrada ao meu braço, vejo-a admirar os arredores, sentindo *definitivamente* o maior choque cultural da vida inteira.

Eu entendo.

Algumas pessoas olham com curiosidade para a roupa dela, e Lucy retribui com olhares igualmente curiosos. Minissaias, piercings no nariz, calças rasgadas, sutiãs aparentes, *cabelo rosa*. É tudo muito diferente do que ela conhece.

Finalmente, paramos devagar na frente da vitrine familiar, e sinto lágrimas subirem aos olhos. Mal posso esperar para ver meus pais, mas, primeiro, me viro para Lucy e observo seu rosto.

— Tudo bem com você? — pergunto, com medo de ser demais, de ela achar que acabou de cometer o maior erro da vida.

Porém, ela sorri.

— Nunca estive melhor — responde, ajeitando uma mecha do meu cabelo atrás da orelha.

Aponto para a placa desbotada que, em letras grossas e vermelhas, diz MERCEARIA CAMERON.

— Minha casa. — É tudo que consigo dizer.

Senti saudade e tristeza por essas palavras. Senti medo de nunca ter ou ver o lugar outra vez.

Abro a porta e ouço o sino de sempre, e nós duas entramos, de mãos dadas, no futuro. Bem... no presente, agora.

Mas no nosso futuro.

A vida da Lucy e a minha vida, de hoje em diante, serão o que decidirmos delas.

Mal passamos pela porta antes de minha mãe soltar um grito, praticamente me derrubando com a força do abraço.

— Ah, meu amor! *Onde você estava?* Achei que tivesse sido sequestrada! O caixa sem ninguém para cuidar, a loja vazia. E você bateu a cabeça *de novo?* — pergunta, apertando meu rosto entre as mãos. — *O que eu faço com você?* Vai acabar com menos neurônios que o seu pai...

— *Mãe* — resmungo, me desvencilhando, mas já estou chorando. — Senti saudades.

— Você só sumiu por poucas...

Vejo minha mãe olhar para nossas mãos dadas, para o vestido de noiva de Lucy, e, finalmente, para o rosto dela. Lucy aperta minha mão com mais força, e eu digo:

— Esta é a Lucy.

Ela está nervosa.

Levanto nossas mãos.

— Ela é minha, hum, namorada.

Eu estou nervosa. Quer dizer... nunca apresentei uma namorada aos meus pais. Nunca nem imaginei fazer isso. Não achei que deixaria essa parte de mim ver a luz do dia.

E agora cá estou, tendo sumido por apenas poucas horas no tempo dela, voltando com uma namorada que provavelmente parece ter escapado de uma seita apocalíptica.

— Ela veio de 1812 — digo, dando de ombros, imaginando que minha mãe provavelmente não vai acreditar.

Porém, mais tarde, posso explicar que não foi piada. Apesar do presente de formatura, o sr. Montgomery ainda está me devendo uma. Ele pode ajudar a contar a história toda.

Estranhamente, minha mãe nem pestaneja, nem mesmo ri. Ela apenas sorri para nós. Lucy fica paralisada, provavelmente tentando decidir se deve ou não fazer uma reverência, antes de estender a mão correndo, como se acabasse de se lembrar do nosso primeiro chá na casa de Grace.

— É um prazer conhecê-la.

As palavras mal saem de sua boca antes de minha mãe ignorar a mão estendida e puxá-la para um abraço.

— Lucy, meu bem! Ai, nossa senhora, que alegria conhecer...

— Olha quem voltou do almoço — diz uma voz do outro lado da loja.

Meu pai aparece com Coop, que de algum modo é ainda mais fofo do que eu lembrava. Ele vem correndo para dar voltinhas felizes e animadas ao redor dos nossos pés, meu pai logo atrás.

Eu o abraço bem apertado, e ele me dá um tapinha no ombro antes de se encostar no balcão, confuso. Olha para o vestido de Lucy, e então uma expressão quase que de reconhecimento surge em seu rosto. *Por que está todo mundo tão tranquilo?*

— Bem — diz ele, com um sorriso caloroso. — De onde você veio?

— Ela é de 1812 — responde minha mãe, e se encosta no balcão ao lado dele.

Suponho que ela acredite estar apenas repetindo a piada, mas, quando o sino da porta toca e o sr. Montgomery entra a passos lentos, mamãe imediatamente exclama:

— É bom ela ter saído um pouco daqui, mas *1812*, sr. Montgomery?!

Ela aponta para minha testa machucada e acrescenta:

— *E* devolveu ela machucada!

— Foi só um arranhão — dispensa o sr. Montgomery, com um sorriso.

Espera.

Olho sem parar de um para o outro.

— Vocês sabem que o sr. Montgomery...?

— Claro — responde meu pai. — Ele nos mandou para a Paris do começo do século xx quando você era criança porque tivemos uma briga idiota sobre uma das receitas de família da sua mãe.

— O *boeuf bourguignon?*

Ele confirma.

— Foi transmitida por tantas gerações que um pedaço estava borrado e difícil de ler. Passamos 25 dias de alegria correndo atrás do original, e descobrimos que não estávamos lá para acertar a receita. Estávamos lá para descobrir o que queríamos da vida. O que fazer com a loja. *E* um com o outro. — Meu pai ri, e minha mãe dá um tapinha no ombro dele, mas também não consegue conter o sorriso nostálgico.

— Até conheci os bisavós dessa aqui, acredite se quiser. Eles eram donos de uma mercearia em uma ruazinha pitoresca.

— Foi assim que eu soube que me juntar ao seu pai na loja, ajudar a construir nossa comunidade, também era parte do meu sangue. Tive coragem de largar o trabalho de enfermeira. E pensar, Lou, que trouxemos apenas as roupas que usávamos e umas poucas lembrancinhas — diz, indicando Lucy. — Essa aí trouxe uma namorada inteira.

— É, mas pelo menos ele *contou* que vocês voltariam em vinte e cinco dias — digo, apontando para o sr. Montgomery. — Eu achei que ia implodir, sei lá.

Todo mundo cai na gargalhada. Até Lucy ri um pouco.

— *Implodir*? Você achou que ia... — brinca meu pai, balançando a cabeça e secando os olhos antes de se virar para minha mãe, o que faz os dois gargalharem de novo.

Cruzo os braços, mas deixo escapar um sorriso quando vejo Lucy se abaixar para acariciar a cabeça de Cooper e olhar ao redor da loja, admirando as prateleiras, as luzes elétricas, a vibração das geladeiras enfileiradas e repletas de bebidas coloridas.

— Tá, mas como você...? — pergunto, deixando a frase no ar, e me viro para o sr. Montgomery.

— Foi efeito colateral de ficar preso na mina de carvão Maple Creek quando era menino, apenas com uma moeda e uma lancheira. Desejei estar em qualquer outro lugar e, de algum modo, acordei no meio de uma justa no século XIV, onde passei vinte e cinco dias e conheci meu melhor amigo, Nicholas. Ele voltou comigo — continua, com um olhar nostálgico. — Cara simpático. Se formou em história na CMU. Agora mora em Braddock. Gostava tanto de ser escudeiro quanto eu gostava de ser mineiro.

Ele dá de ombros, deixando a memória para lá.

— Enfim, levei uns anos para entender as coisas, e mais outros para notar que as viagens da moeda estavam sempre conectadas a ajudar as pessoas, como meu desejo me ajudou naquele dia na mina. Encontrar o amor, se descobrir, superar momentos difíceis. Não é sempre tranquilo, veja bem. Meu irmão perdeu o braço para um tigre dente-de-sabre, mas encontrou a primeira esposa, então... vantagens e desvantagens.

— Perdeu um braço para *o quê?* — pergunta Lucy.

— Vou pegar mais um café antes de sair. Hoje tem jogo dos Pirates — o sr. Montgomery anuncia, arrastando os pés até atrás do balcão para se servir como se não tivesse acabado de jogar uma bomba em cima da gente.

Todos nos entreolhamos até, por fim, meu pai dar de ombros e pegar a bolsa de couro do meu braço.

— Lucy, hum, vai precisar ficar com a gente — digo, quando ele estica o braço para virar a placa da loja, indicando que está fechada.

— É claro que ela pode ficar aqui! — exclama minha mãe, apertando o braço de Lucy em um gesto tranquilizador.

— Mas nada de dormir na mesma cama! Vai dormir no sofá. Ou, hum, no saco de dormir — acrescenta meu pai, quando nos despedimos do sr. Montgomery e subimos a escada estreita que leva ao apartamento. — Acho que tem um no armário pra você, Audrey. Diria que essa daí merece um pouco do conforto moderno.

Lucy ri, e trocamos um olhar astuto, então sei que ela também está pensando em todas as noites em que dormimos na mesma cama em Radcliffe.

Ao ver mais uma vez os olhos azuis que encontraram os meus no meio de um campo há duzentos anos, de repente sinto imensa gratidão por tudo o que aconteceu e *ânimo* por tudo que virá a acontecer. Seja a faculdade, viagens ou ajudar Lucy a encontrar seu lugar aqui, como ela me ajudou em seu tempo. Tudo parece possível agora.

Lucy aperta minha mão, e eu sei que a melhor parte será fazer isso tudo ao lado dela.

EPÍLOGO
Lucy
Um mês depois

— **Mãe** — **resmunga Audrey,** no degrau na frente do apartamento.

— *Não*! Vá perturbar seu pai lá embaixo. Ela ainda não está pronta.

Vislumbro o cabelo castanho de Audrey bem atrás do ombro da sra. Cameron quando dou uma olhada rápida para fora da cozinha, onde a sra. Lowry está cacheando meu cabelo com um aparelho chamado *babyliss*, muito mais rápido do que os rolos de papel que Martha usava em Radcliffe.

Martha.

Sinto uma pontada no fundo do peito ao pensar nela, voltando a lembrar de uma das únicas coisas de que sinto saudade em 1812, enquanto a sra. Cameron discursa emocionada sobre como Audrey está linda na noite da formatura, até fechar a porta na cara dela e falar que só vai abri-la quando eu também estiver pronta.

Porém, devo dizer, babyliss é uma mera fração das coisas interessantes que 2023 tem a oferecer.

Até agora, gosto de calças jeans, da livraria Barnes & Noble e de *Stranger Things*. Gosto de andar de bicicleta ainda mais do que de andar a cavalo, e gosto de ver filmes de madrugada. Gosto do Big Mac do McDonald's, mas *não* do Sprite gelado. O choque que senti ao provar a bebida foi pior do que os sais da Martha.

Ainda mais importante, gosto de todas as coisas que não sabia que eram possíveis. Coisas com as quais eu nunca nem teria *sonhado*. Como trabalhar no caixa com Audrey nas manhãs do fim de semana e roubar beijos quando toca o sino porque alguém foi embora e a loja ficou vazia. Ou dar um "show" no bar no fim da rua. Ainda estou aprendendo a música deste século, mas o sr. Cameron distribuiu os panfletos que a sra. Cameron fez para todo mundo que vinha à loja, convidando-os para me ver tocar.

O melhor de tudo é poder dizer o que sinto e *fazer* tanta coisa. Ser apoiada. Ser *amada*.

— Pronto! — anuncia a sra. Lowry, e eu fecho o livro que deveria estar estudando para o supletivo, que apoio em cima da carta informando a Audrey que ela passou para a RISD.

Os desenhos que Audrey trouxe de 1812 serviram a seu favor, mas ela não vai começar a estudar no semestre que vem. Vai tirar um ano de folga, para explorarmos o mundo moderno e me ajudar a me atualizar. Ela estará ao meu lado para eu puxar sua camisa de leve quando não entender alguma coisa ou precisar de conforto, como ela fez comigo nos bailes e nos jantares, e eu estarei a seu lado quando ela sentir saudade de casa.

Quando chegarmos à Inglaterra, poderemos pesquisar a história de nossos velhos amigos e ver em que aventuras eles se meteram.

— Ah, Lucy! — exclama a sra. Cameron quando me levanto, e as duas me ajudam a fechar o novo vestido lilás, da mesma cor que o encomendado na loja da srta. Burton, mas muito diferente em modelo.

Este também é comprido e esvoaçante, mas é cintilante, com alças finas e decote em V profundo, mostrando muito mais pele do que meu pai acharia adequado.

E eu o amei perdidamente.

Eu me vejo no espelho do corredor, e minha aparência é como o que sinto: *genuína*. Não sou a casca de gente que vi tantas vezes nos espelhos de Radcliffe.

— Vamos tirar umas fotos! — diz a sra. Cameron, rindo, enquanto eu desço devagar os degraus de madeira nos saltos altos inacreditavelmente desagradáveis que duzentos anos de design não melhoraram muito, mas feliz por poder ver Audrey.

Viro e... lá está ela.

Audrey está tão linda que perco o fôlego. Sou levada de volta à noite do baile. À noite que achei que seria o fim da minha vida, mas acabou sendo apenas o início.

Meu rosto arde quando estico a mão para tocar uma mecha do cabelo castanho levemente ondulado, meio preso e meio solto, antes de olhar para baixo e admirar o vestido preto de ombros expostos.

— Está uma gostosa — digo, e nós duas rimos.

— Você também. Eu trouxe, hum...

Ela me oferece um ramalhete, uma rosa branca cercada por delfínios do mesmo tom do meu vestido. Assim que ela prende a flor em meu pulso, a sra. Cameron nos empurra para fora, para tirar fotos ao pôr do sol.

Ainda não estou acostumada com esse aspecto do futuro. Fico tão *sem jeito* ao tirar fotos. Parada ali, sorrindo, posando de um jeito e outro. Diferente de um retrato, dá para tirar *muitas* fotos ruins antes de uma foto boa. E eu nunca sinto que pareço quem sou nas fotos. Posso até ser antiquada, mas ainda prefiro muito os desenhos de Audrey.

Felizmente, ela me puxa para um beijo rápido que faz com que eu me distraia o suficiente para pelo menos uma foto, e sorrio quando ela salva a imagem como fundo do celular enquanto a sra. Cameron nos leva de carro à escola.

Pego a mão dela, nervosa, quando subimos os degraus e passamos por uma porta indicada como GINÁSIO.

— É meio diferente de um baile na casa do sr. Hawkins — diz Audrey, ecoando meus pensamentos quando estreito os olhos em meio às luzes que piscam para observar os alunos dançando, a decoração de papel branco (que estranhamente parece papel higiênico?) e as mesas redondas forradas.
— Mas também é meio igual.

Encontramos uma mesa na qual deixar nossas retículas da Kate Spade, e ela aponta um grupo de amigas fofoqueiras usando suas melhores roupas, duplas tímidas e nervosas por estarem aqui com suas paixões e os pares muito mais confiantes e muito mais... íntimos que saem de fininho pelo corredor.

Audrey está certa; de muitos modos, é igual.

Também é *barulhento*, e a música faz tremer o assoalho de madeira reluzente.

Aqui, parece que *tudo* é barulhento.

Sinto um cutucão, e Audrey me oferece uma caixa com o rótulo de protetor auditivo. Ela a abre e tira dali dois pequenos objetos ovais alaranjados, que enfia nos meus ouvidos, abafando o som imediatamente, mas sem fazê-lo desaparecer. Abro um sorriso agradecido e a mão dela se demora em meu rosto.

Audrey se aproxima mais para perguntar:

— Quer dançar?

Olho dela para as silhuetas em movimento, os passos tão... únicos.

— Desta vez, sou eu quem não sei a coreografia.

Ela ri e me beija, bem aqui, em público. Ninguém presta atenção em nós, e o cheiro familiar dela me invade como naquela manhã de chuva em Radcliffe, ou na biblioteca, quando a resgatei, sua boca com gosto do chiclete Trident que já aprendi a mastigar sem engolir. A sensação de tocar seu rosto já me é familiar, mas ainda emocionante, repleta de possibilidades.

Quando me afasto, roçamos nossos narizes de leve, e um sorriso dança nos lábios de Audrey quando ela diz:

— Vamos aprender juntas.

E aprendemos.

Agradecimentos

Quinto livro! Sinceramente, é meio surreal digitar isso, e tenho certeza de que não estaria aqui sem a ajuda, o apoio e o trabalho de muita gente.

Primeiro, um enorme agradecimento à minha editora incrível, Alexa Pastor. Trabalhar em CINCO destes juntas foi um privilégio e tanto. Que venham muitos outros.

A Justin Chanada e a equipe maravilhosa da Simon & Schuster, que cuidou tão bem dos meus livros ao longo dos anos.

A minha agente, Emily van Beek, que é, sinceramente, a melhor de todas. Todo dia agradeço por minhas histórias estarem em suas mãos.

Obrigada a Sydney Meve e ao restante da equipe da Folio Jr.

A meus amigos e parentes, mãe, Ed, Judy, Mike, Luke e Aimee. Que um dia a gente possa planejar férias que, por um milagre, não coincidam com um período de edição. Torcendo por mais jogos de tabuleiro, viagens ao lago e um celeiro impossivelmente grande o bastante para conter todos os planos de Mike.

Ao BookTook, por apoiar duas mães de vinte e muitos anos. Suas perspectivas e seu amor por livros tiveram um verdadeiro impacto em mim, e agradeço pela comunidade que encontramos lá.

E, finalmente, para Alyson e Poppy. Tudo que faço é por vocês. Amo vocês.

**Confira nossos lançamentos,
dicas de leitura e
novidades nas nossas redes:**

🐦 editoraAlt
📷 editoraalt
♪ editoraalt
f editoraalt

Este livro, composto na fonte Fairfield,
foi impresso em papel pólen natural 70g/m² na gráfica Coan.
Tubarão, Brasil, agosto de 2023.